마음의 강산

마음의 강산

초판 1쇄 펴낸날 2022년 2월 15일

글쓴이 방의석
펴낸이 박일용
펴낸곳 늘푸른소나무

등록일자 2018년 02월 21일
등록번호 제25100-2018-000017호
주소 서울시 노원구 동일로 208길 20
전화 02-3143-6763
팩스 02-3143-3762
E-mail asokapa@naver.com

ISBN 979-11-977501-0-6 (03810)

마음의
강산

방의석

머리말

68년 kbs라디오 방송국 드라마작가 추식 선생님은 드라마 소재素材를 가지고 찾아간 저자에게 저자가 작성해서 제출한 테마와 스토리 모두를 검토하신 후 농촌 아이들의 어려움은 잘 알고 있지만 드라마 하기는 어렵다고 하셨다.

아무리 일류목수라도 엉터리 목수가 이미 만들어 놓은 의자를 다시 뜯어서 훌륭한 의자로 만들지는 못 한다고 하셨다. 저자에게 일류목수가 되어서 그 좋은 소재를 작품화 하라고 하는 가르침만 받게 되었다. 그 당시 저자의 나이18세 온갖 노력 끝에 1편 <물을 수 없는 죄>는 83년 발간하고 2편 <2천년 오월>은 85년 발간하여 대학 도서관에 배포하였던 바 3편 <영원한 땅>은 당시 정부에서 집필정지를 내려 지금에야 발간하게 되었다는 걸 밝힌다. 50년을 걸쳐 만들어진 한권에 책은 추식 선생님의 바람대로 명작으로 이루어졌으면 좋았겠지만 저자의 무능력으로 인해 졸작으로 완성 되었다.

세태를 보는 관점은, 최고의 지성知性인들이 꿈꾸는 사회도 있지만 무지無智한 생生들이 보는 예상도 있다고 본다. 서동書童들에게 지표指標가 되었으면 하는 게 아니고 사회학 연구에 있어 한 단편적斷片的 참고가 되었으면 하는 게 저자의 바램이다.

2021년 12월 10일

저자 방의석

<지난 줄거리>

1편

물을 수 없는 죄

정훈과 영철은 소백산 기슭에 산골에서 태어났다. 당시에 농촌 아이들은 하나같이 도시로 나가야 했다. 그 많은 아이들이 살아갈 환경이 못 되는 사정이 있어서다. 부모님들은 집에 살림을 거두고 살아갈 하나 외에는 다 도시로 나가서 살아가기를 바랐다.

그래서 영철이도 정훈이도 도시로 갔다. 정훈이는 서울로 가서 아파트공사장에서 일을 했다. 영철이는 대기업회사에 경비직원이 되어 일하면서 사회적인 일에 많은 관심을 가지고 활동도 했다. 나중엔 제품 포장 반장으로 승진도 했다. 그러던 중 회사 회장 아들이 교통사고로 죽게 된 걸 구해내서 회장으로부터 큰 액수의 보상을 받았다.

한편 정훈은 겨울이 되면서 아파트공사장 일이 없어, 같이 일하던 친구들과 하숙집에서 쫓겨날 처지가 되는데 하숙집 꼬맹이 예쁜이가 저금통을 털어 사주는 빵을 먹다 서러움에 복받쳐 무작정 열차를 타고 서울을 떠나게 된다.

열차를 타고 가던 정훈은 우연히도 안동에 부농富農 정선달을 만나 일꾼을 약속하고 선先 세경을 받아 좋아서 서울로 다시 돌아왔다. 그러나 정훈이가 돌아왔을 땐 친구들은 하숙집에 하나도 없었다. 배고픔을 못 견딘 친구들이 감옥에 가서 살겠다며 나쁜 짓을 하고 경찰서에 붙들려 들어간 거다.

정훈이는 약속대로 안동으로 가서 머슴살이를 하고 친구들은 형刑을 살았다. 그런데 이번엔 엉뚱하게도 정훈이의 연인戀人 연이가 고향에서 올라와 영철을 찾았다. 영철은 난감해서 회장 아들 서영묵에게 연이를 비서로 채용해 주길 부탁했다. 허나 연이가 회장 아들과 사랑에 빠지게 될 것 같아 불안한 영철은 가지고 있던 돈을 정훈이에게 주면서 연이를 고향으로 데리고 내려가라 했다. 하지만 정훈이는 같이 연이를 좋아하고 있는 고향 친구 동원이를 찾아서 연이를 데려가게 하라고만 했다. 영철은 할 수 없이 연이에게 정훈이가 부잣집에 데릴사위가 되었다고 거짓말을 해서 연이가 동원이를 따라 고향으로 돌아가도록 했다.

정훈이는 머슴을 살면서 주인집 둘째 딸 윤정이와 재미있는 나날을 보내다 홀연히 그 집을 나와 방랑하다 눈길에서 죽는다.

— 인생은 사는 거지 연명은 아니야.

정훈이의 생각이었다. 영철은 정훈이의 마지막 부탁을 들어주기 위해 자기가 가진 돈 전부를 정훈이의 하숙집 친구들에게 나눠줬다. 자기가 데리고 있던 고아들을 대신 키워달라는 부탁을 하면서.

1983년 5월

2편

2000년 9월

연이는 고향에서 동원이와 목장을 하며 잘 살아가고, 영철은 가끔 고향을 찾아 그들을 골려줬다. 영철은 연이의 아이 한韓이와 서 회상의 딸 수秀이를 보살펴 주며 한편으론 은퇴한 서 회장님과 김지한 교수님을 남한강 촌락에다 편안히 모셨다.

그러는 중 안동의 윤정이는 국회의원을 거쳐 최초에 여대통령이 되었고 사회는 경제적 큰 어려움을 눈앞에 두고 모두가 고심하게 된다. 결국 국가 미래를 향한 정윤정 대통령의 정책들은 현실주의 정치인들의 반감을 사게 되어 대통령직을 사임하고 고향 안동으로 돌아갔다. 서영묵은 국회의원을 사퇴해 교수가 되었고, 영철은 서울을 떠나 마음먹었던 악단 일을 시작했다.

1985년 10월

3편

영원한 땅

영철은 긴 세월 악단 일을 하다 그 옛날 데리고 있었던 아이들을 찾아보기로 하고 먼저 주문진에를 갔다. 주문진엔 일명 오징어가 있다. 정훈이의 노가다 동패들 중 하나인 오징어다. 대관령엔 감자, 상주에 사는 땡감, 무안에 살고 있는 고구마다. 정훈이는 송아지라고 했단다.

영철은 주문진 가는 길에 우연히 데리고 있던 아이 껌투리의 딸아이를 만나 많이 놀랐다. 그 애들이 커서 결혼해 아이가 있다는 것도 놀라웠지만 하숙집 꼬맹이 예쁜이가 껌투리의 아내였다. 영철은 껌투리의 도움으로 충주에 계신 서 회장님을 모셔와 여생을 바닷가 휴양지에 사시게 했다. 절친 김지한 교수를 떠나보내고 외로우신 서 회장님을 배려해서였다.

영철이가 다음으로 찾아간 대관령에서는 감자가 자기 딸을 데리고 살라고 해서 또 곤욕을 치렀다. 한동안을 대관령에서 데리고 있던 세 아이 중에서 가장 어렸던 막내와 지난 회포도 풀면서 지내다 이번엔 무안에 고구마를 찾았다. 제법 성공한 농산회사를 꾸려가고 있는 무안 고구마는 세 아이 중에 만이 격인 왕눈이를 아주 잘 키워서 훌륭한 장사꾼으로 만들어 놓았다. 영철은 마지막으로 상주에 땡감을 찾았다.

상주 땡감은 더 크게 성공을 해서 지역유지가 되어있었다. 땅을 많이 사들여서 농산 직원들이 수백 명이 넘는다고 했다. 영철은 다시 전국시장 투어를 하러 가면서 안동으로 갔다. 재임在任 시에는 악연으로 책사策士로 가까웠던 윤정 대통령은 찾아간 영철에게 아이들의 미래를 걱정하는 시국 얘기를 했다. 영철은 아직도 아이들을 위해 노력하는 <오천년을 위한 모임>이 있는 걸 얘기했다.

2019년 3월

인생人生 길

인생은 사회라는 도화지 위에다 자기自己의 마음으로
길을 만들어 채색彩色해 가는 거다.
그 저마다의 여러 갈래 길
가다가 막히면 돌아가기도 한다.
그래도 가던 길 멈출 수도 포기할 수도 없다.
인생은 또다시 나에게 없는 것이기에.

— 본문 중에서

세상世上이란

저 산 너머에도 강과 산이 있다고 단정 짓지 마라.

거기엔 바다와 하늘도 있다.

우리에게 있어 민족이 전부는 아니다.

세계도 있고 인류도 있다.

자신을 어떤 울타리 안에 가두는 건

세상을 스스로 버리는 거다.

— 본문 중에서

생生 그리고 사死

삶의 과정을 우리는 인생이라고 한다.

그 삶이 천국이든 지옥이든 그냥 삶이다.

죽음을 맞아 뒤돌아본 삶들이

혐오스럽지 않다면 좋은 거다.

— 본문 중에서

차례

마음의 강산

부초浮草의 길

1

소백산 남쪽 풍기 땅은 지금은 영주시에 속하지만 예전엔 풍기군이었다고 한다. 지금도 인삼과 사과 생산지로 유명한 풍기 땅은 토질이 비옥해 많은 농산물을 생산하는 농촌지역이다. 그 옛날 과거길이기도 한 죽령고개. 지금은 55번 중앙고속도로 터널이 있어 죽령고개는 등산인들이나 여행객들만 간혹 오른다.

소백산 기슭에 소백산농원. 농원에 처녀 농군 설아는 오늘도 풍기 앞들에서 모내기에 여념이 없다. 마을에 일꾼들이 다 모여 품앗이로 농사를 짓는 모내기는 모내기 철이 끝나기까진 한눈팔 사이도 없다.

"니들 빨리 안 하고 땡땡이치지?"

"야! 걱정 말고 니나 빨리 심어래이."

설아는 남자친구들이 논바닥에서 나와 몰려 앉아 장난치느라 이앙기를 멈추자 냅다 소릴 쳤다.

"오늘 끝내자."

"뭐? 빨리 끝내고 연애하러 갈려고?"

"죽을래?"

"설아 너 그렇게 일만 하다 말겠다."

"왜 또? 너들 오늘 밤 시내로 놀러 갈라고 꿍꿍이지?"

"그래, 설아 너도 끼워줘?"

"그럴 시간이 어딨니? 잠자기도 바쁜데…."

"야! 설아 제 데려갔다가 의원님한테 맞아 죽을 일 있니, 치아라 마."

"그래 맞아 맞아, 우리끼리 가, 저 가시내 델쿠 갔다가 우리 죽는다.

죽어."

"저것들이!"

마을에 일꾼 친구들은 손을 내젓는다. 언젠가 설아를 데리고 노래방을 갔다가 설아 엄마한테 걸려 혼구녕이 난 적이 있다. 보물이나 같은 하나뿐인 딸아이. 권이남의원님은 아예 밤에는 딸아이를 안 내보낸다. 미혼모인 설아 어머니는 아주 딸아이를 죽을 때까지 데리고 사실 모양이다. 친구 애들이 다 하는 연애도 못하게 하신다.

"어머니 설아도 이제 놀러 다니게 하셔요."

"아직 어리잖니."

"에게, 설아 또래 애들 중에 벌써 시집간 애도 있어요."

농장 일 끝나고 막걸리 한잔 마시며 시내로 놀러 가겠다고 하는 동네 오빠들, 머슴애 친구들.

"이 녀석들아, 설아 저 가시나가 엄마 닮을까봐 그래."

"하하하. 하하하"

"하하하."

"미혼모인 걸 조금도 부끄러워 않는 설아 엄마다.

"어머니, 설아 저 주시면 손가락에 물도 안 묻히고 살도록 할게요, 저 주세요, 어머니."

"이 녀석아! 시집은 안 보낸다."

"그럼 제가 장가오겠습니다."

"저는 아예 머슴으로 들어오겠습니다."

"죽을 때까지 일꾼요."

"집에 가서 부모님한테 허락 맡고 와라 이놈들아, 아마 그랬다간 아버지한테 맞아 죽을 거다."

"하하하."

"하하하."

말은 스스럼없이 하지만 마을 청년들은 품위가 있는 시의원 댁이라 행동은 조심스럽다. 지역에 일을 도맡아 하시는 지역 일꾼이시다. 아이들은 그래서 소백산농원 일이라면 팔을 걷어붙인다. 더 넓은 과수원 일이다. 논도 백여 마지기가 넘는다. 그 많은 일을 거침없이 하는 설아다. 농기계란 농기계는 다 부릴 줄 안다. 이앙기, 트래터, 콤바인, 사과밭에 농약 살포기 등 다 끌고 다닌다. 그렇게 억척같은 설아 다. 그래서 마을 농업경영인들은 설아와 품앗이를 하는 걸 반긴다.

"애들아! 오늘 모내기 다 마치면 내가 시내 가서 한턱 쏜다. 부지런히 하자."

"지가 대장노릇 다 하네, 먼저마냥 그만 놀고 가자 하기 없기다?"

"야! 너들 집으로 안전히 델쿠 오는 건 언제나 내 책임이야, 까불지 마라, 만깡으로 취한 너들 데리고 오는 기 맨 날 죽을 맛이다."

"이번엔 아예 바닷가로 가자, 일박이일…."

"킥킥."

"너들 죽을래?"

장난을 치면서도 모두 맡은 일은 열심히들 한다. 농촌의 일들은 어느 일이나 다 힘들지만 모내기는 특히 힘들다. 그럴수록 모두 힘을 모아 즐거운 마음으로 일한다. 일이란 짜증 내고 불평하면서 하면 힘도 배로 든다. 친구들은 힘든 중에도 설아가 같이 일하고 있어 더 즐겁다. 설아는 얼굴도 예쁘지만, 같이 일하며 얘길 해도 재미있게 한다. 좀 짓궂은 농담에도 화내지 않고 웃어넘기는 활달한 애다.

2

계절의 시작은 봄이라고 한다. 농사꾼들의 얘기다. 오월도 중순이 지나 유월이 가까워지며 농장 일이 바빠졌다. 사과밭 적과도, 모내기도 적기를 맞추어서 끝내야 한다.

소백산농원

봉화 땅. 권 씨 문중의 토박이면서 고향 지킴이였던 아버지의 농장을 이어받아 운영하고 있는 권이남. 지역의 일꾼을 자처하지만 여성 일꾼이다. 오빠 일남이의 대신이라고 하지만 남자 일꾼들보다 지역 일에 있어서는 더 대차게 추진하곤 한다. 그 옛날 어려웠던 시절 서울에 가서 대학공부까지 했던 일남이 오빠는 지역의 기대주였었다. 그런 오빠가 철학哲學도가 되어 급기야 승가대학을 나와 스님이 되는 바람에 이남이는 자연스럽게 아버지의 농장을 이어받게 된 거다.

– 인생이 멋있는 건 하고 싶은 짓을 마음껏 할 수 있는 거야. –

참 어이없는 오빠의 논리다. 집안 사정은 안중에도 없이 제멋대로 전국의 사찰寺刹을 돌아치고 그러다 불자佛者가 되어 지금은 불영사가 있는 울진에 가 살고 있다. 왕피천 냇가마을에 조그만한 토굴집을 지어놓고 살면서 일명 토굴 스님을 자처한다. 집안일은 누이동생에게 맡겨놓고 세상에 나가서 불도佛道를 행하는지 중생衆生을 위하는지, 왕피천 공원에서 나들이객들과 세상 사는 이야기를 하며 지내고 있는 지 오래다.

– 아버지가 아들 하나 키워서 세상 좋은 일만 시킨 거야. 세상 좋은

일만 –

전화상으로 안부 전화 대신 말싸움으로 끝나는 남매의 일상들은 오늘도 여전했다.

"이남아…."

"또 뭐?"

"설아 보고 싶다.

"흥! 쌀가마가 보고 싶은 건 아니고?"

"그래. 내일 설아한테 좀 보내라."

"알았어."

년年간 오빠에게 이백 가마니를 보내주는 쌀은 사사분기로 나누어 보내준다. 밥맛을 위해 동네 정미소에서 그때그때 찧어서 보낸다. 아무리 무료급식이라도 밥맛은 이왕이면 좋아야 한단다. 참 세상 편하게만 사는 오빠다. 백여 마지기가 넘는 농사. 땀 흘려 짓는 벼농사를 모를 리 없는 오빠다. 고맙다는 말 한마디 없이 십여 년이 넘게 가져간다.

"이남아?"

"왜 또?"

"나의 하나뿐인 동생 사랑한다."

"쓸 대 없는 말 할라믄 그만 끊어라마 오빠야."

"진심"

"시끄럽다마. 올케한테는 좀 잘… 하고."

"스님은 무욕無慾해야지."

"흥. 룸메이트하고 한방에서 뒹굴어 자면서 그냥 잠만 잤다고 하는 걸 믿은 내가 바보지."

"진짜 그때 일, 이남이 니가 아버지한테 일러바쳤으면 내 인생 끝장나는 건데."

"올케는 아무리 오빠가 좋아도 그렇지. 부끄럼도 없이…."

"헤헤. 우린 방세 아낄라고…."

"외갓집 심부름은 핑계고?"

"킥킥…."

그때도 농촌아이들은 서울에 가 대학을 다니면 자취방을 얻어 생활하게 되는데, 보통 친구끼리 지내기 마련이다. 간혹 남녀 학생이 같이 자취방을 얻어서 지내기도 하는 말짱 팀이 있기도 한데, 그때로서는 보통 용기가 아니고는 엄두도 못 내는 아주 미친 짓이라고 했다. 그 미친 짓을 하고 있는 오빠인 줄 까맣게 모른 체 방학이 됐는데도 집에 내려오지 않는 오빠를 찾아 서울로 간 이남이는 자취방에 두 남녀를 보고 거의 기절할 뻔했다. 거의 살림을 차리고 있었다. 오빠가 외갓집에 놀러간다며 핑계 대고 울진 외갓집에 초등학생 때부터 들락거리며 만나 놀곤 하던 그 애였다. 까무잡잡하던 쬐꼬만 지지배가 아주 멋진 아가씨가 되어있었다.

"오빠! 죽을래?"

"이남아…. 내 니가 가지고 싶은 거 다 사줄게. 말만 해. 응? 오빠가 다 사줄게."

"……."

"이남아. 너 창경원 못 가봤지? 언니하고 같이 놀러 가자."

"……."

세상에 공주가 따로 있는 게 아니었다. 난생처음 가본 백화점에서 예쁜 날라리 옷. 집에 내려가서 입지도 못할 짧은 치마를 얻어 입고 제과점에서 크림빵, 레스토랑에서 돈가스를 얻어먹고 용인 민속촌으로, 에버랜드로 놀러 가고 일주일 동안 칙사 대접을 받고 집으로 내려왔다. 그리곤 엄마 아버지껜 오빠의 도서관 생활만 홍보를 열심히 했다. 그 후로는 오빠를 마음껏 요리한 건 물론 지대한 응원군을 얻어 나중에 요긴히 써먹었다.

"설아는 여전하니?"

"응. 열심히 해. 뭐든."

"제 아빠를 닮아서 잘할 거야."

"이젠 트랙터로 논 관리도 제법 잘해."

"헐… 좋기도 하겠다. 하나 있는 딸애를 일등 농사꾼 만들어서."

"농사꾼 때려치고 집 나간 아버지의 아들보다는 그래도 나아."

"그 말은 정답. 아버지의 자랑스러운 딸. 권이남 시의원님."

"그래도 손녀는 이제 처녀 농군으로 인정받는 동네 일꾼이 돼서 다행, 아들딸이야 뭐 애초에 틀려먹은 망아지 새끼들인데 뭐."

"얘 좀 봐. 아주 좋아 죽네."

"후후후."

"어이 그. 쯧쯧쯧. 그 무서운 아버지가 그때 그리 큰 사고를 친 애를 다리 몽댕이 안 분지르고 냅둔 게 참 미스터리 미스터리야. 아무리 생각해봐도 알 수 없는 미스터리."

"후훗."

"임마! 웃지 마. 너 때문에 내 인생 완전 쫑난거야."

"미안… 오빠."

"내 딸 설아만 아니었으면 넌 그때 오빠한테 맞아죽었어 임마!"

"설아 아니었음 나도 그때 오빠한테 맞아 죽기 전에 그냥 콱 죽었을 걸."

"짜식… 그 날라리 녀석이 뭐가 그리 좋아서 쯧쯧."

"죽을 만큼…."

"그래 우리 아이라도 남았으니 얼마나 다행이니. 현정훈이 그놈 대신이라 생각하고 설아를 잘 키우자."

"고마워. 설아 외삼촌… 아빠."

"임마! 아빠면 그냥 아빠지 무슨 외삼촌. 누가 뭐래도 호적상 설아 녀석 아빠는 나야."

설아에게 있어 외삼촌이 아빠가 된 연유는 따지고 보면 모두 엄마인 이남이 자신에게 있었다. 당시 유교 사상의 남존여비 가부장적 시대 윤리관에 쌓여있던 시절에 시집도 안 간 어린 딸아이가 임신을 해서 아이를 낳겠다고 하는데 기절하지 않을 부모는 없었다. 그런데도 이남이는 부모님에게 한 대 쥐어박히지도, 한마디 꾸중도 안 들은 채로 억지 결혼을 한 오빠 집에 가서 아이를 낳았다. 그때의 일들은 이제 와 생각해 보면 참 많은 사연이 있었다.

"이남이 너 집에서 쫓겨나면 우리가 밥 얻어다 먹일 테니까 어디로 도망가지 말고 우리 집 농막에 숨어있어."

"걱정 마. 벌써 역에 가서 열차표 끊어놨어."

"어디? 서울…?"

"하늘나라."

"아이고! 이남이 너 없으면 우리 심심해서 어떻게 살라고."

"우리도 기차표 끊으러 가자."

"이 가시나들이 미쳤나?"

"아이고 이 사고쟁이 가스나야. 니 다리 몽댕이 분질러져 못 걸어다님 우리가 업고 놀러 댕길게 죽지만 마라."

친구들은 연일 몰려와서 놀려대고 엄마는 그런 애들 입단속 하느라 맛있는 걸 만들어 주시고, 아버지는 같이 놀리 다니라며 용돈도 쥐여 주시곤 했다. 오빠는 스님 하겠다며 출가出家 준비를 하다가 붙들리고, 날라리 룸메이트 오빠의 연인은 웬 떡으로 달아나는 머슴애를 붙들어 결혼식을 올려 횡재했다며 신나 하고, 오빠는 망했다고 투덜대고, 세상이 숨죽인 체 난리도 아니었다. 설아는 한동안 올케가 낳은 아이로 되었다가 최근에 제자리로 돌아왔다. 이 모두가 부모님의 아이들 위함 덕분이지만 오빠의 희생적 결단이 있어서 가능했다.

"내 생生을 사는 데 철학적 삶은 길이지 목적은 아냐. 출가를 하면 전념專念할 수 있는 이점이 있어서야. 이젠 거가居家 수행자修行者가 되겠지. 마음에 자유와 신체의 자유 그 차이점을 알아보게 하네. 우리 이남이가."

3

– 인생은 소풍이야 –

– 하루는 날이 밝아오며 시작해 어둠이 내려서 지나고. 계절은 봄

이 와서 꽃이 피며 시작해서, 가을이 되어 낙엽이 떨어지며 한 해가 간다고 해. 우리는 그 속에서 맨 날 즐겁게 살잖아 –

저녁을 먹고 마당 들마루에 앉아서 하모니카를 불어주며 그러던, 현장실습 나온 정훈 오빠. 이남이는 그해 여름이 꿈같은 나날이었다.

축산업을 하는 아버지의 농장에는 농업고등학교 학생들이 늘 실습을 나와서 축산업 운영을 배워가곤 했다. 이남이는 중학생이 되면서 가끔 친구들을 불러 그런 오빠들과 놀곤 했는데 재미는 있었지만 좋아하지는 않았다. 멋있지를 않았고 또 짓궂어서 싫었다. 그러다 어느 해 인가 다시 온 실습생 하나가 이남이를 거의 미치게 만들었다. 이남이는 그 오빠가 온 후론 거의 제정신이 아니었다. 학교 수업이 끝나기가 무섭게 집으로 돌아와서 농장에 일하는 오빠를 쫄쫄 따라다녔다.

"저눔의 지지배가 미쳤나? 어디서 쳐박혀 놀다가 한밤중에 끼들어오곤 하든기 우짠 일이래?

"그러네. 저 지지배 혹시 저 녀석을 좋아하는 거 아녀?

"다른 애들이라면 몰라도 저 순둥이가에?"

"혹시 몰러. 얌전한 고양이가 부뚜막에 올라간다고 허잖어. 잘 봐."

그러나 이남이에겐 엄마 아버지의 걱정 같은 건 안중에도 없었다. 하고 싶은 것이 있으면 아무도 못 말렸고 가지고 싶은 게 있으면 아버지를 졸라서 어떻게든 가졌다. 아이들에겐 한없이 너그러운 부모님 덕에 오빠 일남이는 농사일이 아무리 바빠도 공부한답시고 소수서원을 드나들며 놀고 부석사에 가 스님들을 따라 멀리 여행도 갈 수 있었다.

"우리 이남이의 소원이라면…."

또 아이들이 바라는 건 거의 들어주셨다. 풍기 땅에 구두쇠로 소문이 나서 모르는 사람이 없고 검소하기로는 장가 갈 때 사 신은 구두로 환갑 잔치 치룰 거라고 친구들이 골리는 그런 구두쇠 아버지가 새집을 지었다. 영주 시내 욕실이 있는 친구 집에를 다녀온 이남이가 그런 집에서 살면 좋겠다고 하자, 금방 시내로 나가서 새집 짓는 걸 알아보시고 바로 집 짓는 공사를 시작했다.

70년대 농어촌 전기 공급 정책으로 산골짝이 소백산 골짝이 산촌에 전기가 들이오며 재래식 부엌 개량사업도 정부 지원으로 시작이 되어 농촌은 활기에 넘치던 그때였다.

– 아들이라면 땅을 팔아서라도 대학을 보내겠지만 딸아이는 초등학교만 마쳐서 시집보내면 돼 –

아들 딸 차별이 아주 당연하던 그때 이남이는 복도 많아 아들 이상으로 아버지의 사랑을 받아서 중학교도 들어갔다.

“현정훈. 너 아무래도 우리 집에 잘못 온 거 같다. 이남이 저 가시나한테 잘못 걸렸어. 쟤 지구 끝까지라도 따라갈 거야.”

“자고 있을 때 튀면 돼.”

“기차표도 못 끊고 붙들릴 걸.”

“오늘부터 세수도 안 하고 못된 실습생으로 땡땡이나 까는 밉상이 될까?”

“그래 아주 귀여운 짓만 찾아가며 해라. 아끼는 신발 흙 묻었다고 내버리나? 아무래도 정훈이 넌 잘생긴 게 죄다. 그냥 살아.”

정훈이는 대학 시험 준비에 여념이 없는 일남이와 둘이 들마루에 누어 이남이를 두고 고민을 했다.

“난 바람이고 싶어. 아무에게도 보이지 않으면서 어디라도 갈 수 있는….”

“헐… 아주 시를 쓰라.

“사랑하지만 헤어질 준비를 해야 하고 그렇게 머무르고 싶지만 떠나야 하는 길을 찾아야 해. 나는 농고를 다니지만 농촌을 떠나야 할 거야. 언젠가….”

“우리에겐 꿈을 버리고 현실로 가야 하는 사정이 있으니까. 그 사정을 하늘은 알까? 부처님은 알까?”

70년대. 농촌 아이들은 고향을 떠나 도시로 떠나가 살아야 하는 사정이 있었다. 일명 공돌이 공순이 또 식모. 건설현장 잡부. 정훈은 농장 주인 아들 일남이와 많은 얘기를 하며 지냈다. 고등학생이면서도 책을 많이 읽어 아는 게 많은 일남이는 고향 친구 영철이 놈을 보는 거 같았다. 틈만 있으면 가까운 곳에 있는 서원書院으로 달려가 서원을 찾는 고古 학자들의 얘기를 듣고 절에 가서 명망 있는 대사大師님들 설법을 듣고 왔다.

“모든 사정은 한 시대를 지나는 과정에서 발생해. 우리는 피하려고 하기보다 부딪쳐 극복해야 해.”

“후손은 다만 극복할 뿐이다.”

“야! 놀랍다. 정훈이 너 그런 걸 다 아니? 농고 생이….”

“아냐… 내 단짝 친구 놈이 한 말 중에 있던 거.”

“역사에 관심이 꽤 있는 애 같다.”

“애 늙은이.”

“그래 우리는 극복할 수밖에 없어. 고향을 떠나고 사랑하는 사람과 이별하고 사랑하는 사람을 떠나야 하고…, 사진을 보니 정훈이 너 애인 아주 예쁘더라. 그런 애와 헤어지려면 힘들겠다. 난 사랑은 그냥 장난삼아 심심풀이로 하다가 마는 거라 생각해서 예쁜 애 안 예쁜 애 가리지 않고 그 애들이 원하는 대로 다 해주지만."

"여자애들에게 상처 주면 지옥 간다."

"어차피 인간에겐 갈 데가 정해져 있다. 살아가며 잡아먹은 소 돼지 닭이 몇만 마리 고 미꾸라지 송사리 등 물고기들이 몇억만 마리게. 지옥이 집이다."

"지옥 안 갈라면 멸치 새우젓도 먹지 말아야 되겠다. 스님처럼."

"여자하고 키스도 하면 안 된다. 스님처럼. 히히히."

"고민될 일은 없겠네. 흐흐흐."

"오빠들 뭐가 그렇게 재밌어?"

공부하다 말고 이남이가 나와서 끼어들었다. 둘은 말없이 각기 농막으로 사랑채 공부방으로 도망쳤다. 호기심 덩어리를 상대하면 한없이 피곤하다. 피하는 게 상책이다.

"정훈 오빠! 하모니카 안 불어주고 어디가?"

"우린 지옥이네 집으로 놀러 간다."

"지옥이네 집…?"

과수원으로 나가며 이남이는 그때 오빠들의 장난이 생각나서 혼자 웃었다. 읍내 다방에 새로 온 아가씨 이름이 지옥이라고 했다. 지옥이네 집은 그 다방이고.

"또 일 안 하고 얘기만 하고들 있지?"

"애들아! 보따리 싸자. 악덕 농장주 또 갑질한다."

더 넓은 언덕에 펼쳐진 농장 과수원이다. 하루 이틀 작업한 자리는 한쪽 귀퉁이도 안 된다. 시시콜콜한 얘기라도 좋고 이미 몇 번을 다시 하는 얘기라도 괜찮다. 얘기 속에 한바탕씩 웃고 하다 보면 작업의 고달픔도 지루함도 잊혀진다. 정 지루하면 가끔은 노래를 흥얼대기도 하고 휴대용 카셋트로 음악을 들으며 작업을 한다. 즐겁게 일할 수 있는 일터는 일꾼들에겐 천국이다.

"솎아내기는 주인은 못 하는 거라 같이 못 하고 가."

"의원님이 순행을 돌 땐 맨입으로 안 댕기더만."

"알았어. 내일 반찬은 개구리 반찬."

이남이는 과수원을 나와 설아가 모내기를 하고 있는 논으로 갔다. 친구들과 품앗이로 하는 모내기는 한쪽에서 로타리 작업이 바쁘고 못자리에서 모판 운반해 오는 작업 트럭이 농로를 달린다.

"야! 논바닥 좀 잘 골라라. 이앙기가 밭고랑을 타잖아!"

"생갈이 친 놈이 어떤 놈인디 큰소리야."

떠들썩한 들판에 생기가 넘치는 건 젊은이들이 일을 하고 있어서인지도 모른다. 판매가 보장된 요즘의 벼농사다. 가을이면 쌀값이 하락하고 방앗간에서 쌀이 잘 안 팔려 영농자금을 갚느라 허덕이던 예전에는 모내기도 인력으로만 하여서 품삯도 많이 들었었다. 모내기 철에는 농촌 어디나 온 동네 사람들이 다 나서서 모내기를 해야 되었던 60년대 70년대. 경운기와 보행 이앙기로 논농사의 대 혁신적 변화가 이루어졌고 얼마 전부터는 트랙터와 승용 이앙기로 기업형 영농이 가능해졌다.

"다치지 말고 찬찬히들 해."

이남은 아이들의 농기계 운전이 좀 거친 걸 걱정했다. 아직 모심기가 늦지 않았다. 어떤 일이든 서둘다 보면 탈이 난다.

"어머니. 설아 재하고 같이 농사일 못 하겠어요. 얼른 시집이나 보내버리세요."

"또 까불지."

"모판이나 들어 나르라고 해도 이앙기 운전은 곧 죽어도 지가 한대요."

"서툴러도 잘 데리고 해."

"데리고 해요? 지가 대장 노릇 다 하는데요."

"어머니. 쫄다구가 기어오르면 패야 되는데 설아는 아직 어려서 때려줄 수도 없고 죽겠어요."

"너들 오늘 죽을래?"

어릴 때부터 여자애들보다 남자애들과 어울려 놀기를 좋아했던 설아다. 남자애들과 모내기 작업을 하며 티격태격도 하지만 작업은 거의 리드를 한다. 이남은 가져온 간식거리를 아이들에게 건네주고 하천 둑으로 나왔다. 그 옛날이나 지금이나 들녘은 그대로이나 많은 변화가 있다. 안정적인 주식생산을 하겠다는 당시의 농업정책은 절대농지라는 괴물적 토지정책도 추진했다. 그 덕에 전국의 벼농사는 한때 과잉생산되어 쌀값 폭락사태를 야기하기도 했다. 그래서라고 해야 될 거다. 농지전용 형질변경 등으로 많은 논이 밭으로 변했고 축사 창고 부지로 활용되어 벼농사를 지을 논 면적이 줄어들고 있다. 먹거리의 절대라고도 할 수 있는 쌀 생산은 이제 자급을 위협받을 처지에 이르렀다. 농촌 도시라고 해야 할 영주시 시의회에도 절대농지 해제를 추진하라는 압력이 들어오고 있는 판에 이남은 의회에서 벼농사 면적 축소를 더 이상 방치하면 안 된다는 반대 의사를 표해서 요즘 지역주민들에게 많은 비난을 받고 있었다. 이남은 원두막 쉼터 버드나무 아래에 앉아서 그 옛날 오빠들을 따라다니며 놀던 어린 날들을 회상해 봤다. 인생은 젊음과 함께 생겼다가 세월을 따라 사라진다고 하는 그 말뜻을 이제 와 알 것 같았다. 가슴이 두근대고 시간은 없고 황홀한 느낌만 있는 그 하루하루. 정훈 오빠가 있던 그때는 꿈속의 동화나라였다.

"정훈아! 난 오늘 논 갈러 나가야 하니까 축사는 니 혼자 돌봐라."

"얼룩이 새끼 곧 나을 거 같은데요. 논은 제가 갈러 갈게요. 송아지 낳는 거 돌보세요."

"인마! 니가 우리집 머슴이냐? 논갈이를 나가게."

"농사도 실습에 포함된다고 했어요. 소먹이 장만하는 작업이요."

"쟁기질도 안 해봤을 텐데…."

"집에서 큰형님 따라다니며 좀 해 봤어요."

"그래 알았다. 논 갈아야 할 게 좀 많아."

"하루에 열 마지기는 문제없어요."

"그럼 닷새는 걸리겠다."

"오십 마지기요? 좀 더 부쳐야 하는데…."

"인마! 지금 있는 논도 힘들어 죽겠는데 더 부치라고? 모내기 일꾼 구하기 힘들어서도 못해."

"걱정 안 하셔도 돼요. 백 마지기만 더 사세요. 나중에 제가 와서 혼자 다 심어드릴게요."

"제갈량이 하루 밤새 화살 십만 개 만들기냐? 무슨 황당한 소리."

"헤헤헤. 앞으론 사람이 모를 안 심고 기계가 심게 된다고 했어요. 혼자서 하루에 오십 마지기는 문제없대요."

"또 어떤 사기꾼 놈이 미친 소리를 하나부다. 미국에서는 비행기로 볍씨를 뿌린다고 하더만은."

"제 친구 놈이 일본을 들락거리며 알아본 거래요. 연구가 끝나서 곧 실용화된대요. 기계 이앙기요."

"시끄럽다. 앉아서 천 리를 내다보는 놈 외갓집도 못 찾아간다."

"아이참. 제 친구 놈이 하는 말은 교과서에도 있어요. 소를 방목해서 풀을 먹이느라 소백산 한 골짜기를 다 차지할 필요가 없어요. 수백 마리를 키워도 축사 몇 채만 지으면 돼요."

"그럼 저 가꿔놓은 풀밭은 다 뭐하고?"

"사과나무를 심으면 돼요. 사과나무에는 소똥 거름이 최고라고 했어요."

"저 넓은 골짜기에 사과나무를 심어서 장날마다 사과 팔러 다니게? 팔아먹을 데도 없는 사과 그렇게 심었다간 썩혀 거름이나 할 거다."

"앞으론 사과 몇 조각 우유 한 컵으로 아침을 먹게 되는 시대가 될 거예요."

"추석이나 설에 맛보는 돼지고기를 날마다 밥반찬으로 먹고?

"쌀밥보다 빵이나 고기로 때를 이우는 식생활 개선요."

"보릿고개 넘긴 지가 얼마 된다고…."

"무슨 얘기를 하는데 그렇게 재밌어요?"

원두막으로 꿀차를 내오며 아주머니가 정훈이에게 땀 수건을 건넸다.

"아 글쎄. 정훈이 얘 하는 얘기 좀 들어봐. 앞으론 이 꿀차 대신 커피를 마시는 시대가 온대. 소가 논을 안 갈고 기계가 논갈이를 한다네."

"어떻게 알아요. 전기가 들어오고 나니 밥도 전기밥솥이 하잖어요. 이제 빨래도 세탁기계가 할걸요."

"허허. 다들 제정신 안 가지고 살어. 이러다 내가 정신줄 놓겠어 내가."

아저씨는 소 막으로 휭 가버리고 정훈이는 지게에다 쟁기를 챙겨 얹고 일 소를 외양간에서 끌고 나왔다.

"논갈이가 힘들긴데."

"소가 힘들죠. 저는 노는 거예요 아주머니."

"정훈이 학생은 마음씨도 참 고와."

"점심은 힘들게 내오지 마세요. 제가 들어와서 먹을게요."

콧노래를 흥얼대며 집을 나서는 정훈이를 바라보며 아주머니는 자꾸 정훈이가 실습을 끝내고 돌아갔다가 다시 왔으면 하고 가당치도 않은 바람도 가져본다. 생김새도 밉지 않고 일하는 모습이 정이 넘쳐서 그렇게 좋았다. 아들 일남이보다 알 수 없이 더 사랑스러운 마음인 걸 어쩌지 못했다.

"이랴! 어쩌쩌쩌."

산은 푸르고 들녘은 정답다. 개울둑 버드나무가 하이얀 햇살에 산들댄다. 언제까지나 머물고 싶은 이곳. 아무 욕심 없이 그냥 살고픈데 아버지는 집을 떠나 도시로 가 살라고 한다. 열 마지기의 논, 이틀 갈이 뙤기 밭. 큰형님 혼자 가져서 살림 꾸려가기도 넉넉하지 못하다. 연이는 그냥 살면 안 되냐고 하지만 아직 세상을 모르는 철부지 소리다. 영원히 아이들 마음으로 아이로 살 수는 없는 거다. 토끼 몇 마리, 병아리 한

둥우리 내려서 키우며 사는 재미있는 소꿉장난의 앞날은 아니다. 고향을 떠나서 어떻게 하든 돈을 모아 살아갈 터전을 마련해야 한다. 사랑하는 연이와는 헤어짐이 정답이다. 연이를 위해서.

"이려! 이려. 어서 갈고 밥 먹으러 가자! 이려!"

정훈이는 점심을 먹고 소에게 여물을 많이 먹여서 다시 논에 나갔다. 물 논을 쟁기질 하는 거라 소도 그렇게 헉헉대진 않는다. 소가 가는 대로 쟁기를 움직이며 집 생각도 했다. 연이 생각도 했다. 가끔 중앙선 열차가 기적을 울리고 지나가면 영철이 놈 생각도 나서 잠시 논둑에 나와 앉아 멀리 소백산 등성이를 넘어가는 뭉게구름을 멍하니 쳐다보곤 했다.

"이 사람 그렇게 게으름 피우다가 하지夏至 안에 어디 모내기 허것냐?"

스님이 한 분 지나다 아까부터 보고 있었는지 옆에 와 앉으며 그랬다.

"스님도 그렇게 천천히 걸으시다가는 해 안에 부석사까지 못 가시겠어요."

"허허허. 나야 사철도 없이 시절도 없이 떠다니는 구름 아니냐."

"부초浮草의 길을 가시는 거네요?"

"이눔 봐라! 니눔이 어찌 부초의 길과 근초根草의 길을 안단 말이냐?"

"스님… 스님은 사랑을 안 해 보셔서 청춘들의 고민을 모르시겠죠. 십대의 반항과 십대의 순종도요."

"허허. 고연 놈. 너 몇 살이냐?"

"열여덟 살이요."

"대가리 피도 안 마른 놈이 공부는 안 하고 연애질이야."

"헤헤헤… 스님 사랑에도 나이가 있나요?"

"그런대 너 어디서 왔는데 이 집에 논을 갈고 있니? 머슴으로 오지는 않았을 터이고…?"

"농고를 다니면 축산 농가에서 견습을 해야 졸업을 할 수 있어요."

"논갈이도 견습이냐?"

"아저씨가 힘들어 하셔서 대신 해드리는 거라요."

"그놈 참… 싸가지는 있구나."

"그런데 스님?"

"왜?"

"스님들은 죽을 때까지 스님 해야 되나요?"

"그건 왜?"

"그냥요…."

"이놈아! 니 속을 내가 모를 줄 알고? 머리 깎고 중 하다가 싫으면 절을 떠나면 되는 거냐고 묻고 싶지?"

"아녜요… 저 소가 아까부터 저한테 자꾸 뭐라고 해서요."

"허허허. 이 녀석 봐라. 요새는 소도 말을 한다냐? "

"소가 말은 안 하는데 제가 알아 듣거든요."

"그래 뭐라는데?"

"평생을 소로 사느니 단 하루라도 뒤에 따라다니는 놈으로 살고 싶대요."

"……?"

"제가 죽일 놈이 맞아요. 소는 멍에를 짊어지고 하루 종일 쟁기를 끌어도 저는 따라다니며 욕만 해요."

"그놈 참. 말 속에 뼈가 있네. 니놈은 지금 처지를 탓하는 거냐?"

"예… 저는 지금 단 하루라도 좋으니 새로 되었으면 좋겠어요. 어디든 마음대로 날아다니는 솔개요."

"……?"

"저의 살아갈 나날들에서 진 빚어날 수 없어요. 새들처럼 훨훨 자유롭게 살 수는 없을 거예요…."

"……?"

"스님이 좋아서 막 떠드는 거예요. 스님은 우리 아버지 같아요."

"아버지는 아이들에겐 안길 수 있는 품이지. 믿는 집이고. 그런 게 이 스님한텐 없는데 어찌 그런 생각을 하냐?"

"헤헤헤. 느낌이 그런 걸 어떻게 말로 해요."

"그눔 참…."

"얼런 가세요. 해 지겠어요. 저도 해 지기 전에 이 다랭이 다 갈아야 되요."

쉬고 있는 소를 달래며 쟁기질을 다시 시작하는 아이를 한참 바라보다 스님은 말없이 고개를 끄덕였다.

4

"엄마! 엄마! 오빠는?"

"이년아. 오빠는 공부하러 갔잖아. 집에서 오빠는 왜 찾아."

집에 들어서며 이남이는 오빠부터 찾았다. 엄마는 알면서도 괜히 딴전을 치며 모른척했다.

"아이. 정훈이 오빠."

"니 꼴 보기 싫다고 집에 갔다."

"아이. 엄마 어디 있어?"

"소 몰고 논 갈러 갔어. 쫌 있으면 올 거다."

"알았어. 엄마 나 오빠한테 갔다 올게."

"이눔의 지지배가 공부는 안 하고…."

"갔다 와서 할 거야."

"넌 그 오빠가 그렇게 좋니?"

"헤헤헤."

그때 대문으로 스님이 합장을 하며 들어섰다. 엄마는 뜨락을 내려와 마주 합장을 하며 스님을 맞이했다.

"어서 오셔요. 스님."

"그간에도 평안하셨지요. 보살님."

"스님 염려 덕분에 잘 지내고 있습니다."

마루에 자리를 내주는 아낙에게 다시 한 번 합장을 하며 스님은 대문을 나서다 되돌아와 마루에 걸터앉는 아이를 그윽히 바라봤다.

"스님. 아부지 모셔 올까요?"

"아니다. 이남이 너 올해 몇 살이시?"

"열다섯 살이예요 스님."

"음… 벌써 그렇게 됐구나."

"왜요 스님?"

"아니다. 혹시 너 지금 논에 오빠한테 가려던 참이니?"

"네. 그걸 스님이 어떻게 알아요?"

"음… 스님은 이남이 얼굴을 보면 금방 안단다. 우리 이남이가 누굴 좋아하고 있는지도."

"헤헤헤."

"그 오빠가 집에 돌아가지 않고 이남이 네 집에서 같이 살았으면 좋겠지?"

"네."

"이남이 그 오빠 좋아하는구나?"

"네. 엄청 좋아요."

"뭐가 그렇게 좋은데?"

"헤헤. 그냥 다… 좋아요."

"그런데 어떡하냐. 그 오빠는 멀리 가야 하는데…."

"……."

"이남이 그 오빠 떠나면 많이 슬프겠다…?"

"……."

거의 울상이 되는 아이. 스님은 아이의 마음을 다 안다는 듯 안타까운 표정으로 아이를 말없이 한참을 바라봤다. 꿀차를 내온 아낙을 손짓해 옆에 앉히고 스님은 아이를 불렀다.

"이남아."

"……."

"우리 이남이가 그 오빠를 다시 볼 수 있게 하는 방법이 있기는 한데…."

"참말!

"음…."

"스님 어떻게?"

금방 방긋거리는 아이. 스님은 아이를 가까이 불러 귀에다 한참 무슨 말을 속닥댔다. 아이는 스님의 얘기를 듣고 수줍은 듯 목을 움츠리고 대문을 뛰어나갔다.

"인연은 명주실처럼 가늘어도 질기기가 동아줄이라…."

"……?"

"보살님 댁은 전생前生에 아주 많은 덕을 쌓았는가 봅니다. 부처가 깃들었오."

"조상님들이 선행善行을 좀 베풀었다고는 들었습니다. 스님…."

"추수가 끝나면 절에도 쌀섬을 넘게 공양하시는데, 그기 선대先代서부터 해오시던 거라고 들었습니다."

"아이들 이름도 아주 곱게 지어주시고 하는데 우리가 보답할 기 없어 항상 죄스럽습니다. 스님…."

"덕행德行의 보답은 자손의 영달이고 악행惡行의 끝은 조상의 욕이라지요. 보살님 댁에는 지금 좋은 아이가 와 있네요."

"어떻게 스님이…?"

"아! 오는 길에 그 아이가 논갈이 하는 걸 봤습니다. 얘기를 좀 나누어 봤는데 심성心性이 아주 깊어요."

"죄스러워서 어찌할지… 남의 집 고운 자식을 일꾼으로 부리고 있네요."

"천만에요. 그 아이는 지가 길을 찾아가는 아이요. 논갈이 하며 즐거워하는 그 또래 아이들 흔치 않습니다. 보살님도 그 아이를 살펴보시지는 않으시는지?"

"바깥양반도 많이 욕심을 내지만 그런 인연이 우리에게 있을지…."

"그 아이는 여자애라면 미색에 정심貞心이라 귀하게 될 상이지요. 사내아이여서 누구에게라도 호감好感을 사요. 아이들 사랑이 많은 부모라면 큰 보물입니다. 재물로 얻을 수 없는…."

스님은 한참을 너 머물러서 많은 덕담을 하다가 돌아갔다. 저녁이 되어 들에서 돌아온 정훈은 우물가에서 흙 묻은 몸을 씻으며 아주머니에게서 스님이 들렀다가 간 얘기를 들었다.

"스님이 학생 칭찬을 많이 했어. 착실해서 나중에 잘 살 거라고…."

"제가 스님에게 좀 못되게 굴었어요. 우리 아버지같이 혼 내키며 웃게 해요. 우리 아버지는 내가 어릴 때 밤에 무서워서 뒷간으로 쉬하러 못 가겠다고 칭얼대면 주무시다가도 같이 가주곤 하셨어요."

"세상에나…."

"그럴 때 저는 세상에서 우리 아버지가 최고였어요. 지금은 아니지만…."

"왜?"

"졸업하면 집을 떠나래요. 사내는 세상에 나가야 사는 거래요. 둥지를 떠나야 하는 참새 새끼들처럼…."

"아주 자상하신 아부지시구나. 그럼 정훈이 학생은 졸업하고 어디로 갈 건데?"

"다른 애들처럼 서울로 돈 벌러 갈까 해요."

"그래… 아버지 말씀을 따라야지."

아주머니는 더 무슨 말을 하려다 말고 두레박질을 하고 있는 이남이를 불렀다.

"이남아! 오빠 등목 좀 해 줘라."

"응."

"이남이 너 또 장난칠 거지? 관둬. 오빠가 그냥 수건으로 하고 만다."

"에이. 장난 안 쳐. 오빠 얼른 엎드려."

그러나 이남이는 한참 오빠의 등짝을 밀다 말고 엉뚱한 데다 바가지 물을 끼얹고 도망간다. 저녁상 앞에서도 이남이의 장난은 계속됐다. 숭늉을 따라주다 일부러 바지에 엎지르고 매운 고추를 안 맵다고 먹으라고 건네줬다. 두 아이의 장난으로 깔깔대는 웃음으로 집안은 요즘 항상 즐겁다.

"오빠가 그렇게 좋으면 이남이 나중에 커서 오빠한테 시집가라."

"싫어! 난 아부지하고 살 거야. 시집 안 가구…."

"아부지는 금방 늙어서 죽을 텐데?"

"그래도…."

"그래 이남이가 정 시집을 안 가겠다면 할 수 없지. 데릴사위를 하나 구해 와서 같이 살아야지. 어디 가서 아주 좋은 이남이 신랑감 하나 없나 알아봐야겠다."

"싫어! 싫어!"

이남이는 금방 난리가 나기라도 한 거마냥 아버지에게 달려가서 목에 매달리고 엄마의 팔을 잡아당기고 했다.

"그럼 할 수 없네. 정훈이 오빠한테 시집을 보내서 같이 살아야지."

"헤헤헤."

"그런데 이남이가 클 때까지 정훈이 오빠가 기다려 줄지 모르겠다. 정훈아 어쩔래? 기다릴래? 우리 이남이 클 때까지."

"안 되겠는데요. 이남이 클 때 기다리다간 늙어 죽을 걸요."

"그럼 정훈이 오빠는 안 되겠다."

"만약 이남이가 오빠 기다려 줘. 하고 지금 부탁한다면 기다릴 수 있어요."

"헤헤헤."

정훈이의 장난에 이남이는 자기 방으로 얼굴이 빨개서 도망치고 만다.

5

기다림이 그리도 애타고 그리움이 그렇게 사무칠 줄 그때 알았다면 그런 약속을 하지 않았을 거다. 정훈이 오빠가 실습을 마치고 집으로 돌아간 후에 이남이는 기차를 타고 정훈이 오빠가 사는 동네를 찾아갔다. 보고 싶었다. 고등학교를 들어가면서 어렴풋이 사랑을 느끼게 되고 사랑의 절절한 얘기들을 엮어가는 방송 드라마들이 가슴속으로 그리도 싸하게 밀려왔다. 같이 소백산으로 등산을 가서 철쭉꽃 속에 파묻혀 오빠 가슴에 기대어 하모니카 연주를 듣고 희방사로 내려오는 가파른 내리막길에서 일부러 비틀대며 안겨본 오빠의 따뜻한 품도 그립기만 했다.

"그 오빠들 다 서울로 갔다."

"언제 와요?"

“아마 돌아오지 않을지도 몰라. 사귀던 여자애도 지금 고향을 떠나고 없으니….”

— 정훈 오빠. 나 꼭 기다려 줘 —

떠나는 오빠 바지 주머니에다 아무도 몰래 넣어 준 쪽지. 스님이 시키신 대로 하였지만 다시 만나게 될지는 알 수 없었다. 이남이는 혹여나 하는 마음으로 몇 번이나 오빠네 마을을 찾아갔었다.

그렇게 애태우며 지나던 여고 졸업반. 아버지의 뜻을 따라 농업대학 원예과를 지원하고 결과를 기다리던 어느 날 저녁 오빠가 대문 밖에 와 서 있었다. 이남이는 아무 말도 못하고 오빠의 가슴을 파고들며 울음을 터트렸다. 부석사 절을 찾아 불상 앞에 엎드려 한 번만이라도 오빠가 와주기를 기원할 때, 남몰래 울기도 했었다. 그땐 정훈 오빠를 한 번이라도 만날 수 있다면 죽어도 괜찮다는 생각도 했었는데.

“이젠 죽어도 오빠 곁에서 떨어지지 않을 거야. 죽어도….”

“그래….”

“오빠를 얼마나 기다렸는지 알아?”

“그래…. 이남이가 이제 완전히 숙녀가 다 됐네.”

“씨! 한 번만 더 가버리면 난 콱 죽어버릴 거야.”

“큰일 났네. 오빠 이제 화장실에도 못 가겠네.”

“헤헤헤.”

“하하하.”

돌아오리라고는 생각지도 않은 정훈이. 아버지는 애써 웃음을 참았고 엄마는 어쩔 줄을 몰랐다. 다음날은 날이 밝기도 전에 스님이 오셨다. 아버지가 연락을 하신 거다. 그 아이가 오거든 속히 연락하라고 아버지께 부탁을 하셨던 스님이다. 스님은 부모님과 한참 무언가 상의를 하시더니 그날로 스님과 함께 길을 떠나셨다.

“아부지는 잠시 스님하고 다녀올 데가 있어 간다. 아마 며칠 걸릴 거다. 지리산으로 오대산으로 들려서 오려면 좀 늦을지도 몰라. 축사는 정훈 오빠가 있어 잘 돌볼 거니까 걱정 안 해도 돼.”

“알았어. 아부지. 엄마도 있는데 뭐.”

“이님아. 엄마도 같이 간다.”

“엄마…?”

“이 철따구니 없는 가시나야. 까불지 말고 집 잘 보고….”

“엄마는 왜 가?”

“왜 가기는. 니년 대학시험에 잘 붙게 해달라고 명산대찰로 불공드리러 가잖아.”

벼 타작도 끝난 썰렁한 들판 길을 부모님은 뭐가 그리 즐거우신지 스님과 함께 두루마기 자락을 휘날리며 가신다. 역전까지 따라가서 배웅하려던 이남이는 동구 밖도 못 가서 쫓겨들어 왔다. 갑자기 어른들이 떠나자 둘은 어색하게 마주 보고 서 있다가 정훈은 축사로 나갈 준비를 했다.

“이남아.”

“응.”

“넌 심심한데 친구들 불러서 놀아.”

“헤헤. 오빠가 있는데 뭐가 심심해? 그런데… 좀 이상하다 오빠.”

“하하하.

이남이는 장화를 챙겨 신고 축사로 나가는 오빠를 따라가려다 잠시 생각에 잠겼다.

'이남이 너 정훈이 오빠가 오면 우리한테 바로 연락해.'

'우리가 도망 못가 게 붙드는 걸 알려 줄게.'

'맹맹이 송아지 코뚜레를 꼬여서 꼼짝 못 하게 하는 거야.'

'호호호. 정훈이 오빠가 송아지 됐네.'

장난이 심하기론 읍내 철물점 순영이다. 남학생들이 순영이만 보면 도망치기 바쁘다. 짓궂어서 그렇고 말싸움엔 당할 애들이 아예 없다. 그러나 이남이의 전화를 받고 몰려온 친구들은 장난은커녕 순한 양들로 변해서 숨어서 소곤거리기만 했다.

"얘들아…! 저 오빠 디기 멋있어졌다."

"그래. 우리 이남이 꺼 하지 말고 우리 꺼 하면 안 될까?"

"호호호."

"후후후."

"이 가시나들. 죽을래?"

"얘들아 그러지 말고 그만 이남이에게 작전을 전수해 줘라."

"작전은 무슨. 생다리 걸면 될 걸."

"……?"

"이남이 저 멍충이 가시나가 생다리가 뭔지 아니. 좀 삼 단계로 풀어 줘라."

"우선 무섭다는 핑계로 정훈이 오빠를 일남이 오빠 방으로 불러서 자게 한다."

"……?"

"속옷 차림으로 오빠를 불러내서 소주를 한잔한다."

"……?"

"취한 척하며 오빠 방으로 들어가 옆에 드러눕는다."

"그러면…?"

"등신들아 그러면 게임 끝난 거지 뭘."

"더 뭐 어떻게 할 건…?"

"이 가시나들! 돌부처도 넘어와. 그 상황이면."

"이남이. 잘 할 수 있겠지?"

"……."

"오늘 밤 성공 못 하면 내일 밤엔 극단적 작전에 들어간다. 이남아 그냥 오늘 밤에 숙제 끝내자. 알았지!"

"……."

"그만. 우리 오늘은 비빔국수로 때우고 자리를 비워주자. 이남아. 다음번엔 자장면 탕수육 알지?"

친구들이 의미 있게 엄지척을 하며 와르르 몰려가고 나자 이남이는 작전을 예습하기는커녕 괜히 가슴만 두근대며 자꾸 닦은 일남이 오빠 방을 닦고 또 닦고 했다. 만약 친구들 코치대로 그랬다가 정훈 오빠가 화를 내면.

"… 어떡해. 어떡하지…."

그러나 저녁을 먹고 난 정훈 오빠는 이남이가 작전을 꺼내기도 전에 오빠 방으로 들어갔다.

"이남이가 무서워 할 거 같아 내가 오빠 방에서 자야겠다. 아무 걱정 말고 자. 오빠가 옆에 있으니까."

"……."

작전이고 뭐고 이남이는 밤새도록 뒤척이다 새벽에 일어나 욕실로 가서 거울을 보고 깜짝 놀랐다. 머리통은 빨다만 수세미고 눈알이 빨갛게 토끼 눈알이 되어있었다. 이남이는 그 꼴을 정훈 오빠가 볼까 봐 얼른 머리를 감고 오빠 방으로 갔다. 정훈 오빠는 어느새 축사로 나가서 덮고 잔 이불만 가지런히 개어져 있었다.

"내 이를 줄 알았어."

아침부터 친구들은 어젯밤 야릇한 상황이 궁금해서 떼로 몰려왔다가 죽을상을 하고 있는 이남이를 보고 저마다 한 대씩 쥐어박으며 핀잔을 줬다.

"이 멍칭이 가시내 아주 죽을 써요. 죽을 써."

영순이는 아예 기대도 안 했다는 듯 오늘의 극단적 선택을 짜기 시작했다.

"끝까지 덤비는 놈이 승리를 쟁취한다. 나폴레옹."

"순리를 거스르는 자에겐 반듯이 화가 돌아온다. 공자."

"너들 자꾸 초 칠레? 안 그래도 소심해서 허둥대는 이남이 아주 망가트릴 작정이야 뭐야?"

"알았어. 모두 정숙."

"자 다시 삼 단계. 일단 이 약을 소주잔에 타서 먹인다."

"뭔 약인데?"

"수면제."

"와! 죽인다."

"이 난세. 깔끔하게 시작한다. 팬티를 벗고 맨 치맛바람으로 자고 있는 오빠의 옷을 다 벗겨버린다. 그리곤 꼭 껴안고 잔다."

"와! 미처. 미처…."

영순이의 진지한 코치에 친구들이 숨을 죽였다.

"삼 단계. 지금부터가 중요한 건데. 잘 들어. 오빠가 깨어나면 깜짝 놀랄 거야. 그때 좋아서 생글거리지 말고 울먹이며…."

"...............?"

"오빠! 나 어떡해? 엉엉........"

"……?"

"오빠가 너무 좋아. 우리 또… 해."

"뭐야? 키스도 안 했는데 따귀를 때려?"

"등신들아. 우기면 도도 모가 되는 거야. 정훈 오빠가 이남이 저거 손도 안 잡고 잤다는 걸 아는 순간 작전은 나무아비타불이야."

"기똥차다."

"영순이 너 그거 몇 번이나 써먹었니?"

"미쳤냐. 눈만 살짝 감았다 뜨면 그냥 얍얍인데. 왜 생 힘을 빼니."

"애 좀 봐. 이제 봤더니 다 지 꺼 했잖아."

"됐고. 아버지 어머니가 저 이남이 같은 순둥이를 두고 여행을 가실 때는 다 아신 거야. 열두 밤을 한방에 내둬도 머리카락 하나 안 건드릴 오빠란 걸. 옆에 있으면 돌부처도 설렐 저 통통한 예쁜 가시나인 줄 아시면서."

"내일 아침이 기대된다."

"아니. 며칠은 우리가 올 필요가 없을 거야. 이남이 재 낼부턴 우리가 오는 게 싫을 걸. 신혼의 꿈속이야 등신들아."

6

"이남이 누나. 일남이 형은 언제까지 쌀을 가져가는 거야?"

"죽을 때까지."

방앗간에 들린 이남이는 내일 울진 오빠한테 보낼 쌀 포대를 확인했다. 오십 가마니다. 40kg 백 개다.

"설아가 맨날 고생이야 누나."

"외삼촌 보러 일부러도 갈 건데 뭐."

"히히…."

"왜?"

"글쎄 설아는 누나 딸도 되고 조카도 되고."

"응. 아직도 설아는 지 외삼촌 댁에 가면 아빠 엄마고, 집에 오면 외삼촌 외숙모야. 외삼촌댁에서 커서 그럴 거야."

"설아가 초등학교까지 졸업하고 집에 왔으니까…. 누나 그때 그 형 떠나고 난 후 울고 그러던 거 지금도 생각나."

"내가 그랬나? 하긴 그땐 내가 철이 없을 때잖아."

"히히. 엄마 대학생."

"지금 생각하면 그때 내가 진짜 너무 우스워."

"그런데 누나…."

"응."

"내가 누나한테 말 안 한, 나하고 그 형하고의 일이 있었는데…."

"뭔데…."

"그 형이 떠난 게 내 잘못이란 생각이 자꾸 들어서 누나한테는 여태껏 말 못 했어."

"……?"

순돌이가 커피를 타가지고 와서 건네주며 얘기를 한다. 그때 초등학생이었던 순돌이는 아버지가 목장에 일을 하고 있어서 자주 목장으로 와서 놀았다. 목장 실습생 형에게 어려운 산수 문제 들고 와 풀어 달라 하기도 하고 하모니카도 불어 달라고 그러며 같이 놀았다. 나중에 정훈 오빠가 다시 왔을 땐 중학교를 들어갔을 때다.

"형 누나하고 결혼할 거지?"

"왜?"

"동네 사람들이 다 그러던데. 형은 이남이 누나하고 결혼해서 목장댁 데릴사위 될 거라고."

"음…. 그러고 싶은데…."

"왜? 누나는 형을 얼마나 좋아하는데. 형은 누나가 싫어?"

"아니."

"그럼 왜? 누나는 맏며느릿감으로 최고라고 동네 어른들이 다 그러시는데. 누나는 예쁘고 착하고. 그래서 누나를 동네 형들이 다들 얼마나 좋아하는지 몰라."

"형은 깸도 안 되겠다."

"형은 뭘 모른다. 누나 친구들은 애인이 다 있어. 누나만 없고. 그기 다 누나가 형을 너무 좋아해서 그래. 우리 아부지도 그러는데 형은 땡 잡은 거래. 목장은 아들인 일남이 형이 스님이 되면 누나가 목장 주인이 될 거래. 그러면 형이 목장 주인이 되는 거잖아."

"야. 순돌이 너 쬐꼬만기 별걸 다 안다. 그럼 나중에 형이 목장주가 돼서 대장 하면 순돌이 너 쫄병 해라."

"누나는?"

"왕이지."

"와 신난다. 나중에 나 꼭 불러 형."

"왜? 순돌이 너 어디 가니?"

"우리 곧 이사 갈 거야."

"왜? 아버지가 목장 일 그만두신다니?"

"응. 형이 누나하고 결혼하면 목장 일은 형이 다 할 거래. 그러면 우리 아부지는 필요 없을 거라고 동네 아저씨들이 그러던데. 그래서 오늘도 우리 아부지 시내 나갔다 온다고 가셨어. 집짓는 데랑 도로 닦는데 일자리 알아보시러."

"응. 그래서 오늘 아저씨가 목장에 안 나오셨구나."

"형은 좋겠다. 애인도 생기고 나중에 목장주도 되고.

"순돌아."

"응?"

"난 누나와 연애는 해도 나중에 목장 주는 안 할지도 몰라."

"왜?"

"응 쫌…. 설명하기 그런데."

"형 참 나쁘다."

"어! 순돌이 너 갑자기 왜 그래?"

"누가 형 속샘 모를까 봐?"

"……?"

"건너 말 송이네 할아버지는 아주 착실한 데릴사위를 얻어서 좋아하셨는데, 어느 날 그 사람이 땅을 잡혀서 도망가는 바람에 땅도 집도 다 뺏기고 읍내 시장에서 리야카 끌고 다니며 엿장사 하고 사셔. 그래서 송이는 중학교도 못 다니고 식당에서 심부름 해."

"그럼 송이 엄마는?"

"집을 나가셔서 소식이 없대."

"그래…."

"형도 그래서 나중에 목장은 안 한다는 거잖아? 누나도 버리고 목장도 팔아먹고."

"야! 순돌이 너 완전 짱이다. 콩톨만한 기 머리 굴리는 데는 완전 천재다 천재."

"형은 안 그럴 거지?"

"몰라. 그런데 순돌이 너 나보고 맨날 백 점이라고 했잖아. 이제 아니니?"

"마이너스 백 점."

"망했네. 망했어."

"나 영주 시내로 이사가면 형 보러 안 올 거야."

"전학 갈거니?"

"응."

"친구들하고 헤어지겠다. 이사가면?"

"응. 난 가기 싫지만 어떡해."

"난 순돌이가 친구들하고 헤어지는 거 싫어. 그래서 누나하고 결혼 안 할 거야."

"큰일나. 나 때문에 형이 누나하고 결혼 안 하면 나 맞아 죽어."

"그럼 어떡해. 난 순돌이 하고 노는 게 좋은데."

"결혼해. 결혼해. 내가 전학 가서도 형 보러 올게."

"알았어. 대신 순돌이가 형이 내는 문제를 잘 풀면 다시 생각해 볼게."

"응. 산수문제만 말고."

"음…. 나라에 전쟁이 났는데 집에 예쁜 아내가 있어. 싸우러 나가야 할까? 아내를 위해서 집에 있어야 할까?"

"조국을 위해! 앞으로! 또 앞으로!"

"와 순돌이 백 점. 이번엔 열 명이 탈 수 있는 나룻배에 열한 명이 탔어. 난 내려야 할까 그대로 있어야 할까?"

"난 헤엄을 못 치는데…."

"좋아. 마지막으로 문제. 전염병으로 다 죽어가는 마을에 전염병에 안 걸리는 약이 생겼는데 다섯 개야. 사람은 여섯이고. 나는 그 약을 먹어야 할까? 아님 안 먹고 죽어야 할까?"

"……?"

"좋아 결정했다. 순돌이는 남자니까 용감하게 애인도 버리고 전쟁터로 나간다고 했지. 나도 남자니까."

"……?"

"누나. 나 지금도 그때 형이 한 얘기들을 이해 못 해. 누나는?"

"글쎄. 살아있다면 따져 보겠는데."

"누나도 지금 그 형 많이 보고 싶지?"

"응. 가끔……."

"난 거의 날마다 한 번씩은 그 형이 생각나. 아버지가 돌아가실 때까지 그 형 얘기를 하셨어. 아버지가 목장 일을 계속하게 된 건 다 그 형 덕분이래. 사과 과수원을 시작하도록 해서 목장 일이 끝나고도 계속 일을 할 수 있었다고. 또 누나가 대학을 마치고 농장을 운영하면서 정미소를 구입해 나한테 넘겨줘서 내가 도시로 돈 벌러 안 나갔잖아."

"순돌이 너 일 비쁠 때 내가 데려다 일 시켜 먹으려고 한 건 모르지?"

"하하하. 누나한테 또 당했네."

"요즘 쌀값도 괜찮다며? 돈 많이 벌면 누나도 좀 나눠주고 하기다. 혼자 다 챙기지 말고."

"과수원 사과 판매 수입만 몇 억인데 누나가 돈이 아쉬워? 누나가 복지 성금을 제일 많이 낸다고 하던데?"

"누나는 지금 돈이 없어서 설아 옷 한 벌도 못 사주고 있는 건 모르지?"

"하하하. 딸내미 하나 있는 거 농장 일만 시켜서 구박하는 줄 알았더니 누나 아주 아동 학대를 해요."

"아무튼 고맙다. 방아 삯도 안 받고 맨 날 찧어 줘서."

"걱정 마 누나. 나중에 한꺼번에 청구해서 목돈 만들 생각이니까. 하하하하."

이남은 집으로 와 과수원 일꾼들을 보낼 준비를 했다. 일꾼들 품삯은 당일 바로바로 정산한다. 요즘같이 일손이 아쉬울 땐 선금을 주고도 얻는다. 설아도 일꾼들 데려다줄 시간을 맞춰서 논에서 들어왔다.

"오는 길에 꽃집 이모네 들렀다 와."

“알았어.

“또 저번마냥 노닥대다 오지 말고.”

“네 어머니.”

“이놈의 가시나 말만 또박대지 말고.”

“네. 농장장님.”

‘대답만은 죽어도 상냥하게, 작업은 확실히, 짜증을 내려면 지구를 떠나라’는 설아가 외삼촌 댁에서 크면서 귀에 못이 박히도록 들은 말이다. 그 많은 농장 일에, 의회 일에 힘든 엄마다. 절대 불평은 하지 않는다. 엄마에게만은.

“우리 설아 오늘도 모내기했네. 작업복이 흙투성이야.”

“오늘 모내기는 마무리 지었어요. 내일부터는 저도 과수원으로 작은 몸이나마 지원 나가겠습니다.”

“이그. 우리 이쁜 딸.”

“아들이요.”

“후훗. 요렇게 예쁜 아들도 있나?”

설아는 시내로 나가는 벚나무길 도로를 달리며 일꾼 이모들의 꽃이 된다. 아이가 귀여워 죽는 이모들은 가끔 설아의 신체도 탐한다. 얼마 전까지만 해도 탐스럽던 벚꽃 길은 이제 시원한 숲길이 되었다.

“후후후.”

“에이그. 머슴애나 지지배나 그냥 이쁘다 소리만 들으면 좋아서.”

“시집갈 때가 되면 다 그렇지. 예쁘다는 소리보다 더 좋은 게 어딨서. 안 그러니 설아야?”

“아이참. 설아는 시집 안 간다니까요.”

“그래 우리 설아는 언제가지나 엄마 곁에 있어야 돼. 엄마가 청춘이 다 가도록 혼자 살아온 기 뭐여 다 설아 때문이지.”

“네 잘 알겠습니다. 인생 선배님들.”

“말도 잘 듣지. 우리 설아.”

“그래서 오늘은 말 잘 듣는 설아가 마트에 가서 콘을 쏘겠습니다.”

“역시 설아야. 이모들 목마른 걸 어느새 알아가지고.”

“하믄. 하믄. 우리 이모들 잘 챙기지. 일 잘하지. 거기다 맴 착하지.”

“내가 이모들 때메 못 산다. 못 살아. 마트 찍고 자장면 집으로 고고고.”

칭찬은 고래도 뛰게 하고 비행기를 태우면 하늘조차 우스워진다고 했다. 설아는 이모들에게 자장면에 탕수육까지 거하게 쏘고 꽃 가게로 갔다.

“늦었구나.”

“응 일꾼 이모들 자장면 사드리느라.”

“잘했다. 사다리 타느라 모두들 힘들었을 텐데.”

“이모 엄청 예쁘다.”

설아는 꽃다발을 받아들고 한참 들여다봤다. 외삼촌 댁에 가는 길에 아빠한테 전할 거다. 아빠는 설아가 태어나기도 전 울진 불영계곡 사랑바위 앞 길가에서 눈에 파묻혀 돌아가셨다고 했다. 아빠가 돌아가실 때 마침 외삼촌이 불영사에 수행자로 있어 아빠 마지막을 잘 수습하셨단다. 아빠의 49제는 불영사에서 올렸다고 했다.

“엄마가 아주 예쁘게 만들라고 하잖아. 설아야. 차 한 잔 줄게 먹고 가.”

"응."

"설아야. 아빠가 어떻게 생긴 사람이었을까 궁금하지?'

"응."

"니가 거울을 보면 돼."

"아빠가 여자처럼 생겼었나?"

"지금 니 얼굴하고 똑같았어. 여자인지 남자인지 헷갈렸다니까."

"나처럼 디기 못생겼겠네?"

"완전 잘 생겼었어. 엄마만 아니람 우리가 뺏었을 걸."

"엄마가 그래서 재혼을 안 하시나 봐. 아빠같이 잘생긴 사람이 없어서…."

"응 그것도 있지만…. 설아 니가 있는데 뭐."

"큰일 났네. 나 시집도 못 가겠네."

"우리도 지금 그게 젤 걱정이야. 너 없었으면 니 엄마 옛날에 죽었어."

"일 났네. 일 났어. 이모 나 얼른 갈래. 엄마 나 기다리다 죽기 전에."

"가긴 어딜 가. 이년아!"

설아는 일어나 나가려다가 우르르 밀려 들어오는 이모들에게 붙들려 다시 소파에 처박혔다.

"엄마야! 설아 죽어."

"이년아 가만 안 있을래?"

젖가슴을 만지고 엉덩이도 더듬고. 이모들에게 걸리면 반 죽는다.

"이모! 이래는 건 성추행이야."

"신고해라 이년아."

"아이고 설아 죽네."

설아는 한참을 더 발버둥치다 이모들 손아귀에서 풀려났다.

"이거 갈수록 지 아빠를 꼭 빼다 박네."

"그래 완전 똑같지?"

"설아야. 이모하고 키스."

"싫어! 싫어!"

"조게 남자라면 그냥 생다리를 확 거는 긴데. 이넘이 고 앙큼한 가시나처럼. 흐흐흐."

"흐흐흐."

"우리 엄마가 뭐? 생다리는 뭐야?"

"애들은 몰라도 돼."

"아이. 이모들 뭔데?"

"크면 다 알게 돼. 이 밤톨아. 그런데 설아야. 너 올해 몇 살이니?"

"스물하나."

"딱 그때 설아 아빠 나이네. 우리 요걸 미장원으로 델구 가서 머리를 한번 쌀뚝 잘라볼까?"

"그래. 그러면 완전 카피야."

"엄마야!"

설아는 걸음아 날 살리세요 하고 꽃가게를 탈출했다. 집으로 돌아온 설아는 카드 영수증을 식탁 귀퉁이에 슬그머니 디밀곤 욕실로 줄행랑을 쳤다.

"이눔에 가시내 아주 살림을 거덜 내요. 거덜 내."

설아는 저녁을 먹고 마당에 나가 검둥이들 저녁을 먹이고 목줄을 풀어 주었다. 녀석들은 금방 이리 뛰고 저리 뛰며 제 세상을 만났다. 과수원으로 나가는 길을 내달리며 신나 한다. 산짐승들이 과수원에 못 들어오게 지키러 나가는 거다. 새로 심어놓은 신품종 어린 묘목들을 산돼지들이 가끔 몰려와 파헤쳐놓곤 해서 골치다.

"엄마…."

컴퓨터 앞에 앉아 오늘 하루 일과를 정리하고 기상대의 한 주일 날씨 예보를 체크하다 보면, 10시 뉴스를 좀 보다보면 어느새 졸음이 몰려온다. 설아는 베개를 끌어안고 엄마 방문을 열고 일단 여사님 반응을 살핀다. 아무 말 없으면 슬그머니 엄마 겨드랑이를 파고든다.

"엄마…."

"……."

"사랑해요. 고모…."

"또 까불래."

"아이…."

엄마의 허리를 꼭 끌어안고 보채는 아이를 이남은 토닥여 준다. 힘들 텐데도 내색을 않는 딸아이가 항상 대견하다. 곁에서 있기만 해도 된다. 농장일 나 몰라라 놀기만 해도 탓할 생각은 아예 없다. 그런데도 딸아이는 놀기보다 일을 좋아한다. 야물딱진 올케의 아이 교육의 덕인가 싶다. 설아가 어릴 때 울진 오빠네 집에 이남이가 가끔 들리면 엄마인지 알 리가 없는 설아는 고모 고모 하면서 귀염을 떨곤 했었다. 그래서 귀엽기만 한 어리기만 한 아이인줄 알았는데. 어느 날 오빠네를 찾은 이남이는 깜짝 놀랐다. 설아가 고사리 손으로 마당 화단에 잡초를 뽑고 있었다.

"설아 착하네. 화단을 다 가꿀 줄 아네."

"응 고모. 풀이 많아서 꽃나무들이 힘들어해."

"그래…. 고모도 같이 뽑아야겠다."

"응. 고모도 같이 뽑아."

"그런데 우리 설아가 화단 가꿀 생각을 다 했을까?"

"응. 엄마가 풀을 뽑다가 잠깐 나갔다 오신다고 가셨어. 엄마는 바빠서 설아가 해."

"풀 뽑다가 우리 설아 숙제도 못 하겠네."

"응. 밤에 하면 돼. 아빠하고 같이."

"아이 착해라 우리 설아. 숙제도 안 빼먹고 화단도 잘 가꾸고."

"응 고모도 착해. 할아버지 할머니도 잘 모시고."

"엉? 누가 그래 고모 착하다고?"

"응. 엄마가."

"그래. 아빠는 뭐래?"

"아빠는…."

"괜찮아. 말해봐."

"응…. 고모가 밉대."

"그랬어. 고모가 밉다고?"

"아빠가 말한 걸 고모한테 일러바치면 나쁜 짓인데…. 고모 설아가 밉지?"

"아니 하나도 안 미워. 설아도 아빠처럼 고모가 밉지?"

"아니야. 고모 이뻐."

"나두 설아 예뻐. 우리 설아가 젤 예뻐."

"히잉. 고모 좋아. 엄청 좋아."

"고모도 설아가 무지 무지 좋아. 우리 풀 그만 뽑고 바닷가 놀러 갈까?"

"와! 좋아라. 설아도 고모가 너무너무 좋아."

이남이는 설아를 데리고 바닷가에서 늦게까지 놀았다. 아이는 다 예쁘다고 하지만 설아는 언제 봐도 미운 짓을 안 했다. 매점에서 맛있는 걸 사주려고 하면 고모 돈 없는데 돈 많이 쓴다고 사는 걸 말리곤 했다. 옆에서 보는 사람들이 다 귀여워 죽겠다고 그러곤 한다.

"저러다 설아가 엄마보다 고모를 더 좋아하겠네. 고모 우리 집에 출입 금지 시키든지 해야지 안 되겠어."

"아이는 아이다워야 해요 올케. 설아가 너무 어른스러워서 큰일 났어요."

집에 돌아온 이남이는 투정 아닌 투정을 했다. 철없는 욕심꾸러기 아이가 때론 엄마를 속상하게도 하지만 철없는 짓이 귀엽기만 한 아이이기도 한 거다.

"그렇지 고모. 우리도 때로 깜짝깜짝 놀란다니까요. 아침에 유치원에 데려다주려고 나서면…."

"엄마. 우산."

"우산은 왜?"

"구름님이 많아 많아 엄마 올 때 비 맞아."

"우리 설아, 엄마 비 맞는 거 걱정하고 다 컸네."

"흐흥. 설아가 커믄…. 엄마 띠띠도 태워 줄 거야."

올케는 그 새를 떨어졌다고 마당에 들어서는 아이를 안아 올려 물고 빨고 난리다. 이남은 그날도 아이 데려가는 문제를 상의하지 못하고 돌아왔다.

"엄마. 생다리가 뭐야?"

"생다리…?"

"이모들이 엄마가 생다리를 걸었대."

"망할 놈의 가시내들. 애 듣는데 못 하는 소리가 없어."

"엄마 나 이제 다 컸어. 애가 아냐. 이모들도 그래, 나만 보면 안고 만지고 맨날 애 취급이야."

"어이 그, 우리 설아가 이렇게 컸네, 이렇게 컸어…."

"아이고 숨 맥 혀! 엄마…."

이남은 아이를 안고 또 안고 안아주고 또 안아주고 했다. 그 긴 시간…. 설아는 아이이기도 정훈 오빠이기도 했다. 단 한 순간도 설아가 있어 외로워하지 않을 수 있었고 허전함을 견딜 수 있었다. 그리울 땐 딸아이를 보고 있으면 그 싸하던 가슴속이 어느새 스르르 녹아 가만한 기쁨으로 한가득 안겨들곤 한다.

"이그…. 우리 얼뚱이. 우리 달뚱이."

"엄마…. 엄마…. 찌찌…."

가슴을 파고드는 딸아이를 내버려 두고 그 꿈속에 살든 달콤하고 포근한 그 시간 속으로 갔다. 세상을 온통 무지개가 그려놓은 구름 꽃 아래 분홍빛 복숭아꽃, 매화꽃…, 흐드러진 그 들판 넘어 언덕길 사이길로 달려 나가다 보면. 저 멀리서 손짓하는 오빠가 있다. 잡힐 듯 잡히지 않는 오빠가 있다. 가다가 가다가 붙잡힌 오빠는 또 도망가려 발버둥을 치고….

7

"오빠야…."

"좀 더 자, 아직 새벽이 되려면 멀었어."

"오빠 나 추워."

"알았어."

동지가 지나며 밖에는 소백산 죽령고개를 넘어오는 찬바람이 곧 첫 눈이라도 내릴 것처럼 씽씽 댄다. 이남은 가슴으로 끌어당겨 꼭 안아 주는 오빠의 품속을 또다시 파고들었다. 군불을 많이 때서 따뜻한 아랫목보다 더 따뜻하고 포근하다. 어린 날 눈보라치는 학교 정문 앞에서 기다리던 아버지가 달려와 업어 줄 때의 그 따뜻한 등어리 잔등보다 오빠의 가슴은 더 따뜻했다.

"엄마가 오늘은 오시겠지…. 이남이가 아버지 보고 싶어 큰일났다."

"……."

"날씨도 추워지는데…."

"오늘은 안 오셨으면 좋겠다."

"보고 싶다면서…?"

"그래두…."

"깍쟁이…."

"그래서 이남이 미워?"

"아니 예뻐."

"히힝…."

"오빠는 이남이를 젤 좋아해, 그리고 사랑해."

'그럼…. 또."

"아까…. 사랑했잖아."

"아이…. 오빠."

"이남이 자꾸 그러면 오빠 멀리 도망간다."

"그러기만 해. 지구 끝까지라도 따라갈 테니까."

"이 세상 끝까지?"

"저세상 끝까지."

"큰일 났네. 큰일 났어."

"그러니까 오빠…. 아이 또…. 해."

부모님은 며칠이 더 지나서 돌아오셨다. 거의 보름이 넘어 오신 거다. 어른들은 다 짐작하고 계셨다는 듯 아무 말씀도 없으셨다. 이남이는 조금 계면쩍어하면서도 늘 하던 대로 아버지 목에 매달리다 엄마를 쫄쫄 따라다니다 했다. 부석사 스님은 절로 돌아가며 멀리까지 배웅 나온 정훈이에게 궁금한 걸 물었다.

"그래 그동안 길은 찾았더냐?"

"많이 헤매고 다녔습니다. 서울로 가 길을 찾는 아이들, 그들 속에서 저도 최선을 다해 자리를 찾아보았어요."

"나에게 좀 들려줄 수는 없겠냐?"

"하는 말은 사실의 근처도 못 간다고 했어요, 스님, 우리는 어릴 때 동냥하러 다니는 거지들을 따라다니는 거지 아이들을 막 골리고 그랬는데요. 그 아이의 고통을, 그 서러움을 우리는 짐작도 못 했었어요. 엄마가 정성 들여 만들어 주시는 반찬을 두고, 반찬 투정을 하고 보리밥이라고 타박만 했어요."

"철없는 시절은 인간이 살아가는 세상의 고통 그 초입에도 이르지 못하는 시절이지…."

"죽령 저 긴 고개를 걸어서 넘어보지 않은 사람에게 힘들고 힘든 고갯길을 얘기해 준들 알아들을 수 없을 거예요."

"연륜의 노인들은 모를 것도 안단다."

"우리는 고향을 떠나서도 고향에서처럼 열심히 일해서 살아갈 길을 찾았어요, 그러나 우리의 길은 너무도 힘겨운 길이었어요, 그렇지만 우리는 열심히 일했어요, 그렇게 지나다 겨울철이 되면서 우리에겐 공사장 인부들의 일이나 자장면 배달일이 없어졌어요."

"……."

"찬바람이 허리춤을 파고드는 골목길에서 목덜미를 파고드는 설밑의 그 살을 에이는 강추위를 견디고 있는 우리는 며칠 동안 아무것도 먹지 못한 상태로 일할 데를 찾아다녔어요. 그 배고픔은 태어나 처음 겪어 보는 아주 무서운 거였어요. 세상에 모든 것이 다 먹는 것으로 보였어요. 심지어 길가에 개똥이 어머니가 쪄주시던 보릿가루로 만든 개떡으로 보였어요. 스님께서는 우리보다 더 고통스런 일도 겪어 보셨을 거라고 생각하고서 드리는 우리들 얘기예요."

"우리 조상님들은 7년 대한大旱의 대기근饑饉을 만나 초근목피로 사시며 그 고통을 견디시기도 했다."

"죽어도 들어가기 싫은 하숙집에 들어간 우리는 하숙집 꼬맹이가 저금통을 털어서 사주는 카스테라 빵을 고맙다는 말도 못하고 마구 먹어댔어요. 그런데 꼬맹이가 엄마한테 매를 맞는 비명소리가 우리 귀에 들려왔어요. 우리는 먹던 빵 봉지를 내려놓고 서로 얼굴만 쳐다봤어요. 우리가 일을 해서 돈을 벌 때는 그래도 시골서 올라와서 고생한다고 밥도 많이 주시고 하시던 하숙집 아주머니는 거지꼴이 된 우리에게 더 자비를 베풀지 않으셨어요. 저는 더 이상 견디지 못하고 서울을 떠나려고 열차에 올라탔어요. 저는 갈 곳이 없었어요. 아무 곳도 갈 곳이 없었어요. 둥지 떠난 참새 새끼는 둥지를 다시 찾지 않아요. 고향을 떠난 저는 고향으로 돌아가서는 안 되잖아요."

"이곳으로 올 생각은 왜 안 했냐?"

"다른 고향요? 농촌을 떠난 아이는 어느 농촌도 똑같은 고향이예요. 이곳에도 도시로 떠나야 할 처지의 아이들은 많을 거예요,"

"그래서 그동안은 어디서 지냈냐? 몇 년이 흘렀는데."

"우연히도 열차에서 안동 사신다는 분을 만나 저의 사정을 말씀드렸어요. 그분은 안동 와룡면에서 농토를 많이 가지고 농사를 지으시는 분이셨어요. 저는 염치불구하고 일꾼을 살 테니 선先 새경을 좀 주실 수 없으시냐고 부탁을 드렸어요. 우리는 다섯 명이 같이 하숙을 했었는데 밀린 하숙비가 시급했거든요."

"이런 멀쩡한 놈 길거리에서 구걸을 한다는 소리는 들었어도 칼도 안 들고 주머니에 있는 돈 다 내놓으라는 엉뚱한 놈은 처음 본다. 그런 놈한테 땡전 한 푼 줄 정신 빠진 농부도 없겠지만은…."

"그런데 그분은 저에게 몇 년 치의 선 새경 돈을 선선히 내어 주셨어요."

"하하하, 이놈아 꾸며서 하는 얘기라도 재미는 있다."

"저는 그 돈을 가지고 다시 열차를 타고 서울로 올라갔어요. 그러나 서울에 친구들은 빵집을 털고 빵집 주인까지 다치게 해서 경찰서로 붙들려 들어가 있었어요. 죄를 짓고 교도소에 들어가서 살면 더 이상 배고플 일도 남의 것을 훔쳐 먹으며 자꾸 죄를 짓게 될 일도 없을 거라는 생각이었어요."

"못 된 것들…. 거지가 구걸하는 건 나라님도 가엾어 구제하려 하겠지만 저잣거리 도적들은 순라巡邏꾼도 구제 않는 법이다. 담을 넘은 자는 길을 잃었다고 할 수 없다. 길을 잘못 찾아든 거다."

"스님, 굵고 탐스런 사과를 얻기 위해 농부는 너무 많이 달린 사과를 솎아내요. 우리는 솎아낼 사과였어요, 없어도 되는 잉여剩餘 인간요. 우리는 일해서 살려고 했어요, 그런데 일자리가 없었어요, 우리는 길을 못 찾은 것도 길을 잘못 든 것도 아녜요, 길이 아예 없었어요."

"……."

저는 약속대로 안동으로 가 일꾼살이를 했어요, 친구들은 교도소 복역 후 고향으로 돌아갔다고 들었어요. 스님, 길은 있어도 가지 않아야 하는 길이 저에겐 생겼어요, 그래도 저는 항상 세상을 고맙게 생각하며 살아갈 거예요. 저는 아버지와 어머니의 그 지극한 사랑을 받으며 자랐어요. 세상에서도 마찬가지예요.

"그런데도 너는 왜 스스로 낙과落果가 되려 하느냐?"

"인생은 연명延命이 아니잖아요, 사는 거라고 생각해요."

"부자로 살아도 가난뱅이로 살아도 소중한 삶이니라."

"그래서 저는 소중한 저의 삶을 소중히 할 거예요."

"그럼 지금 너에게 찾아온 행운을 고맙게 생각하고 인연의 사람들과 이제부터라도 소중히 시작하도록 해라, 너는 어떻게 살아도 하나 억지 없는 선자善者다."

정훈은 스님과 많은 얘기를 나누며 걸었다. 삼배 장삼이 아주 품위를 더해주는 스님과의 시간이 소중해서 아주 늦게까지 걸었다.

"여기가 소수서원紹修書院이다. 우리나라에서 제일 오래된 서원이다."

"네, 고려시대 유현儒賢 안향의 사묘를 세운 곳이라고 했어요."

"잘 아는구나."

"스님이 계신 부석사는 우리나라 최초로 생긴 사찰이예요."

"그래 신라 시대 때 의상대사님이 세우셨다."

"의상대사님과 선묘낭자의 애달픈 사랑의 전설을 간직하고 있는 고찰古刹요."

"학교에서 배운 걸 하나도 안 잊고 있구나."

"아닙니다. 저에겐 친구 놈 중에 아주 못된 놈이 하나 있습니다. 원효대사님의 사랑도 그놈이 얘기해줘서 알아요. 두 분이 다 불도佛徒의 길을 가기 위해 사랑을 버렸다고 했어요."

"후손은 다만 극복할 뿐이라는 말을 했다는 그 친구 말이냐?"

"스님은 그 말을 아직 기억 하십니까?"

"그놈 참 놀랍다. 너희들 나이에 그런 것을 안다니."

"그 친구가 하고 있었던 그 많은 일들을 스님께 말씀드리면 제가 왜 그 친구를 못된 놈이라고 하는지 아실 거예요."

정훈은 스님과 서원 솔밭에 앉아 그 친구에 대해 궁금해하시는 스님에게 영철이 놈에 대해서 많은 얘기를 했다.

"우리 마을 앞에는 아주 맑은 물이 많이 흐르는 냇가가 있어 여름철에는 많은 사람들이 물놀이를 왔었어요. 면사무소에서 관광지 시설까지 해 주어서 모래 벌에 야영지까지 있었어요. 어느 해에 있었던 일이예요. 고추밭에서 고추를 따고 있는 여자애들을 유원지에 놀러 나온 애들이 저희 놈들 텐트로 끌고 갔어요. 우리는 중학생이어서 고등학생들인 그 애들을 어떻게 할 수가 없었어요, 사실은 우리가 숫자는 많아도 겁이 나서 덤비지를 못 한 거예요."

"비겁했구나?"

"네, 우리는 여자애들의 비명 소리를 듣기만 하고 구하러 갈 엄두를 내지 못하고 어른들에 알려야겠다는 생각만 했어요. 그때 밭에서 일을 하고 있던 그 친구가 달려온 거예요. 손에는 고추 말뚝을 뽑아서 들고 왔어요. 그 친구는 우리에게 가만있으라고 하곤 바로 달려가 여자애 옷을 벗기고 있는 놈의 뒤통수를 그대로 인정사정없이 내려 갈겼어요, 그리곤 옆에서 대드는 다른 놈의 가슴을 콱 찔렀어요. 다른 놈들은 쭉 뻗은 둘을 바라보며 당황해서 어쩔 줄을 몰라 했어요. 그사이 여자애들은 도망쳐오고 우리는 그때서야 달려가서 그 친구와 합세 했어요. 그사이 어른들이 달려왔고 사태는 수습이 됐어요. 우리는 그 친구 앞에서 고개를 못 들었어요. 그 친구는 우리에게."

"큰 일 날 뻔했어. 짜식들 아주 나쁜 놈들이야. 니들 덤볐다가 다칠 뻔했는데 다행이야"

"하고 씨익 웃으며 다시 밭으로 일한다며 돌아갔어요. 나중에 내가 어른들에게 여쭤서 유원지를 폐쇄해달라고 하면 어떨까 하고 그 친구에게 말하니까 그 친구는."

'우리는 다만 극복할 뿐이야.'

"그 말을 했어요. 그 일이 있은 후 소문이 나서 유원지는 항상 조용하고 평화로웠어요. 우리 마을에 여자아이들은 불안하게 지내지 않아도 되었고요."

"못된 놈이 맞구나. 나중에 크면 큰 일도 저지를 놈이다."

"지금도 그 친구는 거침없이 살아요, 스님 말씀대로 예요, 자기가 옳다고 생각되면 망설이지 않아요."

"너도 가야 하는 길이라면 굽히지 않고 그대로 끝까지 가겠지?"

"……."

정훈은 대답을 못했다. 돌아오며 정훈은 세상에 미안해하며 살아가겠다는 말은 끝까지 하지 못했다.

8

"엄마…."

이남은 어느새 쌔근쌔근 잠이 들어서 잠꼬대를 하고 있는 딸아이를 다시 한번 꼭 보듬어 안았다. 오늘 모내기하느라 많이 고단했나 보다. 엄마 젖가슴에 손을 디밀은 체 그대로 잠이 들었다. 희미한 들창 빛에 토실토실한 뺨, 동그란 얼굴, 정훈 오빠도 그랬다. 잠들어 있을 때나 깨어 있을 때나 귀여운 아기 토끼같이 아주 순하고 한없이 귀엽기만 했다. 오빠와 그렇게 장난을 치며 하루 종일을 돌아치지만 단 한 번도 싫은 내색이나 짜증을 낸 적이 없다. 친구들이 놀러 와 그렇게 짓궂게 굴며 골려도 이상한 몸짓을 하며 웃겨주기만 했다. 때로 목에 매달리며 한번 안아주면 안 돼? 하는 과감한 친구의 장난에도. 아주 다정히 안아주며,

"어느 나라 공주님이 이렇게 아름다우실까요? 영광스럽습니다. 공주님…."

하며 너스레를 떨 뿐 불쾌해하고 그러지 않았다. 친구들은 정훈 오빠와 같이 있으면 하루 종일 심심 할 일 없겠다고 이남이를 부러워했다.

"백 년 후에 이남이가 지겨워 버리면 그땐 정훈 오빠 내 꺼 한다."

"천 년 후 만 년 후에도 정훈 오빠는 내 꺼야. 꿈도 꾸지 마!"

"호호호."

"헤헤헤."

"걱정 마세요 공주님들, 이 몸이 다음 세상에서는 공주님들의 금팔찌로 태어나 항상 여러분들의 아름다운 손목을 잡고 살 것입니다. 공주님들이 만약 이 몸을 구박하고 구박한대도 그 손목을 뿌리치진 않을 것이요."

"오빠! 오빠!"

"안 돼! 안 돼…"

오빠에게 매달리는 친구들을 떼어놓는 이남이. 그러는 이남이를 꼭 안아주며 귓속말로 정훈 오빠는 거짓말, 거짓말을 속삭였다. 연극 아닌 연극을 해도 음악회 아닌 음악회를 열어도 정훈 오빠는 하모니카로 놀이로 모두를 즐겁게 했다. 그런 오빠가 그랬던 오빠가 어느 첫눈 내리는 날 밤 발자국 소리도 없이 떠났다. 이남이는 아직까지 모른다. 오빠가 왜 떠났는지를…….

근초根草의 길

1

불영계곡 가는 길.

봉화를 지나면서 4차선 도로는 산길, 계곡 길을 경유한다. 예전에는 노루재를 넘어가야 해서 힘들었는데 지금은 36번 국도가 2차선으로 곧게 조성되어서 쉽게 울진까지 갈 수 있다. 설아는 차안이 들썩이도록 음악을 틀어놓고 시원한 도로를 내달렸다.

> 고사리손으로 따라주는 막걸리 한잔
> 아버지생각나네
> 황소처럼 일만 하셔도 살림살인 마냥 그자리
> 우리 엄마 고생기키는 아버지 원망했어요

강진 노래, 안동 출신 가수가 불러서 더 정감이 가는 곡이다. 설아는 어깨까지 들썩이며 신나게 달려서 불영계곡으로 접어드는 입구에 닿았다. 지금부터는 정숙 운전이다. 까불다간 최하가 깁스다.

"운전 좀 찬찬히 하고."

"네 어머니, 설아는 아직도 엄마가 그때 난폭운전을 해서 이마가 앞유리에 꽝 했던 거 잊지 않고 있어요."

"이년아 그땐 눈길이었어. 불영사에는 내가 며칠 전 다녀왔으니까 쌀만 전해주고 빨리 와."

"네 사랑하는 이남 씨."

때로 엄마가 외로워 보이면 이남 씨, 이남 씨 하며 장난도 친다. 설아는 구도로 계곡 길로 접어들면서 조심스럽게 운전을 했다. 급커브 길에서 까불다간 국물도 없다. 길 아래는 가물가물 저 아래에 계곡물이 흐르고 있다.

–인생은 소풍이야–

못된 놈…. 바보 같은 놈…. 영철은 사랑 바위 솔밭에 앉아서 아까부터 혼잣말로 자꾸 그랬다.

"망할 놈…. 지 놈이 뭐 이백이라고 강물에 달을 붙잡아…."

아름다운 불영계곡의 소나무들 바위들. 정훈이는 그 풍경을 감상하다 깜빡 잠이 들어 영원히 깨어나지 못했단다. 때마침 내린 첫눈은 허리까지 차올랐고 새벽이 되면서 기온이 급강하해 얼어 죽었을 거라 했다. 눈길에 동사凍死도, 추위에 동사도 잠이 들면 자기도 의식하지 못하는 상태로 저체온 상태가 되어 죽게 된단다.

"변사자가 왜 인가를 찾아 들어가지 않고 그곳에서 계속 머물러 있었는지는 의문입니다."

정훈이의 모든 걸 유일하게 알고 있는 영철은 재빨리 경찰서의 모든 조사과정을 손을 써서 생략하게 했다. 고향은 물론 집에도 알리지 않았다. 정훈이가 마지막으로 머물렀던 소백산 축산농가의 아들과 둘이서 정훈이의 모든 걸 처리하고 비밀에 부쳤다. 마침 불영사에서 행자行者를 하고 있던 축산농가 아들은 무슨 연유인지 정훈의 모든 걸 불영사로 가져가 불사佛事로 처리했다. 49제도 함께.

그때 영철은 그가 가족처럼 정성을 들이는 것을 보고 한편으로 의아했지만 납득도 되었다. 스치는 인연도 소홀이 않는다는 불자佛者의 자비심이거니 생각했다. 영철은 그때 정훈이가 기대고 있었던 그 소나무에 기대앉아 정훈이를 생각해 봤다. 회상은 그리움이다. 어제 일만 같은 정훈이와의 그 많은 날들이다.

–인생은 사는 거지 연명은 아니야–

돈을 벌어서 고향으로 돌아와 살겠다는 생각으로 서울로 올라간 농촌의 아이들. 그들에겐 많은 시련이 있었다. 그들의 하나였던 정훈이. 영철은 도움을 주려고 무척 애를 썼었다. 고향에 내려가 농장을 장만해 살아갈 수 있을 자금도 주려 했었다. 나중엔 일자리를 알선해 주기도 해봤다.

"길거리에서 돈뭉치를 주워 부자로 살 수는 있을 거야. 그랬을 때 내 인생은 뭐야? 차근차근 가꾸어가고 있는 내 인생은 뭐냐고?"

어린 날 숙제를 하면서도 답을 찾아가는 게 공부란다. 수련장에 답을 보고 베껴서 쉽게 백 점을 맞아서 우등상을 타던 우리에게 상장을 못 타고도 떳떳해 하던 정훈이었다.

"남은 속일 수 있겠지만 나 자신을 어떻게 속이니?"

융통성 없는 정훈이의 생각은 친구들에게 놀림감이었다. 같은 반에 정훈이 같이 꽉 막힌 애가 또 하나 있었다. 가까운 절에서 학교를 나오는 동자童子승이었다. 어느 날 도시락을 먹고 있는 그 애한테 가서 반찬을 같이 나누어 먹자고 했다. 장아찌와 콩자반 반찬만 먹고 있는 동자승은 영철이가 싸온 멸치조림을 같이 먹자고 해도 한사코 먹지 않았다.

"괜찮아. 내가 절대 애들에게 소문 안 낼게."

"그래 영철이 넌 민어. 그런데 다른 애들이 다 몰라도 나는 알잖아.

"……?"

소풍을 가서 절대 사 먹지 말라는 불량식품을 같이 사 먹은 정훈은 선생님의 검사에 대뜸 손을 들고 자백을 했다.

"오늘 선생님 말 안 듣고 사 먹은 학생은 솔직히 손든다."

"……."

다 시침이를 떼고 있는데 정훈이 혼자 손을 들고 벌을 받으러 앞으로 나갔다. 그런데 담임 선생님은 정훈이를 혼내키기는커녕 솔직한 학생이라며 칭친을 하고 상품도 줬나. 다 알고 계시면서 선생님은 나머지 아이들을 책망하진 않으셨다. 그런 정훈이의 마음은 커서도 변하지 않았다.

"영철이 네가 마련해준 일자리 내가 들어가면 다른 누군가가 밀려날 거야."

"넌 꼭 자리를 만들어서 살아야 되겠니? 좀 빽으면 안 돼."

"내가 젤 존경하는 사람이 누군지 아니? 방직공장 사장이야. 많은 일자리를 만드니까. 영철이 네놈처럼 돈을 많이 가지고 살면서 나눠주는 게 아냐."

"자빠져도 스스로 일어나야 하는 서양 애들이냐? 우리가?"

"그럼 우리가 걸뱅이냐? 얻어서 먹고 살게? 일도 안하면서…. 너도 그 돈으로 일자리 많이 만드는 공장 사장 돼라. 내가 너를 하느님보다 더 존경할게."

자기가 걷고 있는 길가에 곱지도 않은 풀꽃 하나도 그리 좋아했다. 비오는 날 비를 맞고 걸으면서도 다들 하고 있는 하늘 원망을 안 했다. 그렇게 삶에 시련만 주고 있는 세상인데도 정훈이는 불평을 안 했다. 그런 티 없는 아이…. 그 정훈이는 떠났다. 아무 불평 없이. 여기서… 이곳에서….

"아저씨! 자리 좀 비켜주세요."

"……?"

"아, 아저씨! 잠깐 비켜줘요."

"……."

영철은 소나무 밑둥에 기대어 정훈이를 생각했다. 그리웠다. 보고 싶었다. 금방이라도 환하게 웃으며.

"야! 네놈 꼴 안 보고 살라 하는데 왜 자꾸 찾아와? 나쁜 놈아!"

하며 뒤에서 발길질을 하고 얼굴을 디밀 거 같았다. 그런데…. 영철은 깜짝 놀라 벌떡 자리에서 일어났다. 진짜 눈앞에 정훈이가 얼굴을 디밀고 있었다.

"……?"

"저리 좀 가세요."

영철은 한쪽으로 비켜서서 멀뚱히 꽃다발을 소나무 밑둥에 내려놓고 합장을 하고 있는 여자 아이를 바라봤다. 아이는 한참을 그렇게 서서 묵념을 하고 있었다. 영철은 정훈이가 여장을 하고 장난을 치고 있는 것으로 착각을 하고 있다가 고개를 절레절레 흔들며 정신을 차렸다.

"… 아빠… 아빠 미워. 아빠는 바보… 엄마가 얼마나 보고 싶어 하는데……."

"……?"

"미안해요 아저씨."

꽃다발을 다시 집어 들고서 가려고 하는 아이를 영철은 손으로 붙잡는 시늉을 했다.

"왜 그러세요?"

"넌 누군데… 여기에 와서 추모를 하니?"

"우리 아빠예요. 우리 아빠가 여기서 떠나셨어요."

"아빠…?"

"그런데 아저씨는 누구신데 그걸 물어보세요?"

"아… 난 친구를 찾아왔단다. 내 단짝 친구가 여기서 세상을 떠났거든."

"우리 아빠 친구요?"

"음, 어릴 때 단짝 친구였어. 아주 친한."

"우리 엄마가 얘기하던 그 친구분인가 보네."

"뭐야? 너 엄마가 있니?"

"이 아저씨 봐. 내가 뭐 하늘에서 뚝 떨어진 선녀라도 되요, 엄마가 없게? 아저씨 진짜 웃긴다."

"그럼 네가 진짜 정훈이 아이……?"

"네 우리 아빠가 정훈이 맞아요, 현정훈."

"아 그래…. 아저씨가 너무 놀라서. 네가 아주 아빠를 꼭 빼닮았구나."

"그런 소리 많이 들어요."

"만나서 너무 기쁘다. 아저씨는 황영철이라고 해."

"저는 설아예요, 권설아."

"왜 현설아가 아니고?"

"엄마 성을 따랐대요."

"아하 그럴 수밖에 없었겠다. 그땐 아빠에 관한 건 모두 비밀에 부치기로 일남이 하고 상의를 했으니까."

"어? 저의 외삼촌 이름이 일남인데요.

"맞아. 권일남."

"우리 외삼촌을 잘 아세요?"

"음. 아주 옛날 설아가 태어나기도 전에부터."

"와…. 아저씨 아주 웃긴다. 우리 외삼촌 친구들은 다 스님인데 아저씨는 머리도 안 깎고, 거기다 수염까지 길러서…."

"왜 가짜 스님 같니?"

"네."

"그래 언젠가 아저씨도 수염을 깎을 날이 오겠지, 머리도 깎고 외삼촌처럼 승려가 되어서 목탁도 두드리며 설법도 하고 다니겠지, 절 하나 지어서 살면서…."

"외삼촌은 지금도 토굴에 사셔요."

"토굴? 왜…? 뭐 하느라 있는 재산 다 털어먹고 토굴 생활이라니?"

"아저씨!"

"아니 왜 화를 낼까 우리 설아가?"

"아저씨는 승려 하지 마세요."

"왜?"

"무서워서 아저씨가 계신 절에는 아무도 안 갈 걸요."

"허허. 스님도 되기 전에 벌써 설아한테 찍혀부렸네. 그러면 할 수 없지 뭐. 하던 짓이나 계속해야겠다.

"뭘 하시는데요?"

"나팔쟁이."

"치…!"

"왜?"

"풍물놀이에서 징이나 치면 딱이겠어요."

"내가 그렇게 둔해 보이니?"

"네. 우리 아빠는 하모니카도 잘 불었다고 엄마가 그러셨는데…."

"아저씨도 잘 불어. 초등학교 다닐 때 아빠하고 아저씨는 학예회 때 하모니카로 인기 짱이었지. 다른 반에 여자애들도 우리하고 놀려고 찾아오고 그랬단다."

"꾸며서 하는 얘기 같아요. 저는 그만 가봐야 해요. 외숙모님 댁에 쌀 가져다드려야 해요."

"같이 가자. 설아야. 나도 외삼촌 만나러 가야 돼."

"남들이 딸인 줄 알겠어요. 제 이름을 막 불러서."

"미안. 난 지금 설아를 만난 게 너무 기뻐서 정신 줄을 놓은 거 같아. 설아가 정훈이 친구로 착각도 되고…. 막 그렇거든."

차에 올라서도 영철은 진짜 딸이라도 만난 것처럼 연신 설아에게 하모니카도 불어주고 그랬다. 정훈이에게 딸이 있었다는 게 너무 반갑고 또 기뻤다. 할 수만 있다면 그게 어떤 것이든 다 해주고 싶었다.

"아저씨 하모니카 잘 분다. 나중에 우리 집에 오셔서 우리 엄마가 좋아하는 나훈아 고향역도 불어주고 했으면 좋겠는데…."

"걱정마라. 설아가 원한다면 설아 평생 보디가드도 해 줄 수 있다."

"와! 아저씨 나한테 점수 따려고 하네. 경계대상이야 경계대상."

"아저씨에겐 오늘이 최고 날이야. 살아오며 오늘같이 좋은 날이 없었던 것 같아. 전쟁에 나가서 전사한 아들이 다시 살아왔어도 이렇게 기쁘진 않을 거야."

"어디서 많이 듣던 연극 대사예요 아저씨."

"하하하. 아저씨의 마음. 또 아저씨의 소망."

2

"아. 아직 친구들하고 놀러나 다닐 어린애를 화물차 운전을 시키면 어쩝니까? 그것도 4톤이 넘는 트럭을…."

왕비천 토굴을 찾은 영철은 차에서 내리며 대뜸 마중 나온 설아 외숙모에게 큰소리로 따졌다. 외숙모는 느닷없는 험상궂은 낯선 남자의 나무람에 조카와 반가운 인사를 하다 말고 놀라서 남자를 올려다봤다. 키는 장대같이 큰데다가 몸집이 황소 같았다.

"누구신데…?"

"오는 길에 만난 분이야. 아빠 친구래, 사랑 바위를 찾아 오셨다가 저하고 만났어요."

"그래, 그런데… 마스터님?"

"그동안도 평안하셨습니까? 오랜만에 일남이 친구랑 또 한판 붙으려고 왔습니다. 보살님."

"외숙모도 아시는 분?"

"외삼촌 강론講論 장에서 연주자로 도움을 많이 주시고 계셔."

영철은 트럭에서 쌀 포대를 내려서 창고에 쌓는 작업을 하며 설아더러 힘든데 쉬라고 자꾸 그랬다.

"설아 아빠 같네, 마스터님이."

"단짝친구의 딸입니다. 이젠 제가 설아의 평생 보디가드가 될 작정입니다."

"설아는 좋겠다. 아빠가 생겨서."

"엄마 믿을 수 있는 아저씨?"

"외삼촌보다는… 더 났겠지 아마…."

설아는 아직도 외숙모를 엄마라고 부르고 그런다. 남들이 없을 때나 남들이 듣지 않을 때다. 설아의 귓속말에 외숙모는 좋아하기만 한다. 설아의 걱정 같은 건 안중에도 없다.

"… 이상하네."

설아는 고개를 갸웃거리며 생각을 해봤지만 알 수가 없다. 아저씨는 외숙모와 아주 재미있는 얘기까지 하며 쌀 포대를 옮긴다. 쌀 포대는 한참을 걸려서 다 옮겼다.

"점심 준비 할 동안 앞 개울에 나가서 씻고 오세요. 마스터님."

영철은 설아와 냇가에서 흘린 땀을 씻고 발을 물에 담그고 앉아 설아가 아빠에 대해 궁금해하는 걸 얘기해 줬다.

"아저씨가 엄마하고 아빠의 연애 시절에 있었던 웃기는 일들 얘기해 줄까?"

"안 그래도 나 엄청 궁금했어요. 엄마 아빠가 연애한 거."

"엄마가 여중생일 때 얘기만 해 줄게, 엄마는 축산업을 하는 자기 집에 실습 나온 농고생인 아빠를 엄청 좋아 했었나 봐. 실습을 끝내고 집으로 돌아간 농고생을 만나려고 그 농고생이 살고 있는 동네까지 찾아간 거야. 그런데 그 농고생은 집을 떠나고 없었어. 돈을 벌겠다고 서울로 가버린 후야. 거기다 더 여중생을 슬프게 한 건 그 농고생에겐 이미 아주 예쁜 연인이 있는 거야.

"……?"

"참 설아는 올해 몇 살?"

"이학년 일 반요."

"연애는?"

"안 할 거야요, 엄마하고 살 거예요."

"만약 설아 마음에 아주 쏙 드는 멋있는 애가 나타난다면?"

"그래도… 안 할 거야요."

"알았어, 설아같이 예쁜 딸이 있는 엄마는 진짜 행복한 엄마일 거야."

"엄마가 좋은 사람 만나 재혼하신다면 그땐 모르겠어요."

"엄마가 재혼을…. 아마도 엄마는 재혼을 하고 싶지 않을 거야. 세상엔… 그 농고생 같이 멋있는 애가 또 있을까."

"그래서 어떻게 됐는데요?"

"그래, 그 사실들을 다 알고 난 엄마는 집으로 돌아와 혼자 울며 불며 밥도 잘 안 먹고 공부도 안 해서 진학 시험도 어려워졌지. 그러는 딸아이를 위해 니 외할아버지는 그 농고생이 사는 동네에다 소문을 낸 거야. 설아 니 외할아버지는 딸아이를 얼마나 사랑했는지 몰라. 재산을 딸아이에게 다 주려고 했다는 소문도 돌았어."

"그 얘기는 저도 알아요, 외할아버지는 엄마를 위해 데릴사위를 들이려고 했는데 그 사람이 저의 아빠였대요."

"설아도 아는구나. 그런데 지금부터 내가 해주는 얘기는 아무도 모르는 얘기야. 엄마도 모르는 얘기일 거야."

"고향에 단짝친구 사이에 비밀스런 비밀이요?"

"그래, 외할아버지와 나는 그때 그 농고생의 연인을 농고생에게서 떼어놓기 위해 작전을 꾸미기도 하고 소문을 만들기도 했었다. 그 결과로 그 농고생은 혼자가 되었고 그 여중생이 있는 외할아버지 댁으로 온 거야. 그때는 그 여중생도 여고를 졸업한 예쁜 아가씨였고 그 농고생은 이십 세가 넘은 청년이 되었을 때였다."

"……?"

"그 후에 일은 나도 잘 몰라, 다만 그 여중생에 오빠였던 설아 니 외삼촌이 설아 니가 태어난 그 사실을 나에게 감춘 거야, 외삼촌과 나는 그 오랫동안 많이 만나서 같이 지냈는데도 설아 널 키우고 있는 걸 나에게 감쪽같이 숨겼어."

"……."

"설아야."

"네."

"니 아빠가 세상을 떠난 후 난 얼마나 슬펐는지 모른다. 어릴 때 단짝친구여서 그런 것보다 아빠는 아까웠어. 이 세상에 있다면 얼마나 좋을까…. 지금 둘이서 같이 얼마나 신날까…."

"……."

"난 오늘 설아를 만나서 얼마나 좋은지 몰라. 설아가 정훈이의 아이라는 게 너무 좋다. 아빠가 살아있다면 설아를 얼마나 귀여워할까 그 생각을 하면… 가슴이 미어지네 이렇게…."

영철은 가슴을 쳤다. 정훈이가 설아가 태어날 걸 알았으면 그렇게 떠날 수 있었을까 생각해보니 더 그랬다. 책임감이라면 학교 다니며 청소 당번 단 한 번도 안 빼먹은 꼼 새였다.

"둘이서 무슨 얘기를 그렇게 다정히 한데? 누가 보면 진짜 부녀지간으로 보겠네."

점심 먹자고 부르러 온 외숙모는 둘이 다정한 걸 반겼다. 아빠 없이 외로운 아이이다. 다 자라 어른이 되었어도 늘 아빠를 그리워한다.

"아저씨가 나보고 아빠가 되고 싶다 그랬어요. 외숙모."

"글쎄다. 엄마가 어떻게 생각할지…?"

"설아야, 아저씨가 엄마를 만나서 한번 부탁해 볼게, 설아를 내 딸 하고 싶습니다. 이렇게."

"후후후, 마스터님 맞아 죽을 각오부터 해야 될걸요?"

외숙모는 다른 생각을 하고 있었다.

"아저씨 우리 엄마 만나려면 그 수염…. 우리 엄마 깔끔한 거 장난 아녜요."

"수염뿐이겠니 허락만 한다면 머리도 깎을 수 있어."

"호호호."

"하하하"

3

울진의 관광지, 울진 명승지, 울진 해변가에 왕피천 공원은 근래에 조성되었지만 울창한 소나무 숲속에 자리하고 있어 지역 사람들에게는 물론 외지에서 오는 관광객들에게도 큰 인기다. 시원한 숲길을 걸어서 좋고 쉼터가 있어 쉬어가는 곳으로 최적지다. 그 솔밭 속에는 또 하나의 명물 얘기꾼 일남거사가 있다. 간혹 대금이나 퉁소를 불어 관광객을 즐겁게 하기도 하고 재담才談으로 지역인들을 심심치 않게도 해준다.

"오늘도 화창한 날씨…. 일남거사의 토론장을 또 한번 펼쳐 보겠습니다. 오늘의 주제는 생물生物의 심心입니다. 쉽게 말한다면 생각입니다. 마음을 가지면 생각을 하게 됩니다. 도둑은 어떻게 저 집 담을 넘을까 생각하고, 청춘이라면 어떻게 필이 딱 꽂히는 저 여인을, 저 남자를 한번 꼬드겨 볼까 뭐 그러는 게 생각이 됩니다. 오늘의 주제 생물 심을 우리가 쉽게 생각한다면 다른 모든 생물에게는 없는 오직 인간에게만 있는 마음을 전제로 하겠습니다. 옛 한학漢學 동몽선습의 어록에 <천지지간 만물지중에 유인이 최귀最貴하니>가 있습니다. 이 세상에 그 많은 동물들과 식물들이 있지만 인간이 으뜸이고 그 인간이 으뜸인 건 유일하게 마음을 가지고 있는 생물이어서 그렇다는 뭐 그런 거라고 봐야 되겠지요. 혹시 여기 있는 인간 중에 마음을 꼭 가지고 다닌다고 생각하는 인간 있으면 과감하게 손을 한번 들어보시지…."

일남은 여행 중인 걸로 보이는 학생들에게 장난스런 표정을 지어보였다.

"……?"

"그 뭐 챙길 거라고 마음까지 챙겨가지고 댕기시나? 갈거치게, 그냥 아무 데나 버려두고 몸뚱이나 하나 잘 챙겨서 다니시지 홀가분하게, 그 생각이라는 거 가지고 다니면 골치만 아프지 뭐, 생기는 것도 없이

…. 아무리 많이 가지고 다녀도 배도 안 불러, 그냥 천지지간 만물지중에 유인惟人이 최귀하니가 유물唯物이 최귀하니로 가도 돼, 그래도 아무 탈이 없어, 놀러 다니는 데 주머니에 용돈만 챙기면 돼, 용돈만…. 요즘 세상은 돈만 있으면 부처님 거시기도 움직일 수 있다구 그라드만…."

"하하하."

"하하하"

"각설하고…. 생물이면서 타他 생물하고는 구별 짓고 살아온 인간은 그 긴 세월 살아오며 마음을 꾸미고 꾸며서 신앙信仰이라는 아주 대단한 작품도 만들었는데, 거기엔 하나님도 있고 어느 나라에서 왔는지 부처님도 있어, 그 분들은 신神이기도 하고 인간이기도 해. 그중에 자연적인 것의 하느님은 특히 우리나라의 토속신과 맥을 같이 하는데…."

"……?"

"토속신앙엔 인간이 없어. 하나같이 무형無形이야. 천신天神, 지신地神, 해신海神 등 많고 많아. 그 신들 중에 산신山神이라는 게 있는데 그 산신은 산신령이라고도 해. 그런데 문제는 그 산신령이 호랭이래…. 태백산에 산신령은 태백산 호랑이, 지리산 산신령은 지리산 호랑이…. 그 호랑이는 뭐든지 다 잡아먹어 배고프면 물론 사람도 잡아먹지…."

"……."

"그런데 우리는 이해가 안 되는데 산역山役하러 다니시는 분들은 그 산신령에게 산제山祭를 지내거든, 호랑이를 믿는대. 또 그 호랑이가 자기들을 지켜준대. 과학적으로 현실적으로 또 실질적 상식적으로 타당하지 않은 사실인데 그분들은 맹신하고 있어."

"……?"

"그것을 두려움에 산물産物이라고도 하는데, 그 산물은 우리 인간들 마음속에 자리 잡고 있는 신앙으로 발전되었다고 볼 수도 있다는 거지, 즉 더 대단하고 더 확실하고 더 힘이 있는 신神의 인간도 가능해졌다 볼 수 있는 그 현상現狀…. 석가여래는 수천 년 전에 인도 어느 부족 왕자였는데, 우리는 부처님으로 믿고 따르고 추앙해, 거의 신격화神格化된 인간이야. 호랑이도 석가여래도 신앙적으로는 똑같은 허구虛構의 신이라는 결론인데 불행히도 그 결론은 무신론無神論자들의 과학적 현실적 관념觀念일 뿐 신앙인에겐 불변不變의 사실事實들이지."

"……."

"자 여기서 객관적 정립定立을 위해 여기 앞에 앉아서 아까부터 존강尊講 하지 않는 표정을 하고 있는 학생 친구에 의견을 한번 구해 볼까, 학생은 어디에서 왔나?"

"서울이요."

"먼 데서 왔군. 여기까지 안전하게 오게 돼서 다행이야."

"운전엔 자신 있습니다."

"헐…. 차량으로 왔으니 더 다행이네, 자동차 운전은 확률 100퍼센트라야 돼. 99.9는 소용없지, 까딱은 죽음에도 이르니까, 앞으로 평생 동안 그 100은 생존이고 99.9는 죽음일 수도 있어, 과학적으로 현실적으로 그 확률을 생각하며 운전을 하다 보면 좀 불안하기도 할 거 같은데?"

"카레이스도 해봐서 그런 걱정은 안 합니다."

"헐…. 자신감이 알프스를 넘는 나폴레옹이야. 아주 좋아, 그런데 귀군을 여기까지 오도록 도와준 그 수천 명의 여행객들도 잊지 말도록."

"아무한테도 도움을 안 받았는데요."

"아하, 내가 상황전달력이 좀 부족해서 미안… 구차하게 설명을 한다면 오늘 귀군이 고속도와 국도를 달려오며 스친 차량이 수천 대는 된다는 거를 말함이야. 그 모든 운전자들이 99.9가 아닌 100으로 운전을 해줬다는 걸 말함이지. 그 수천 명의 운전자 중 단 한명이라도 99.9로 운전을 했다면 귀군의 안전이 보장 안 될 수 있었다는 예상豫想적 사고思考."

"……?"

"인간은 항상 불안해하며 살아야 해, 도로에 나서면 사고事故가 불안하고 여행지에서 예상치 않은 다툼으로 법적인 문제가 발생해서 시달리고 그러지는 않을까 걱정해, 그래서 사람들은 그 걱정에서 해방되고자 믿음을 구해, 아주 대단한 힘을 가진 절대자를 마음에 간직하고 싶어서 교회를 가고 절에도 간다고 할 수 있어. 나는 학생 친구가 무신론無神論의 종교관을 가져서 나의 강론을 비판적으로 보는 것 같아…."

"과연 도움이 될까요? 하나님도 부처님도 제가 무슨 일로 어려울 때 도움을 줄 수 있느냐 하는 걸 생각해보면 그래요."

"절대 도움을 주지 못하지. 그건 사실이야, 그런데 학생 친구는 지금 물질적인 도움을 원한다는 거?"

"정신적인 도움은 부도수표죠."

"재미있는 친구네, 확실한 주관을 가졌어, 종교는 아편이다. 라는 공산주의 논리에도 살아가는 데 아무 소용 없다는 신앙심을 말하지, 그래서 어떤 심리학자는 산삼 캐러 다니는 산역꾼들에게 산제山祭를 지내지 말고 산에를 갔다 오라고 해봤는데 그 결과는… 심리학자가 예상한 대로 산역꾼들은 불안함으로 인해 산역을 못하고 하산을 했어, 산삼은커녕 길을 잃고 산속을 헤매다가 돌아온 거야."

"……?"

"믿음도 신앙심도 인간들의 약한 마음을 안정시켜주는 필요성의 존재이면서 한편으로는 서싯의 표상으로 공격도 받아, 세계는 종교 없이 살아가는 사회도 있고 종교의 교리에 목숨 걸고 사는 사회도 있어, 종교전쟁이냐 민족 간 전쟁이냐로 몸살 앓고 있는 중동은 무신론자가 거의 없다고 해, 북한이나 중국 러시아 같은 공산권 사회주의국가는 종교 없이도 잘 살아가고 있고… 이런 논리들은 학교에서 다 알아봤으니 더 논할 필요는 없겠고, 해서 오늘은 내가 불자佛者가 된 그 연유緣由를 우리 젊은 친구들에게 얘기해주고 싶어, 우리 인간이 생물生物로 그냥 살 것이냐, 생물 심心으로 인간다운 모습을 하고 살 것이냐, 그걸 알아보는 차원에서 복날에 개 잡아먹는 얘기를 한번 해볼까 해, 공감을 느꼈으면 좋겠는데…. 옛날얘기라면 자다가도 일어나 듣던 호랑이 담배 먹던 시절의 그때로 한번 돌아가 보자고."

"……?"

4

집에서 부석사까지는 멀다. 새벽같이 일어나 일남은 자전거를 집어

타고 집을 나섰다. 방학 중이라 빨리 절에 다녀와서 등교할 그 걱정은 없었지만 마음이 급했다. 어른들이 집에 누렁이와 앞집 할머니네 껌둥이를 내일 잡아먹는다고 하신다. 맨날 껌둥이와 누렁이를 데리고 뒷동산으로 토끼사냥 다니고 목장 풀밭에서 너구리 쫓으며 같이 뛰어놀았는데. 그런 내 마음도 모르고 내일 중복 날을 맞아 잡아먹는다고 하신다. 어른들이 밉다.

"아부지, 쟤들 말고 다른 애들 잡아먹으면 안 돼?"

"이번엔 쟤들 차례야, 말복 날은 이장 아저씨네 먹둥이고…."

"꿀꿀이 잡아먹으면 되잖아."

"응 꿀꿀인 추석에 잡아야지 추석을 쇨라면…."

그렇게 다정한 아버진데…. 옆 동네 애들과 패싸움을 벌여서 넌닝구가 다 찢어져서 돌아왔어도 혼 내키지 않는 아버지인데 이럴 때는 밉다.

"또 싸웠구나. 아까징끼 바르자."

"앗 따거! 아부지 따겁잖아."

"좀만 참아. 그리고 싸우더라도 짱돌 같은 건 들지 말고…."

다른 애들은 집에 가서 매를 맞고 난리가 났는데 혼나지도 않고 숙제도 쉬라고 했던 아버지였다. 그런 아버지지만 이때만은 미웠다. 화가 나서 죽을 거 같았다. 부처님한테 가서 아부지랑 아저씨들이 강아지들을 못 잡아먹게 해달라고 부탁해야 될 거 같았다. 절에 도착하자 일남이는 부처님 앞에 엎드려 빌었다.

"미륵 부처님 우리 누렁이 껌둥이 죽지 않게 해 주세요."

"……."

"네 부처님…."

일남이는 주머니에 꼬깃꼬깃 접어서 넣어두었던 용돈까지 꺼내서 불전함에 넣고 법당을 나왔다. 이젠 안심이 되었다. 부처님의 그 큰 힘으로 누렁이와 껌둥이는 동네 어른들에게 잡아먹히지 않을 거라 믿었다.

"일남이가 아침 일찍 절에는 무슨 일이냐?"

"부처님에게 부탁할 기 있어서요."

"무슨 부닥인지 쇄나 급했구나. 새벽같이 달려 온 거 보니."

"예 할아버지."

산문 밖에 세워둔 자전거를 끌고 나오다 말고 일남은 할배 스님을 만나 복날을 맞아 죽게 된 강아지들을 얘기했다. 할배 스님은 한참을 듣고 나더니 말없이 고개를 끄덕거리신다. 집으로도 자주 오시는 할배 스님이다. 부모님하고도 엄청 친하시다.

"스님, 우리 아부지한테 잘 얘기 하셔서 우리 누렁이 껌둥이 좀 살려 주세요."

"그래…. 오늘 할배가 내려가서 아부지한테 한번 부탁 해 볼게. 아침도 안 먹고 와서 배고프겠다. 얼른 집에 내려가 아침 먹어라.

"예 스님."

"그런데 일남이 너 요즘도 너구리 사냥 다니니?"

"예, 요즘은 꿩병아리 사냥도 해요, 엄청 재미있어요."

"그래, 잘하는구나. 어저께는 까투리가 한 마리 와서 불공을 드리고 갔다. 일남이 니가 자기 새끼들을 자꾸 잡아간다면서 못 잡아가게 해 달라고 부처님한테 부탁하더라."

"……."

옛날얘기를 끝낸 일남거사는 앞에 앉아있는 학생들에게로 갔다.

"나는 학교 다니며 논둑에 개구리들이 뱀한테 잡아먹히는 걸 보고 그 뱀을 돌맹이로 때려서 죽이기도 하고 비들기를 낚아채 가는 솔개를 보고 돌팔매질을 했었는데, 이제 와서 그 어린 날들의 행동이 잘못 된 걸 알았지. 모든 생물은 먹어야 산다. 따라서 인간도 먹어야 산다는 걸 깨달은 거야, 그래서 결론은 모든 생물은 먹어야 살아갈 수 있으니 아무런 잘못이 없다. 즉 인간이 타 생물처럼 세상에 그 어떤 생물이든 잡아먹을 수 있는 건 다 잡아먹는다 해도 죄가 안 되니 죄의식을 느낄 건 없다. 다만 인간은 마음이 있어서 미안해하고 고마워할 뿐…."

"……."

"오늘은 여성분들이 많이 오셨네, 여기 앞에 앉아있는 분들은 학생인가?"

"네, 강릉대 학생들입니다."

"반갑군, 여기 울진을 찾아줘서…."

"성류굴 관람하고 왔어요. 스님."

"그래, 무얼 보고 왔는데?"

"엄청 큰 동굴이요."

"임진왜란 때 근동에 많은 양민들이 그 동굴 속에서 굶어 죽는 일이 발생하기도 했다고 전해져오는 슬픈 역사의 동굴이기도 하지, 그래, 맛있는 바다회도 먹고 대게도 먹었겠군?"

"네."

"살아서 꿈틀대는 낙지다리를 잘근잘근 씹어서 먹을 때는 무슨 생각을 했을까?"

"맛있다는 생각이요, 또 오늘 여행에 참가 못 한 친구들 생각이요."

"같이 와서 먹었으면 좋았을 텐데 하고 생각 했겠지…. 학생의 종교는?"

"아직이요."

"계획은?"

"오늘 헐헐 거사님 법론 듣고 결정해 볼 생각이요, 호호호."

"헐, 내 얘기를 듣고 마음의 신로를 결정한다고? 난감허네."

"우선 거사님에게 여쭤보고 싶은 게 있어요. 스님들은 회나 불고기를 안 드신다고 그러시는데 생물론으로는 상관없는 것 아닌가요?"

"학생은 꼭 남 아픈 곳을 콕콕 찌르고 그러나."

"허허 아무래도 일남거사 오늘 잘못 걸린 거야."

늘 한쪽에서 와 듣던 노인 분들이 흥미로워한다. 아이들의 물음은 언제나 날카롭다.

"큰일 났습니다. 어르신들 말씀대로 현문우답을 하게 될 것 같습니다. 잘못 답했다간 불자佛者님들의 비난이 대단하실 테고 정확한 대답을 못 했다간 불교 강론자 자격이 박탈될 테고 일 났습니다."

"허허 변명도 재주여."

"저는 오직 거짓을 말하지는 않겠다고 하며 살아왔습니다. 저의 고향이 불교의 최초 전파傳播지고 서원書院의 최초 설립設立지인 영주입니다. 어릴 때부터 소수서원에서 유교사상을 공부했고 부석사에서 스님들에게 불교사상은 물론 경전經典에 대해서 많은 얘기를 들었습니다. 그래서 더 많은 생生의 의문점을 느끼게 된 것 같습니다. 제가 대학에서 철학과를 전공한 건 그 알 수 없는 의문점들을 더 깊이 알아보려는 생각에서였고 나중에 해인사에 승가대학을 수학修學하며 수행修行자가 된 것도 단순히 삶의 의미를 알아보겠다는 목적에서였습니다. 승려가 될 목적은 아니었습니다."

"……."

"불자는 불자의 교리敎理를 벗어나는 말을 하면 안 됩니다. 성철스님은 '나는 수많은 남녀들을 속여 왔다. 너희들은 내 말에 속지 마라.'는 법어法語를 남기셨습니다. 신도들에게 하고 싶은 말씀이 있어도 하지 못하고 열반에 드신 건 경전經典의 교리를 벗어날 수 없는 불자가 처한 부자유不自由의 현실을 말함이라 생각됩니다. 수행의 그 긴 시간 깨달음은 팔만대장경보다 더 많은 교리를 숙고熟考하셨다 하더라도 신도들에겐 전어傳語할 수 없는 것을 말함입니다. 제가 학생의 물음에 승려의 마음을 솔직히 말한다면 잘못이 되겠습니까? 어르신들."

"거사居士도 죽을 때 거짓말했다는 걸 남기면 되제."

"어르신 조언助言 말씀 고맙습니다. 그러면 저도 학생에게 거짓을 말하겠습니다. 대답하기 전에 학생에게 한번 물어보겠습니다. 내가 불자로서 북극 그린란드 같은 에스키모 마을로 포교布敎를 하러 갔는데 그곳은 우리가 알고 있듯이, 물개나 물범 또는 고래를 잡아서 먹고 살아가는 지역이지요. 외부와 단절된 그곳은 농작물도 재배할 수 없는 동토凍土여서 빵도 밥도 먹을 수 없어, 나는 물개고기나 물범고기를 먹으며 살아야 할까 먹지 않고 굶어 죽어야 할까?"

"……."

"승려들이 고기를 먹지 않는 것은, 먹지 않아도 살아갈 수 있으니 먹지 않을 뿐이라고 학생의 물음에 답하겠습니다. 즉 인간도 동물이며 동물은 먹어야 생존이 가능한데, 살생하지 말라는 그 교리를 받들어 굶어 죽는 건 억지라고 정의할 수 있어요. 또 다른 의문점은? 저기 뒤편에 다정히 앉아서 애정까지 과시하고 있는 남녀 학생들에게 한번 들어볼까. 승려에 대해서 궁금한 거가 있다면…?"

일남거사는 남학생에게 기대어 상체를 뒤로 젖혀서 앉아있는 여학생을 가리켰다. 요즘 젊은이들은 무척이나 자유스럽다. 연인 관계든 친구 사이든 보듬어 안아주는 건 예사다.

"스님들은 연애를 안 하나요?"

"아주 정확한 질문이야, 예상하고 있었던 질문이기도 하고, 어떤 답을 할 것인지 예상도 하고 있겠지?"

"참을 거라는 대답이요."

"헐…. 스님은 정상적 인간이 아니다? 또는 이상한 동물이다 뭐 그런 뜻으로 하는 얘기 같은데…?"

"네 맞아요. 후후후."

"그래, 학생의 생각이 정답이기도 해, 세상에 대다수 동물들은 암컷과 수컷의 생활이 있지. 숨긴다거나 부정하는 건 정상적 생물론을 반하는 거야. 고상해 보이려고 독신주의 하는 멍청이는 없겠지만 독신으로 사는 게 뭐 그렇게 고고孤高할까?"

"연애도 결혼도 안 할 수 있으니 안 하신다는 거죠?"

"법적으로 강제하는 사회라면 스님들도 다 재가在家승이 되어야 하겠지, 출가出家승은 가정을 가지면 안 된다는 관습慣習이 있는 것도 사실이야, 공부하는 데 방해된다고 연애도 못하게 했던 그 시절도 있었는데, 그 시절 얘기를 이 수행자가 한번 해줘 볼게. 지금 여러분이 얼마나 행복한 젊음을 향유하고 있는지 이 수행자의 젊은 날 얘기를 듣고 판단하도록. 얘기하기 전에 아주 아름다운 사랑을 하고 있는 커플에게 궁금한 것이 있는데, 지금 두 사람은 각자 기숙사에?"

"자취생활을 하고 있습니다."

"같이? 룸메이트로…."

"경제적이죠."

"또 좋은 점은?"

"청춘을 낭비 않는 거죠."

"완전 동감, 부모님들의 단속은?"

"찢어질까봐 양가 부모님들 후원이 대단하죠."

"헐, 어르신들께서는 이 학생들 생각을 어떻게 보십니까?"

"업어줄 일이지."

"만약 어르신들이 젊었을 때 저 학생들처럼 재학在學 중에 연애질을 했다면 부모님께서 뭐라고 하셨을까요?"

"뭐라고 하긴 뭐라고 해, 그냥 대문 들어서보도 못하고 맞아 죽는 거지."

"네, 유교사상으로 살아오신 지난 세대의 어르신들은 인륜人倫지 대사大事에 충실하셨을 겁니다."

"요즘은 가정은 있어도 가족은 없어, 결혼은 인륜지 소사小事여."

"소승도 그때 그랬습니다. 장가 안 가고 혼자 살려면 집을 나가라고 부모님이 그러셨습니다. 어머니께서는 저에게 늘 '언제 사람이 될래.' 그러셨어요, 그래서 집에 오신 스님에게 여쭤봤습니다."

"스님 사람이 될라믄 어떡해야 돼?"

"강아지가 못하는 걸 해야 되지."

"강아지는 말도 못하고 세수도 안 하는데…."

"그래, 숙제도 못하지, 엄마 말도 안 듣고 제멋대로 나돌아다니며 말썽만 피우지."

"응 알았어. 나도 이제 엄마 말 잘 듣고 사람 될 거야. 그런데 스님은 언제부터 사람 됐는데?"

"난 아직도 사람이 못되었단다."

"왜?"

"일남이 부모님같이 집을 짓고 살면서 얼라도 키우고 농사도 짓고 그래야 하는데 그걸 못해서…."

"나 나중에 스님 할 건데 그럼 어떻게 사람 돼?"

"장가 가서 스님하면 돼."

"장가 안 가면 사람도 아냐?"

"일남아?"

"응."

"부모님은 일남이가 나중에 어른 되면 장가들어서 동네 다른 형아들처럼 집에서 일하고 아기 키우고 그러기를 바란단다."

"스님, 사람 되기 힘든데 그냥 사람 안 되고 살면 안 돼?

"강아지가 형아! 형아! 하고 따라댕길 거다."

"유교사상은 인의예지仁義禮智를 최고의 가치로 합니다. 그 도덕적 생활을 하지 않는 자는 인간으로 태어났지만 사람이 아닌 짐승과 같은 생물에 불과하다는 윤리관입니다. 그런 시대에 소승이 대학공부를 하러 서울에 가서 룸메이트와 동거생활을 한 것입니다. 만약 부모님이 아셨다면 당장 집으로 소환되어 밭 가는 농사꾼으로 됨은 물론 한 인간으로 살게 되었을 겁니다. 부모님은 사법고시, 행정고시를 통과하여 훌륭한 나라의 인재가 되기를 원하시는데, 공부는 등한시하고 짐승 같은 인간으로 되어가고 있다면 어떤 부모가 용서하겠습니까."

"거사居士도 아들을 찾아온 아버지를 우리 집 머슴이라고 친구들한테 그랬것제?"

"어르신들께서는 소승이 안 그랬다고 해도 믿지 않으시겠지만, 당시 유교사상은 농사꾼 장사꾼을 천시賤視했든 것 또한 사실입니다. 천자문도 못 읽는 무지랭이는 사람도 아니었습니다. 공자는 존경이 아닌 공경이었고 노자사상은 인간생활의 척도였습니다. 공자는 공자왈이 아닌 자왈子曰로 시작되는 거의 신성시된 성현聖賢입니다. 조선 오백년 주자학의 사회는 반상班常을 법제화하고 상식화했습니다. 우리 부모님들은 학교 선생님이나 군郡, 면面의 서기가 되는 자식들을 아주 영광스러워 했습니다. 중앙부처에 나가서 일하는 자식은 거의 가문에 영광이었습니다. 지금도 물론 그렇습니다만…."

"하하하."

"하하하."

"……?"

멀리, 가까이에 앉아서 듣던 모두가 한바탕 웃음을 터트린다. 요즘의 정치는 최선을 다해도 노고는 간데없고 비판만 상존常存한다. 불교의 설법說法도 예외는 아니다. 현세現世에 맞춰 갈 수 있는 교리敎理는 억지적이다. 극락의 존재를 묻고 지옥의 길을 소명疎明하라면 답이 난

제難題다.

“어르신들께 왜 웃으시냐고 여쭤보겠습니다.”

“거사는 지금 정치꾼을 존경하라고 젊은이들에게 말하고 있잖나.”

“아하, 그렇습니까? 그럼 이번엔 뒤에 서 있는 반듯하게 생긴 젊은이에게 왜 웃느냐고 한번 물어볼까?”

일남거사는 한쪽에서 두 손을 가지런히 모은 체 진지하게 듣고 있는 젊은이를 바라봤다.

“죄송합니다. 거사님의 강론講論을 듣고 있으면 우리가 모르고 있던 지난 세대의 고충들을 세세하게 알 수 있어 좋습니다. 현실의 정치가 자라나는 세대를 감동시키지 못함이 있지 않나 생각합니다.”

“젊은이가 인상이 참 좋아서 한번 물어봤네. 아직 짝을 못 이루었다면 내가 짝을 찾아주고 싶어서….”

“식당을 갈 때 거사님은 간판을 보고 가십니까? 맛은 상관없이….”

“헐…. 겪어 봐야 속을 안다는 건데, 내가 관상을 좀 본다네. 젊은이를 내 사윗감으로 한번 찍어봤다네.”

“스님도 아이를 키우세요?”

금방 여학생들이 관심을 갖는다. 일남거사는 아이들의 호기심이 반가워 장황히 설명을 했다.

“부모님께서 늘 사람이 되려면 결혼을 해야 된다고 해서 결혼도 하고 아이도 키우고 있지. 학생 여러분도 사람이 되려면 나중에 결혼을 해서 아이도 키우고 그래야 돼.”

“사람 안 되고 그냥 생물生物로 살면 되요 스님.”

“그러면 키우는 강아지가 언니 언니 하고 따라 댕기겠지.”

"후후후…."

"괜찮아요, 스님. 해방된 민족으로 고고고예요. 우리 귀염둥이 강아지도 연애는 하지만 새끼는 안 낳거든요."

"헐…."

요즘의 아이들은 의무감보다 무한의 자유다. 극단적 개인주의는 경제적 능력으로 더 공고해진다. 이제는 유교적인 생활 관념은 철폐의 대상이고 무신론적無神論的 정신세계는 미신타파가 아닌 신앙타파다. 생生의 시작과 끝이 오직 현세現世뿐이라는 그 관념은 종교의 가치관에도 영향을 주고 있다. 마음으로 가꾸는 아름다운 사바세상은 인간이 살아가며 생물에 더하여 탄생의 고귀함을 가지는 생의 찬가讚歌이고 삶의 희열喜悅이다. 먹고 자고 일하며 여행 다니는 그것으로 인생이 전부라면, 탄생의 그 기쁨을 어찌 다 향유享有했다고 하리요. 태어난 그 행운을 생이 다 할 때까지 감사感謝하며 베풀고 배려하는 정심情心으로 살아 삶을 즐거워할 것인데 어찌 생물로 만족하려는지. 미물微物의 새들도 새끼는 키우며 살아간다. 마음의 세계는커녕 타 생물들이 다 하고 있는 자연적 생生에도 미치지 못하는 우리 인간의 인생이 될까 걱정도 된다. 일남은 더 많은 얘기로 여행객들과 소통疏通을 했다.

5

전화기 충전은 잘하면서

내 삶은 충전하지 못하고 사네

마음에 여백이 없어서
인생을 쫓기듯 그렸네
마지막 남은 나의 인생은
아름답게 피우리~이~라~

소년 가수 정동원의 여백餘白을 대금으로 불어주며 일남거사는 모는 사람들이 인생을 저마다 나름대로 멋있게 살고는 있지만 쫓기듯 살아가고 있다는 건 마음에 여유가 없어서라기보다 경제적, 시간적 여유가 없는 게 더 큰 원인이 아닐까 생각해봤다.

"스님은 멋있어요, 연주가가 더 어울려요."

"고맙군, 나중에 데뷔하면 티켓을 사줄 친구가 있어서."

재담才談으로 연주로 늘 서로가 즐거운 시간 속에 설법說法이다. 불법佛法 강연이 아닌 인생사 강연들이 조금이나마 대중들에게 전달되기를 바라는 마음으로 왕피천공원에 시간들은 소중하다. 그래서 청중이 그 어떤 물음을 해와도 명쾌한 답변을 줘야 한다. 때로 불명확한 사후死後세계나 전생前生 같은 인위적人爲的 창조물을 실제적인 것으로 설명하려면 난감 난감이다.

"극락은 어디에 있나요?"

"죽으면 끝인데 지옥을 왜 가요?"

"학생들은 그런 걸 왜 생각하며 사는데?"

"……."

"명쾌하게 답한다면 극락도 지옥도 없어. 그 옛날에도 없었고 앞으로도 없어. 있는 건 오직 사바세상뿐이야, 우리 생물들에겐 현現 세상뿐이지, 인간이 아무리 기원祈願해도 죽음 후에는 무상無常으로 돌아가, 자연세상으로 돌아가는 거야, 왜? 자연에서 왔으니까."

"그럼 왜 불교에서는 지옥과 극락을 말해요?"

"마음이지, 인간은 마음이 있으니까 아름답고 고귀한 걸 꾸며가며 살아. 만약 지옥이나 극락세상이 존재한다면 그것들은 현실이야, 현실은 보고 있는 것 그것뿐이야. 금강산 설악산이 아무리 아름다워도 경치景致일 뿐이지. 장미꽃이 고와도 자태姿態로 끝나. 그런데 마음속에 가꾸는 세상은 무한無限하고 성스럽지. 마음속에 그리는 꿈의 세상은 자연세상보다 천만千萬 배나 더 아름답고 고귀해."

"……?"

"모든 자연세상의 생물들은 생명체라 언젠가는 죽어, 백두대간에는 신선암봉이 있는데 암봉巖峰은 영원하지만 신선神仙은 수시로 바뀌지, 백두대간을 등반하는 인간들은 암봉에 머물다 가기도 하고 또 다시 찾기도 해. 그러다 어느 때부터인가 그들의 모습은 사라져, 죽어서 못 오겠지. 모든 생명체들에겐 시한時限이 있어. 암봉만은 그 시한이 없어 영원히 그 자리를 지키겠지. 여러분 중에 혹시 암봉이 되어 영원히 살고 싶은 사람 손 한번 들어볼까?"

"극락에 가서 영원히 살겠다는 사람이 왜 하나도 없을까, 이승에서 살고 또 저승에 가서 살겠다면서…?"

"……."

"인간의 욕망은 한限이 없다고 하는데, 대체 여러분은 어떤 극락세상을 원하는가 한번 물어볼까? 저쪽에 혼자 외롭게 앉아있는 남학생의 생각은?"

"법이 없는 세상이요, 마음에 드는 여인들을 다 사랑해도 괜찮은 세상이요."

"헐, 꿈 한번 야무지네, 그러다 다 데리고 살려면 힘들 텐데?"

"아내를 사흘에 한 번씩 바꾸는 거죠."

"기막힌 생각이네. 그냥 닭장에 수십 마리 암탉을 거느리고 사는 장닭이 되고 싶다는 거네, 그 앞에 기분 나쁜 표정을 하고 있는 여학생의 생각은?"

"남편을 수백 명씩 데리고 살면서 노예처럼 부리는 여왕이요."

"웃지도 않고 참 당당하게 말하는군. 여러분 말대로라면 그 극락은 극락이 아닌 지옥이네, 누가 아주 좋은 극락세상을 염원하는 사람은 없을까?"

"좋은 집에 짤릴 걱정 없는 직장이 많은 세상이요."

"아주 현실적이고 소박한 생각을 가지고 있는 학생이야. 그 꿈의 세상을 현現 세상에다 한번 만들어 보자고. 우리가 모두 힘을 합치면 저울진 앞바다에다 스케이트장을 만들 수도 있을 거야."

"하하하."

"후후후."

"어차피 우리는 비현실적 얘기를 하고 있는데 뭐. 바다가 얼어붙지 않는다는 건 쨉도 안 돼."

"스님 얘기 그만하고 또 하모니카 연주요."

"그래 세상사 어차피 스치는 바람 같은 거, 경전經典을 읽어 여러분을 지루하게 하느니 피리 불어 세파에 시달린 몸들을 위로나 할 거나."

"나훈아의 공空이요."

"아주 의미 있는 노래만 찾아요. 노래를 같이 불러 봐요."

살다 보면 알게 돼 일러주지 않아도
너나 나나 모두 다 어리석다는 것을
살다 보면 알게 돼 알면 웃음이 나지
우리 모두 얼마나 바보처럼 사는지
잠시 왔다가는 인생
잠시 머물다 갈 세상
백 년도 힘든 것을 천년을 살 것처럼
살다 보면 알게 돼 버린다는 의미를
내가 가진 것들이 모두 부질없다는 것을

살다 보면 알게 돼 알고 싶지 않아도
너나 나나 모두 다 미련하다는 것을
살다 보면 알게 돼 알면 이미 늦어도
그런대로 살 만한 세상이라는 것을
잠시 스쳐가는 청춘 훌쩍 가버리는 세월
백 년도 힘든 것을 천년을 살 것처럼

살다 보면 알게 돼 비운다는 의미를
내가 가진 것들이 모두 꿈이었다는 것을
모두 꿈이었다는 것을

제아무리 똑똑하다 자부하며 살았어도 세상을 하직할 땐 많은 사람들이 어리석었던 자신의 삶을 느낀다고 한다. 만약 살아온 날들이 최고였다고 스스로 느낄 수 있다면 그 사람은 성현聖賢이거나 성불成佛에 이르렀을 거라고 볼 수 있다. 또 수천만 명을 가난에서 벗어나게 해준 위대한 기업가나 정치가라면 뿌듯한 마음으로 세상을 마감할 수도 있을 거다. 부처의 마음으로 세상을 살아 한 점 후회 없이 죽음을 마무리한다면 보통사람으론 더 바랄게 없겠지만, 것 또한 쉬운 긴 아니다. 세상은 늘 그렇게 평화롭지도 정의롭지도 않다. 사회의 변화에 의해 사람들 삶은 극악極惡의 상태로 빠져들 수도 있고, 급격하게 변화되는 자연환경은 착하게 살아가는 사람들을 굶주림으로 죽어가게 할 수도 있다. 지금, 이 순간 세상사는 얘기 속에서 웃을 수 있는 이 자리 또한 무한이도 복된 시간이니 즐거워 할 뿐이다. 일남거사는 오늘의 자리를 마감하기 전에 자신의 지난날을 아이들에게 얘기해주었다.

"오늘 세상사는 얘기들이 여러분이 살아가는 데 조금이나마 도움이 되었으면 좋았을 텐데…."

"아주 유익한 시간요."

"신나는 마음 여행이었어요."

"그러면 보너스로 옛날얘기 여행을 한 토막 하고 오늘 시간 마무리하겠습니다."

"염불念佛 대신요?"

"여러분의 앞날을 축원祝願합니다."

합장으로 청중 모두에게 축원을 보내며 일남거사는 오후에 따사로운 햇살이 감미로운 공원에 아늑한 분위를 잠시 돌아봤다. 지역인들도 여행객들도 이 시간만은 휴식시간이다.

6

– 길이란 갈 곳을 정해놓고 갈 때 가는 길이 길이다 –

– 갈 곳이 없는 나그네에게는 길이란 길이 아닌 허공이다 –

아버지의 전보를 받고 영주 집으로 온 일남은 그냥 멍하니 하늘만 쳐다봤다. 누이동생 이남이가 임신을 했단다. 시집도 안 간 처녀가 아이를 낳는 건 가문에 수치다. 쥐도 새도 모르게 태아를 지워버리는 게 상책이다. 여자 일생은 시집 잘 가는 걸로 일생이 좌우된다. 또 시집가면서 인생이 시작된다고도 할 수 있다. 그 길을 이남이가 이탈한 거다. 앞으로의 상황은 어떻게 하느냐에 따라서 집안이 초토화될 수도 있다.

"일남아…."

"예…."

"너 장가가라. 출생신고를 하려면 혼인신고가 된 부부가 있어야 되잖니."

"아버지."

"니가 출가出家한 건 안다. 큰스님이 그러시는데 재가在家승도 격이 떨어지는 건 아니라고 그러더라."

"아버지, 저는 불자佛子가 되려는 게 아닙니다. 불교에 대하여 더 알고 싶고 세상사를 알고 싶어 수행 중이에요. 지금 결혼하면 제가 하고 싶은 모든 거 다 포기해야 되요."

"울진 애하고 헤어졌다고 하는데 다시 합쳐라. 사내놈이 책임을 질 줄도 알아야지. 니 욕심만 체릴 거냐?"

"아버지가 그걸 어떻게…?"

"울진 사돈댁 엄마가 다녀오셨다. 그쪽에서는 다 허락했단다. 넌 울진 외갓집에 가 살면서 이남이가 아이 낳거든 자식으로 키워."

"아버지 다른 방법도 있어요. 고아원에다 맡겨서 키울 수도 있고, 이남이를 서울에서 살게 하면 돼요. 대학 다니면서 아이도 키우면 돼요."

"지난해 니가 출가한다고 할 때 사돈댁에는 농토 거리 좀 장만해 드렸다. 남에 집 귀한 딸아이 신세 망친 내 자식인데 어쩌겠냐. 이제 니 엄미기 울진 친정에 가시 죄스럽지 않아도 될 거다. 니 임마는 며느리 보게 됐다고 요즘 좋아죽는다."

"……."

"큰스님 뒤뜰에서 기다리신다. 가봐라."

누이동생 이남이가 그렇게 좋아하든 남자애의 아이를 가진 건 잘못이 아니다. 제도制度와 체면이 문제가 되는 사회가 문제라면 문제다. 부모가 용서하지 않고 동내서 흉잡혀 괴로워하던 아랫동네 사는 집안 누나가 괴로워하다 앞 냇가 용소에 몸을 던져 세상을 하직한 것도 다 제도에 얽매인 사람들의 관념 탓이다. 남자친구가 군에서 돌아와 결혼하면 될 것인데 처녀가 아이를 낳았다는 그 이유만으로 사회에 핍박을 받았다. 아주 죽일 놈으로 죽을 만큼.

"대사大師님 저 왔습니다."

"……."

"대사님…"

큰스님은 맏배로 내린 병아리들만 물끄러미 바라볼 뿐 일남이의 인사에 미동도 않는다. 일남이도 큰스님 옆에 쭈그리고 앉아 닭들을 쳐다봤다. 어미 닭은 부지런히 감나무 밑둥이 부스럭 땅을 파헤친다. 그런데 어미 닭은 파헤치기만 할 뿐 모이를 주워 먹지 않는다. 그때마다 앙증맞은 병아리들만 부지런히 모이를 쪼아 먹었다. 어미 닭은 새끼들이 주워 먹기를 기다려 다시 발로 땅바닥을 파헤친다. 그 행동들은 계속 반복됐다. 큰스님은 한 참 만에 고개를 돌려 일남이를 쳐다봤다.

"저 암탉 좀 봐라, 아까부터 저도 배고플 건데 계속 새끼들만 멕인다. 참 기특하잖니?"

"습관인가 봅니다. 모이도 많이 줬을 텐데요."

"새끼들을 가르치는 거야. 나중에 배가 고플 때를 대비해서 먹이 얻는 방법을 알려줘야지."

"대사님은… 별것도 아닙니다. 제비 새끼는 둥지에서 날아오르자마자 잠자리를 잡던데요.

"그것들은 니눔 마냥 머리가 잘 돌아가나 보다."

"저는 이남이 일 상상도 못한 일입니다. 대사님께서는 이 상황을 다 짐작하고 계셨지요?"

"이남이가 처신을 잘못했다는 거냐?"

"아닙니다. 완고한 관습이 있어서 우리 같은 아이들이 행동에 제약을 받을 수밖에 없는 게 문제입니다."

"일남아…"

"예 대사님."

"니 아버지는 아들이 장가가서 남들처럼 평범하게 살기를 바랐느니라. 딸아이도 그냥 무탈하게 커서 착한 남자 만나 시집가 잘살기만 바랐어. 그래서 소 팔아 쌀 내다 팔아 학비 장만해서 서울로 대학공부 보낸 아들이 연애질을 하고 있다는 걸 알았어도, 모른척했던 거란다.

그런데 이놈아 남에 귀한 여식을 실큰 데리고 놀다 버리고 중놈 하겠다고 절로 도망을 가! 나쁜 놈 같으니라고…."

"……."

"딸아이는 그렇게 좋아하는 남자애 붙들기만 바랐는데 그놈도 끝내 도망쳐버렸어. 니눔은 아부지의 그 속상한 맘을 헤아려보긴 했냐? 그 허망한 말년의 서글픔을 짐작은 하냐고?"

"그럼 부모님이 대사님을 따라 여행 떠나신 게 일부러 그러셨던 겁니까? 이남이 그 철없는 기 한 달여나 머슴애하고 한집에 있으면 무슨 일이 생길지 아시면서…?"

"똑같은 놈들이면서 뭘 그래?"

"우리는 상의해서 같이 지냈고 상의해서 헤어졌어요."

"이남이와 정훈이 그놈도 마음이 맞아서 그 여러 날을 같이 잤겠지."

"정훈이 그 애는 애초에 붙들 수 있는 애가 아니었어요. 그 애는 사귀고 있던 아주 예쁜 여자애도 버리고 떠나온 애였어요."

"알고 있었다."

"아시면서……."

"혹시나 하고 기대해 봤다. 하지만 지금 이 자리에 그 눔이 있다면 난 그 눔을 버러지로도 안 본다. 도독 놈이면 큰 도둑놈이지."

"대사님은 그 애한테 기대하시는 게 따로 있으셨나요?"

"의상대사님도 원효대사님도 가던 길을 저버리진 않으셨다. 그 애는 가는 길이 있었다. 너도 가는 길을 가고 있어서 장하다고 할 수 있다. 니눔이 중이 되려고 출가하는 건 아니란 걸 나도 안다. 산문山門 안에 세상을 더 알고 싶어 수행하는 것도."

"……."

"니눔은 선사禪師도 될 수 있고 거사居士도 될 수 있어. 선사와 거사에 그 가치는 따질 거 없다. 재가在家승이 되어 불자佛子의 길을 포교布敎한다면 그것이 더 중생衆生을 위하는 거다. 토굴수행이 백 년이라도 경전經典을 아무리 열독熱讀해도 진리眞理는 변하지 않아. 사람이 태어나서 왜 죽게 되는가를 의문으로 시작한 성철스님의 수행은 결국 진리는 처음과 끝이 그대로라는 거다. 깨달음을 행行하면 진리고, 저버리면 허위虛僞다. 부처란 남을 위하는 마음이다. 자기를 위해서 살면서 무슨 수행을 한다고…. 저 어미 닭만도 못한 군상群像들 중에 하나는 되려 마라."

"……."

즐겁게 살았다면 죽는 것도 또한 기쁜 거다. 슬프게 살아 슬픈 마음으로 죽음에 임한다면 태어난 그 고귀한 행운은 의미도 없다. 개똥밭에 굴러도 이승이 저승보다는 낫다고 한다. 삶이 죄스러울 이유는 없다. 거짓과 탐욕으로 추醜한 인생의 일생一生이 되지는 말라는 큰스님의 충고는 어릴 때부터 들었다. 일남이는 스님을 배웅하고 집으로 돌아와 부모님의 바람을 따르겠다고 했다. 모두의 행복은 사태를 탓하기보다 수습을 하는 거다. 끝내 아이를 낳아서 키우겠다는 누이동생 이남이다. 그 생각을 막을 권리는 누구에게도 없다. 아이들을 지극히도 위하는 부모님의 배려심이다. 대학수업 중인 이남이를 찾은 일남이는 축하 아닌 축원祝願을 했다.

"휴학계는?"

"아직 괜찮아 오빠."

"아무 때라도 좋아 울진에서 올케하고 기다릴게."

"미안……. 오빠."

"짜식 평생 행복을 결국 찾았네. 대체 그 용기가 어디서 나왔니?"

"몰라… 그냥 좋아."

"평생 한恨보다 평생 추억이야. 짜식 아무리 미워할래도 미워할 수가 없어."

"오빠……."

감동해서 목에 매달리는 누이동생을 꼭 안아주며 앞날을 걱정도 했다. 아이만 데리고 평생 살아갈 한 여인의 삶이 조금은 걱정도 되었다. 이미 이 세상에는 없는 사람이다. 추억으로만 위안을 삼고 견딜 그 긴 세월이 어떨지는 지금으로선 알 수 없다. 다만 이남이가 후회하며 살지는 않을 거라는 게 다행스러운 거다.

7

"저기 둘이서 껴안고 좋아죽는 커플들, 이 시대를 고마워하도록 우리 세대 때 같았으면 죽었다 죽었어. 남녀칠세부동석은 그냥 법이었어, 법."

"연애는 생물의 자연적 현상이요, 그 시대는 최악이예요."

"그래도 그 윤리의 억압이 무법천지에 부족국가시대보다는 나은 게 아닐까? 우리 반듯한 친구에 판단을 한번 구해본다면."

"성리학의 시대 도학道學의 사상들이 민초民草의 도덕관을 고취시켜 사람다워진 건 긍정적이라 생각합니다. 다만 반상班常 사회를 개선하는 의지는 없었다고 봅니다. 노예적 종살이를 당연시한 도학사상은 백성들의 인권을 위하지 않았다는 것 또한 사실입니다. 노비奴婢 문서까지 법문화한 그 시대는 지금으로 봐서는 비인간적이었습니다."

"오호, 귀군은 견문見聞이 넓은 것 같네. 직업을 물어봐도 되겠나?"

"교육 쪽입니다."

"헐… 오늘 상대를 잘못 골랐네. 아주 도전적 사고思考를 가졌어."

"스님! 우리 학교 교수님이세요."

"어! 내가 번데기 앞에서 주름을 잡은 건가? 그래 교수님의 분야는 사회학?"

"농학입니다."

"헐… 점점. 감感이 안 잡히는, 군은 사회학에 조예가 상당해. 지금 교수님이 지난 시대를 보는 관점이 상당히 비판적인데 그 연유를 말해 줄 수 있겠나?"

"지배계급을 존속하기 위한 수단으로 악용되었다고도 볼 수 있는 그 시대의 유교사상입니다. 무조건의 복종이 미화된 사회는 충효사상을 최상으로 두죠. 조정朝廷에 재상들 지방관리들 모두 백성들의 무조건 복종만을 추구했습니다. 그 결과로 민란은 반복되었고 억압은 더 철저하고 공고해졌습니다. 현시대의 서원書院들이 유적지로의 역할뿐인 건 더 이상의 추종이 필요 없다는 반증反證입니다."

"정확한 관점이네. 현재의 불교사상은 어떻게 보나?"

"사라질 운명은 같다고 봅니다. 중국에서 들어온 유교사상이고 불교신앙입니다. 사찰을 문화재로 관람하는 이 시대입니다. 단군의 홍

익인간弘益人間 길은 행동입니다. 이념으로 이 시대의 사람들 마음을 붙잡기는 어렵습니다. 다음 세대 또 다음 세대에게 필요한 사상이 어떤 것인지 뭔지 생각해 볼 필요가 있다고 봅니다. 요즘 아이들은 심정心情으로 심리心理로 살아요. 마음에 느껴지지 않는 염불은 듣지도 않아요. 거사님의 대금연주에는 호응해도 불교 설법은 흘려서 들어요."

"헐… 한 마디로 말한다면 나의 강론은 무가치적 개론槪論이다?"

"아닙니다. 거사님의 심성心省론은 매우 진취적입니다."

"어떤 면에서 그렇다는 걸 설명해줄 수 있겠나?"

"간단히 요약한다면, 기존 교리에 얽매이지 않는다는 걸 느끼고 있습니다. 불공을 드릴 때 석가여래에게만 하느냐는 건데, 사실적으로 볼 때 수천 년 전에 한 성불成佛이었을 뿐인 한 인간이었습니다. 모든 인간은 생물이라는 전제前提하에서 석가모니는 심정心情이 고진考眞하였다는 것이고, 세인世人들의 공경을 받았다는 겁니다. 그 뜻을 후세 사람들이 받들어 불교佛教로 발전되었다 볼 수 있습니다. 근래에 불교 신도들에게 추앙받았던 선사禪師들은 불제자로서 그 교리를 훌륭히 설법說法하였다 할 수 있습니다. 만약 그것을 거사님이 따른다면 강론이 아닌 강연講演을 했을 겁니다. 수없이 많은 그 경전들을 설파하면서 불교를 선교宣教했겠죠. 그런데 그 설법을 듣는 아이들은 지루할 뿐 어떤 느낌도 감동도 받지 못합니다. 불교의 발원지 인도도 경유지 중국도 이미 유폐幽閉했습니다. 최종 귀착歸着지인 이 땅에도 예외는 아닙니다. 자라나는 세대는 현실적이지도 실질적이지도 않은 막연한 불교의 교리를 의지하겠다는 생각도 없다고 봐야 됩니다. 단군의 후예라고 하면서 단군전은 찾지도 않는 세대입니다. 거사님의 현실적 생물生物,

심적心的 부처론이 새삼 신선新鮮합니다. 진실은 현실에서 구현하라는 거사님의 논리는 자라나는 세대에게 어떤 숙제를 주고 있다고 하겠습니다."

"헐… 아무래도 자리를 바꿔 앉아야 될 것 같아. 교수님이 이리 올라오고 나는 내려가야 할 것 같은데… 어르신들께서는 어떻게 생각하십니까?"

일남은 혀를 찼다. 교수의 논리가 정연했고 관점이 예리해서 할 말을 잃었다. 농대교수라면서 심리心理가 대단했다.

"거사님 오늘 임자 제대로 만났어. 말로 못 당하면 힘으로라도 이겨야지. 안 되면 팔씨름이라도 혀서 이기면 되제."

"적을 알아야 이길 승산이 있습니다. 어르신들 죄송스럽습니다만 잠시 이 친구와 사담私談 좀 나누겠습니다."

일남은 반듯한 친구를 잠시 물끄러미 바라봤다. 아주 순한 모습의 마흔 나이는 됨직한 젊은이다.

"어느 대학에 근무하나?"

"강릉대에 나가고 있습니다."

"어린 날 부모님에게 엄격한 교육을 받은 것 같은데…?"

"부모님 밑에서 크지 못했습니다. 고아원에서 자랐습니다."

"오호… 놀랍네. 의젓하게 자란 건 타고난 성품 탓이라 해야겠군."

"아닙니다. 고아원을 도망쳤을 때 좋은 형들을 만나 남부럽지 않은 생활을 누리고 살았습니다."

"동병상련이군. 내가 키운 딸아이도 자칫 고아원에서 클 뻔 했다네, 그런데 교수의 그 당당함은 어디서 나오는지 무척 궁금한데…."

"어릴 때 명문대 교수님이었던 무술관 관장님의 가르침을 받았습니다. 남자란 불의에 절대 무릎을 꿇지 않는 거라고 하셨습니다."

"그건 나도 찬성이네. 나도 딸아이를 키우며 눈치 보며 살지 말 것을 강조했네. 물론 남에게 눈치를 줘서도 안 된다고 했지."

"따님을 만나보고 싶습니다."

"왜?"

"여승이 되는 걸 말리고 싶습니다."

"왜?"

"생물은 생물로 살아야 합니다. 세상에 모든 인간이 스님으로 살면 사랑은 어디에 가서 찾나요?"

"세상에 모든 인간이 사랑만 찾으면 스님은 할 일을 어디 가서 찾나? 강아지들을 모아놓고 설법할까?

"하하하."

"허허허."

"사담은 그만하시고 우리 학생들에게 좋은 강론해 주십시오. 아이들에게 아주 소중한 가르침이 될 겁니다. 거사님의 한마디 한마디가."

8

울진은 불영계곡이 있고 금강송면이 있다. 통고산 자연휴양림이 있는 왕피천 계곡에는 심산유곡 왕피리가 있는데 차량으로 접근이 어려운 피난처이기도 하다. 그 옛날 왜구는 수시로 남해나 동해안 포구를 약탈하였는데 해변은 무방비 상태로 극악한 폭도들의 약탈대상이 되었다고 했다. 오직 농사짓는 것만 알고 살아가는 순박한 백성들을 지켜줄 관청에 군사는 없었고, 있다고 해도 야간을 틈타 노략질해 가는 해적들을 상대하기는 어려웠다고 했다. 고기잡이보다 손쉽게 재물을 얻을 수 있는 왜구는 끝없이 해안 백성들을 괴롭혔지만 조정에서는 군사의 양성을 극도로 피했다고 했다. 조정에 위협이 된다는 염려가 있어서 각 지방에다 군을 양성하지 않는 그 방침은 결국 임진왜란 시 최악의 사태를 야기했다고 봐야 한다. 왕피천가에 성류굴로 피난한 인근 양민들이 왜군들에 의해 갇혀서 모두 굶어 죽었다는 건 참혹한 비극이다. 영철은 설아와 해변을 산책하며 오늘날까지 그 중앙세력의 안위를 위해 국방에 만반 대비를 소홀히 하는 건 아닌가 생각도 해봤다. 특정 종교단체와 지방단체가 경제적인 이득을 취한다는 목적 하에 중국의 투자유치를 독려하고 있는 걸 보면 그 옛날의 개화파, 수구파의 논리를 재삼 느끼게도 했다. 먼 앞날에 속국屬國화는 못보고 우선적 몇 푼의 이득만 보려 하는지 알 수 없는 위정僞政이라 생각도 했다. 친일로 망국하고 친중親中으로 멸국滅國하는 지도세력이 없다고도 말할 수 없는 오늘날의 정치노선이다.

"참 이상해…."

"뭐가…?"

"아저씨가 왜 낯설지가 않고 믿음직스럽고 그럴까요?"

"나도 설아를 오늘 처음 만났지만 하나 거리감이 없고 그렇다."

"동네 아저씨 같아요."

"설아가 몰라서 그렇지 난 설아가 태어나기 전부터 동네 아저씨나

마찬가지였어, 오래전 나는 돌아가신 설아 외할아버지와도 만나서 많은 얘기를 나눴고 외삼촌하고는 시국時局 얘기도 나누고 했단다. 설아가 태어난 걸 외삼촌이 숨기지만 않았다면 난 설아 돌잔치에도 참석했을 거다."

"그랬다면 재미있었겠다. 아저씨 따라다니며 놀고…."

"난 지금 분통이 터지거든, 그때 알았다면 걸음마 배우는 설아를 안아주고 그랬을 건데, 또 마당에서 타고 놀게 세발자전거도 사다 줬을 거야.

"아저씨는 집에서 아이들에게 멋진 아빠겠다. 부럽네."

"음. 우리 애들은 나만 보면 매달리고 팔짱을 끼고 난리지. 여행 가자고 꼬득일 땐 가진 애교를 다 떨곤 해."

"나도 그러고 싶었는데… 친구 애들이 내 앞에선 아빠 얘기를 잘 안하지만 난 다 알아요, 얼마나 아빠들한테 사랑받는지.

"설아야…."

"네?"

"우리 이렇게 하자, 설아는 유치원생, 아저씨는 철없는 아빠가 돼 보는 거야."

"엉? 나 유치원 다닐 땐 엄청 까불었는데, 할아버지한테 반말도 하고 그랬어요."

"그럼 지금부터 우리는 반말로 얘기하며 놀기."

"그럼… 아빠! 업어줘. 설아 다리 아파."

"응. 그래 업고 가자."

영철은 설아를 업고 해변 백사장을 이리저리 뛰며 신나 했다. 설아는 아빠가 있다면 꼭 해보고 싶었던 거라며 즐거워했다. 설아는 아빠라고 부르면서부터 하나 거리낌 없이 팔짱을 끼다 팔에 매달리다 했다. 공원 편의점에 가 아이스크림을 사달라고 졸라대는 설아에게 아이스크림 먹고 싶으면, 노래 부르면 사준다고 해서 노래를 시켜 골리기도 했다. 영철이가 하모니카로 반주를 넣어 줄 땐 좋아서 아이처럼 즐거워했다. 영철은 한참을 그렇게 설아를 데리고 놀다 헐헐 거사를 찾아갔다.

"아빠…."

"응?"

"아빠하고 헤어지기 싫은데…."

"아빠도 그래."

"같이 가 아빠."

"영주 집으로?"

"응."

"이발부터 해야겠네. 쫓겨나기 싫으면…?"

"설아가 아빠 편들어 줄게."

"까짓 설아가 편 먹어준다면 아빠는 맞아 죽더라도 그냥 간다."

"후후후."

"하하하."

왕피천 공원에서 헐헐 거사는 토론에 열중하느라 그들이 뒤에 와서 있는 것도 모른다. 영철은 청중들 속에서 한참 토론에 임하고 있는 젊은이를 보고, 설아 몰래 미소를 지었다. 막내였다. 영철은 설아가 관심을 가지나 유심히 살폈다. 막내는 용모 단정에 말쑥한 타입이라 여자애들이 길에서 마주쳐도 일단 힐끔거리곤 했었다. 학생들을 데리고 견학을 나온 건가 아이들이 많다. 막내는 교수지만 학생들과 함께 있으면 구별이 잘 안 되도록 앳되었다. 설아는 녀석이 아빠에 동생이라는 걸 까맣게 모른 체 호기심을 가진다.

“설아야! 저 녀석 말하는 거 보니 완전 꾼이다. 저런 애들은 속 다르고 겉 다른 사기꾼이야.”

“아빠. 서 치 외삼촌을 막 이실라고 해.”

“저런 못된 놈.”

“그런데 저 애 말을 참 잘해.”

“저 애? 애라고…?”

“응 아빠. 저 애 공부도 잘 하나 봐.”

영철은 어이가 없어 할 말을 잃었다. 막내는 마흔 살이 넘었다. 강릉대 교수면서 대농장주다. 녀석 때문에 설아와의 좋은 시간들이 방해를 받게 생겼다.

“교수는 컴럼비아대학교 총장의 잔디밭 길을 어떻게 생각하나?”

“기존의 길을 고집하기보다 아이들이 원하는 대로 새로운 길을 마련함이 당연하다 생각합니다.”

“현 종교관을 그 방식대로 한다면?”

“대 전환적 발상이 필요하다고 봅니다. 달나라 별나라는 동화로만 가능합니다. 우주는 무한無限의 자연일 뿐이라는 걸 다 아는 아이들에게 하늘나라의 존재를 얘기하고 인간을 신격화神格化하는 그 신화적神話的 성서聖書를 맹신하라고 하면 그것이 진실이 됩니까?”

"심산유곡에서 울려나오는 염불소리는 모든 중생衆生들 마음을 평온하게 하는데 그것을 일부러 거부할 필요가 있다면 왜인가?"

"아무리 절절한 염불소리도 길쌈하는 아낙이 들으면 천상의 소리고, 채찍질 당하며 성벽 쌓는 노역꾼들에겐 천불만 나는 소리입니다. 직장을 얻은 기쁨도 내 집을 장만한 기쁨도 없는 젊음이 하루를 견디는 그 고달픈 시간들은 거의 지옥 삶이나 같다고 할 수 있습니다. 그들에게 성경에 복음이, 불경에 성음이 무슨 위안이 되겠습니까. 풍요豊饒한 사회가 오히려 그들에겐 신앙입니다. 스님과 거지의 대화 속에 깡통에 찬밥덩이가 바로 부처라는 결론을 부정 못 하는 이유가 있습니다. 굶어보지도 않은 부잣집 아이에게 배고픔을 설명하는 것과 다를 것 하나 없는 신앙 소리입니다."

"헐…. 우문 하면 현답 하는군. 난감허네. 난감혀."

"오늘 헐헐 거사 된통 당하네. 된통 당해."

"허허허."

"허허허"

근동에서 와서 늘 들어주는 노인들이 다 민망해한다. 학생들은 교수님의 열변에 또 어리둥절하고. 일반 참석인들은 의외의 토론을 재미있어 했다. 세대 간의 견해見解 차이라고 할 수 있는 신앙심의 의미다. 노인세대에는 아직까지 절을 찾아가 부처님께 불공을 드리면 그것이 곧 삶에 어떤 길이 된다. 세상이 안락하게 보이고 믿음으로 불안감이 해소된다. 또 의지依支가 된다. 불교 신도들은 두 손 모아 합장하는 그 순간에는 그 어떤 두려움에서도 해방된다. 그 모든 것들이 젊은 세대에겐 필요성을 느끼지 못하는 유리遊離된 존재가 될 수도 있다는 거다. 일남은 종교의 변혁變革이 필요하다는 걸 느끼며 수행 중이지만 그것은 맞춤의 개선이었다. 현실적인 종교로 거듭나는 길을 숙고하고 모색하고 전망前望하는 거다.

“좀 고차원적으로 토론이 흘러가는 것 같아서 머리를 식힐 겸 소승이 한참 철학에 심취해서 있던 그때를 한번 얘기 해 보겠습니다. 지금 소승을 곤혹스럽게 하고 있는 저기 젊은 교수가 초등학교쯤 다니고 있을 때라고 보면 될 겁니다. 우리 대단하신 교수님보다 더 대단한 학생이 있었습니다. 대학에 갓 입학한 신입생이 겁대가리 없이 사회에 도전하겠다는 발상을 하고 있었던 그때 일입니다. 황당하기로 말하면 우리 젊은 교수님 찜 쪄 먹을 겁니다.”

80년대 군사정권.

직선제 개헌을 위해 거리로 나가자고 선동하는 총학생회.

교내는 오늘도 어수선했다. 정치는 정치인들이 하는 게 정상이다. 학생은 면학勉學에 힘써야 한다.

정상적 사회일 때 얘기다. 별 자리들 몇 명이서 순서를 정해놓고 그 간선제의 말도 안 되는 독재정치를 계속하겠단다. 하나회의 무소불위無所不爲 횡포는 극심했다. 지식인들과 학생들에겐 공포의 대상인 안기부는 멀쩡한 사람 용공분자로 몰아 사회생활을 못 하도록 했다. 지방에 면소재지까지 정화위원회라는 걸 만들어 사회는 억압 그 자체였다. 그래서 민주화는 그때 최고의 슬로건이었다. 민주화는 곧 정상사회였다. 그런데 그런 분위기와는 너무도 동떨어진 생활민주화를 주창한다며 교정을 헤집고 다니는 철학과 여학생이 하나 있었다. 우스운 건 그 애가 지방에서 올라온 애라는 거다. 일남은 좀 호기심이 생겨 교정 잔디밭에 아이들을 모아놓고 열변을 토하고 있는 녀석을 보러 갔다.

"여성에 적敵은 남성이다! 그래서 우리는 국회에 진출한다."

"……."

"가정에 민주화가 이루어지지 않은 사회는 기형畸形 사회라는 거지. 여성의 권익權益은 쟁취하는 거지. 남성들의 배려로 주어지는 건 아니라고 봐. 여성이 밥 짓고 빨래하는 것에서 벗어나는 그런 소극적 투쟁이 아닌 남녀평등의 사회활동이 목적이 돼야 해. 그래서 사회활동 할 여성들은 결혼을 하지 않는다."

"어떻게 먹고 사냐?"

"직장을 가져서 경제적 자립을 해야 돼. 또 정치학과나 경제학과로 전과轉科를 하고 사회 전반의 구조 상태를 파악하기 위해 도서관에서 사는 거야. 각자 전문서적을 통달해서 남성들 우위에 서는 게 중요해, 나도 그래서 정치학과로 전과轉科를 할 생각이야."

"가시밭길을 가자고?"

"영광의 길이지, 세상을 바꾸는 거야, 우리 세대에서 그 못돼먹은 남존여비 사상도 남성우월주의 사상도 싸그리 철폐하는 거야. 허난설헌이도 하기 싫은 정략적 혼인을 안 했다면 세계적 명사가 되었을 거라고 하잖아."

"적군은 무자비하게 죽여야 승리를 쟁취한다. 손자병법 37계."

"호호호"

"호호호, 호호호."

한바탕 깔깔거리며 강의실로 가는 여자 신입생들. 일남은 그 당돌한 신입생을 불러 세웠다.

"야! 잔 다르크."

"……?"

"인마. 너 엄청 까분다."

"혹시 승려 선배?"

"음, 얘기 좀 할 수 있겠니?"

"도서관 가는 길인데…."

"잠깐이면 돼."

"사귀자는 건 사양이지만 대화는 가능해요."

"야! 너같이 무서운 애하고 사귀자고 할 미친놈이 있겠니?"

교정 벤치에 가 앉아서 일남은 녀석에 얼굴을 자세히 살펴봤다. 조그만한 체구에 예쁘장한 얼굴이다. 그 어떤 것에 한이 맺혀서 그렇게 도전적인가 많이 궁금했다. 일남은 녀석과 대화를 이어가면서 생김새와 달리 만만찮은 상대를 느꼈다. 어떤 걸 물어봐도 또박또박 논리가 정연했다.

"어디서 올라왔니?"

"안동이요."

"그래, 반갑다 나는 영주."

"그래요? 그럼 우린 동향이네요."

"그래. 기차 타면 한 정거장 걸어가도 한나절인데 뭐."

"반가워요 선배."

"야! 우리끼리 있을 땐 잘라먹자."

"좋아 선배."

"너는 뭐 특별히 사고思考하는 게 있는 것 같다."

"미래의 청사진이 있는데…. 선배는 생소生所할 거야."

"뭔데……?"

"모든 유교적 관습慣習의 폐지, 나아가 정리."

"……?"

"후후. 좀 황당하지 선배도?"

"황당한 건 아는구나, 우리 고장이 유학儒學의 발생지고 도학道學의 지역인데."

"선배, 2000년 후를 준비하는 거야. 어차피 사라질 유교사상이야. 미래사회는 관습보다는 변화돼가는 과정을 가질 거야."

"예를 든다면?"

"우선 관혼상제의 장례문화인데 몇십 년이 못 가서 매장문화는 사라질 거야. 화장 문화로 바뀔 건데 그때는 인골의 재처리가 체계적이 안 될 거라고 봐."

"그래서?"

"마을마다 정靜한 위치에다 납골당을 마련해 모시는 거지. 선대先代묘까지 정리해서, 그러면 국토개발도 용의해지고."

"만약 그렇게 안 한다면?"

"장례문화가 엉망진창이 될 거야. 모두가 선산에다 가족 묘지를 설치하고 포화상태의 공동묘지를 존립시키고 하면 전 국토는 쓸모없는 산천이 될 거야. 장지葬地 부족은 결국 산림에 인접한 전지田地까지 점령할 거야. 그 상태로 다시 몇 10년이 지나면 그때는 조상을 소중히 모시는 마음이 사라질 수도 있어. 아무 곳에나 흩어져 있는 고조할아버지의 산소까지 돌보며 사는 백 년 후는 아니라고 봐. 경제 제일적 미래시대는 당대當代만 챙기기도 바쁠 거야. 생활이 풍요로워지면 인생의 대부분을 여행과 취미생활로 소일하게 된다는 연구 결과가 있어. 요즘 국회에서 활약 중인 서영묵 선배의 인구 동결론도 과잉인구 시대는 결국 나중에 아이를 안 낳고 사는 사태를 야기한다고 하잖아, 미래를 미리 설계 않으면 최악의 상태가 될 거야. 과감히 버리지 못한 폐습은 악습을 낳고 악습을 고치지 못하면 미풍양속과 단절된 사회로 되고…….”

“스톱! ”

“선배 어지러워?”

“너 어디서 왔니, 미래 세상에서?”

“나 도서관에서 왔어 선배. 도서관에 가면 내가 하는 얘기 다 있어.”

“내가 철학과를 선택한 건 복날 개 잡아먹는 풍습을 이해 못 하는 마음에서야. 너는 그런 생각을 왜 하게 됐는데?”

“선배도 그랬구나. 난 동네 언니들이 시집와서 시어머니한테 구박받고 신랑한테 얻어터지면서 사는 걸 보고 느꼈어. 언젠가는 거꾸로 시어머니가 구박받고 남편들이 아내 눈치 보며 사는 세상이 오게 된다는 걸.”

“……?”

“용수철의 반작용이야 선배. 군사독재도 영원하진 못할 걸, 이제 머잖아 민주화의 폐해를 걱정하게 될 수도 있어.”

“야. 그만하자. 여지껏 강의 시간에 인생사 참 복잡하다 느끼다가 온 건데 혹 떼려다 혹 부쳤네.”

"선배 커피 살게 나가자."

"스님도 돈 있어 인마."

"선배 염불하는 소리 들어보고 싶다."

"하기 방학 때 집에 내려오면 부석사로 놀러와."

"사귀자고 안 한다면 갈게."

"넌 뭐 나중에 결혼도 안 하고 살 것처럼 그런다."

"국회의원 되려면 우선 독야청청해야 돼."

"그대로 쭉 가라 쭉… 몽달귀신이나 되게."

"쭉 가다 보면 최초에 여성대통도… 후후후."

"내가 미쳐요 미쳐."

"우리 젊은 교수님이 초등생일 때도 겁 없는 친구들은 많았다네. 살벌했던 그 시대였지, 모두가 거리에서 데모에 열중하고 있는데 오늘날의 이 시대를 전망하고 대책을 연구하던 그 여학생을 교수는 어떻게 생각하나?"

"대단합니다. 지금 우리가 살고 있는 지금의 현실을 그대로 카피한 겁니다."

"컬럼비아대학 총장의 잔디밭 길은 아이들에게 길을 열어줬지. 그 여학생의 황당한 발상은 정치의 민주화보다 개인의 삶을 민주화시켜 줬고, 그 아이젠하워 총장은 나중에 미국 대통령이 되었고 그 여학생은 한국 대통령이 되었지."

"와! 정윤정 대통령님."

"완전 최고다!"

“여기 학생 여러분은 참 좋은 교수님을 만난 거야. 미래를 예상할 수 있는 생각을 가진다는 건 평범한 사람으로는 어려워. 난 그 엉뚱한 후배에게서 많은 걸 배우게 됐지. 현실을 두고 판단하는 데만 골몰하던 내가 얼마나 어리석은 줄을 알게 된 거야, 지금 학생 여러분같이 젊은 이들이 지금 결혼도 안 하려고 하고 아이 낳아서 키우는 것도 관심 없는 게 경제적이든 다른 이유가 있어서든 사회적으론 큰 문제야. 결혼 안 하는 건 스님들이나 신부님의 전유물인데 감히 여러분이 침범하는 거잖아. 그 어떤 생물生物도 후손은 반듯이 양육하고 살아간다는 거 주지하도록.”

강론을 마치고 일남은 어르신들에게 합장을 올렸다. 학생들의 박수에 답하던 일남은 옆에 와 서는 영철을 보고 깜짝 놀랐다. 거기다 설아까지 와있었다.

“참 재미없는 스님 강연 듣느라 고생들 하셨습니다. 지금부터는 여러분들을 음악의 천국으로 안내하겠습니다.”

“집시 마스터님!”

“반가워요, 환영합니다.”

강릉에서 온 학생들은 떠돌이 악사 영철을 잘 알고 있다. 한동안 강릉에서 길거리 시장공연을 다녔던 떠돌이 악사다. 그래서 모르는 사람이 거의 없다. 영철은 신나는 디스코 풍의 대중음악부터 시작을 했다. 색소폰 연주는 반주 없는 독주도 괜찮다. 일남거사도 기타로 반주를 넣으며 같이 공연에 들어갔다. 그동안 꽤 여러 번 같이 하던 놀이다. 강연장은 금방 즐거운 공연장으로 변했다. 손뼉을 치며 즐거워하는 공원에 방문객들. 일어나 몸짓으로 즐기는 아이들도 오후에 시간이 즐겁다.

오늘 하루도 내 맘대로
아무도 나를 못 말려
지겨운 세상사는 잊어
애만 타는 사랑은 던져
아름다운 이 시간은 내 꺼
즐거운 내 마음도 내 꺼
우리는 노래가 좋아
사랑이 좋아

자유로움은 현대인에 최고에 자산이다. 어떤 것에든 아무것에든 얽매이는 건 질색이다. 인생은 그냥 좋은 거다. 즐거운 마음으로 살아가면 그만이다. 그래서 또 따져보고 생각해보고 할 필요도 없다. 그 많은 진리에 말씀도 신비로운 신앙도 보통 사람들의 삶에는 다 필요 없다. 열심히 일해서 생활하고 그 틀에서 벗어나 여행지에서 즐기는 건 무한한 행복이다.

－흔들어! 춤을 춰! 이 순간은 나에 것－

－방해하지 마! 나는 즐거우니까－

모두가 어우러져 돌아치는 속을 벗어나 설아는 한쪽에 서서 데리고 온 학생들이 노는 걸 미소 지으며 바라보고 있는 교수에게 갔다. 다가서자마자 설아는 말 없이 교수의 정강이를 냅다 걷어찼다. 교수는 설아의 느닷없는 일격에 아픈 종아리를 움켜쥐고 당황했다.

“씨! 잘난 척하지 마요!”

“왜… 그러니?”

대꾸도 않고 돌아서는 설아를 따라오며 교수가 억울해한다.

“너 깡패니? 한 대 쥐어박고 가게?”

“우리 아빠는 집에 읽은 책이 수천 권이예요. 뭘 잘 안다고 우리 아빠한테 아는 척해요?”

“아빠…?”

“가만 보니 날나리 교수야. 흥.”

“쬐꼬만 게 참 뇌기 까부네.”

“뭐예요?”

다시 발길질을 하는 설아를 피하며 교수는 어이없어했다. 데리고 온 학생들 또래 같은 데 당돌함이 장난이 아니다. 교수는 소나무 숲 한켠에 벤치에다 아이를 억지로 앉히고 양해를 구했다.

“옆에 앉아도 되겠니?”

“흥….”

“무슨 과니?”

“농과요.”

“나도 농학인데, 만나서 반갑다.”

“난 안 반가워요”

“걱정했는데 다행이다.”

“뭐가요?”

“아 그런 게 있어.”

둘은 잠시 말없이 공연하는 두 분을 바라봤다. 관객보다 더 즐겁게 놀고 있는 두 연주자다.

“저기 색소폰 부는 아저씨 내가 잘 아는 형인데 조심해라. 아주 바람둥이에 날라리꾼이야. 완전 사기꾼."

"호호호. 호호호."

"……?"

배꼽을 잡고 웃음을 터트리는 아이를 보며 교수는 어리둥절해 했다.

"왜 웃어?"

"웃기잖아요, 서로 사기꾼이라고 하니."

"뭐? 너 저 아저씨 잘 아니?"

"우리 아빠예요."

"엉! 그럼 스님께선?"

"우리 외삼촌요."

"가만 아까 스님이 얘기한 그 철없는 누이동생 딸……?"

"외삼촌이지만 키워준 아빠기도 해요."

"그럼 저 아저씨가 친아빠? 아니 돌아가셨다고 했는데."

"맞아요. 우리 친아빠는 오래전에 돌아가셨어요. 저 아저씨가 아빠 친구라며 아빠가 돼 주겠다고 해서 아빠 하기로 했어요."

교수는 벌떡 일어나 안절부절못했다. 설아는 교수가 갑자기 당황스러워하는 게 의아했다. 아무래도 아저씨를 아주 잘 아는 사람인 거 같았다.

"일 났네. 일 났어."

"……?"

"너 이름이 뭐니?"

"설아요."

"그래 설아… 설아 엄마도 아저씨 잘 알겠네?"

"아녜요 나도 오늘 처음 만났어요."

"그래… 그럼 설아는 엄마하고 저 아저씨가 절대 못 만나게 해. 절대."

"왜요?"

"말했잖니 아주 바람둥이라고, 그리고 정혼자가 있어. 숨겨 논."

"아저씨가요? 그럼 재혼인가?"

"재혼은 무슨. 만년 솔로 인생인데."

"네?"

"아무래도 안 되겠어. 오늘 집으로 끌고 가야지. 이러다가 큰일 나겠어. 우리 정이가 얼마나 기다리는데….

"정이가 누구예요?"

"내 조카"

"조카요? 몇 살인데요?"

"대학 삼학년."

"예…!"

"이상하게 생각하지 마, 우리 집에 형의 딸이야. 우리 집에 형은 저 바람둥이 아저씨하고는 아주 친한 친군데 솔로 인생 친구가 하도 불쌍해서 자기 딸을 데리고 살라 했어. 그런데 한동안 데리고 놀다 싫증이 났는지 도망쳐 버린 거야. 집에서 기다리는 우리 정이는 까맣게 잊은 거야."

"와… 못됐다. 지금이 봉건시대도 아니고, 강제결혼이라니."

"아냐. 부모님이 시키려고 한 게 아니고 지가 좋아서 아저씨와 결혼하겠데."

"어떻게 된 애 아냐."

"글쎄, 우리 정이는 뭐가 좋은지 아저씨가 옆에만 있으면 좋아죽어, 둘이 어울려 돌아다니는 걸 보고 있으면 샘이 다 난다니까."

"그럼 같이 자기도 하고 그래요?"

"어…? 뭐 같이 자기도 했겠지."

"와… 정말 못됐다 아저씨."

"그러니까 저 바람둥이 아저씨가 절대 엄마를 만나면 안 돼. 저 아저씨는 여자들을 홀리는 재주가 있대. 싱글 인생 여인들은 만나면 그냥 … 다 넘어가."

"아저씨 좋은데…."

"좋기는 아주 나쁜 아저씨야. 아빠 하기로 한 것도 취소해."

"……."

"대신 내가 오빠 돼 줄게."

"왜요?"

"니가 예뻐서."

"어머."

9

확성기의 소음은 공원운영 관리에 저촉된다. 하지만 그냥 떠들어대는 소음까지 제약하기는 쉽지를 않다. 그들이 술판을 벌이고 고성방가로 주위를 시끄럽게 한다면 단속대상이다. 울진에 왕피천 공원은 지역의 숙원사업이라고 하기보다 선견적 개발 사업이다. 내방객들은 대부분 지역주민보다 여행객이다. 장송長松들이 빼곡한 해변 숲을 공원화한 것은 탁월한 발상의 일환이다. 헐헐 거사가 그 왕피천 공원을 떠들썩하게 강연장을 열기도 하고 연주회도 가지는 건 공원 관리소의 배려가 있어서다. 오늘도 강연회가 끝나고 연주회는 공원 내방객들을 즐겁게 했다. 한참 떠돌이 악사의 연주 속에 분위기는 즐거워졌고 간간이 웃음을 주는 악사의 행사 멘트는 시간을 잊게 했다.

"설아야! 이리 올라와 봐."

"네 아빠. 안녕 못된 교수님."

"이따 봐."

"흥…!"

"설아는 외삼촌의 부름에 교수에게 인사를 하고 무대로 올라갔다.

"내 딸입니다. 이름은 설아. 눈 속에 아이라는 뜻이죠."

설아는 외삼촌의 소개를 받고 객석을 향해 공손히 인사를 했다. 불교식 합장으로.

"간판을 보고 식당을 가나! 맛을 보고 또 가지!"

"맞습니다. 어르신들 말씀. 그래서 제 딸에 노래 실력을 한번 보여드리겠습니다. 돌부처도 반할 우리 딸에 노래 실력입니다. 아마 결혼 안 하겠다는 독신주의 남자들 맘 다 바꿀 겁니다."

"그려, 아무튼 내놔야 팔리는 거여."

"맞습니다. 시집보내기 참 힘듭니다. 어디 가려고 해야지요."

설아는 <막걸리 한잔>을 신청해서 신나게 불렀다. 무대에서 노는 거라면 문제가 없다. 친구들은 하도 천방지축 나대서 선머슴애라는 별명도 지어줬다. 설아가 노래를 부르고나자 앵콜이 쏟아진다. 설아는 정동원에 <효도 합시다>를 또 신나게 불러댔다.

"야! 막내야! 너도 올라와."

떠돌이 악사도 장난끼가 발동했다. 교수를 불러서 장기자랑을 시작했다. 교수는 주머니에 소지품을 꺼내 설아에게 건네고 곧 무대가 좁다고 재주를 넘어댔다. 어릴 때 벌써 공인 태권도 삼단의 실력이다. 그동안도 운동은 게을리하지 않은 체육인이다. 연속 공중제비를 돌 땐 모두들 탄성을 자아냈다. 공중에서 떨어지면서 발소리가 가벼워야 한다. 체육지도자가 되어도 하나 부족함이 없을 막내다. 떠돌이 악사는 신나서 교수를 소개했다.

"제 사랑하는 동생입니다. 못하는 게 없는 놈입니다. 훌륭한 신랑깜은 못되지만 그래도 장가를 보내야 하는데, 이놈이 마흔이 다 됐는데도 장가를 안 갈려고 해요. 아무래도 내 생전 조카 녀석 보기는 틀렸나 봅니다. 그래서 지금 이 자리에서 헐값에라도 빨리 팔아서 귀여운 조카 녀석을 볼까합니다. 아주 싼값에 드릴 거니 사십시오. 여기에 있는 여성이라면 누구라도 좋습니다.

"카드 결제도 되나요? 우리 교수님을 사는데."

"30년 할부요!"

"50년도 됩니다."

"저 주세요."

"저 주세요."

"누구라도 좋습니다. 빨리만 가져다 쓰신다면."

손을 들고 환호하는 여인들. 그 속엔 여학생도 있다. 한참 어수선한 장내 속에서 막내는 슬그머니 설아 옆에 가 섰다. 그러곤 설아 손을 잡고 앞뒤로 흔들었다. 떠돌이 악사가 깜짝 놀라 둘을 떼어놓는다.

"뭐냐? 뭐야. 지금 시장에 내놨는데. 니들 뭐 하는 겨?"

"형아, 우리 사귀면 안 돼?"

"니들 그새 눈 맞췄냐?"

"응."

"설아야. 여기 좋은 남자 친구들 많고 많은데……."

객석 앞으로 설아를 내세우는 떠돌이 악사. 막내는 잽싸게 설아를 낚아채 무대 아래로 달아나 버린다.

"아 애들 왜 안 말리는 기여?"

"말리긴 왜 말려 아까부터 난 점 찍어놓고 있었구먼."

"안 디여."

"안 되긴 왜 안 디여? 내 사위깜으론 최고구만."

"이 스님 친구야. 그라면 우리가 사돈이 되삐리잖어.

"사돈 되면 어때?"

"우린 같이 바람피우러 다니는 친구잖어. 사돈끼리 바람피우러 다닐 끼여?"

"남들이 듣는 데 그런 걸 얘기하면 어쩌?"

"거짓말은 안 하고 산담서 뭘 숨겨."

"죄송합니다. 여러분 오해는 마십시오. 우리가 바람피우러 다니는 건 절에 간다는 핑계로 등산 다니고 여행 다니는 걸 말하는 겁니다. 어차피 옆길로 새는 건 마찬가지겠지요."

"남 듣는 데 그걸 또 얘기하면 어쩌?"

둘은 아이들을 보내놓고 재담만 늘어놓는다. 떠돌이 악사는 한참을 더 객석을 웃겨놓고 손을 높이 들었다.

"여러분!

"……?"

"지금 해변 주차장엔 여러분을 위해 맛있는 이동식 뷔페식당 차가 와 있을 겁니다. 울진 횟집에 회는 몽땅 가져다 차려놓았습니다. 모두 가서 맛있게 드시기 바랍니다. 그리고 헐헐 거사님은 오늘부로 잠시 강론 장을 비우시게 됐습니다. 둘이서 여행을 갑니다. 돌아올 때까지 건강하십시오."

"소승이 아직 수양이 부족해 전국에 사찰을 찾아 더 수행을 하고 돌아오겠습니다. 그동안 참여參與해주신 모든 분들께 감사드립니다."

"오늘 회식비는 사위를 헐값에 구입해 간 사돈이 내겠습니다. 여러분 박수."

"헐, 이런 못된 사돈 좀 보게, 자기가 책임진다 하곤 이제와 오리발이네."

"하하하."

"하하하."

10

– 아이들은 부모님의 보호를 느끼기보다 사랑의 척도를 판단하기도 한다.

– 부모님은 아이들에게 노고의 보답을 기대 않는다. 하지만 아이들은 부담을 느낀다.

막내는 설아를 데리고 해변으로 나왔다. 동해바다는 어디서나 푸른빛이다. 아무리 비가 와도 눈이 와도 파란빛이다. 냇가에 흙탕물이 강물이 되어 흘러 들어가도 변함이 없다. 끝없이 하얀 물거품을 일으키며 모래펄을 적시는 파도. 막내는 설아를 데리고 해변을 걸으며 자꾸 설아 얼굴을 빤히 들여다보고 또 보고 그랬다.

"많이 놀랐지?"

"갑자기 뭐야?"

"설아가 오늘 어른들에 깜짝 쇼에 당한 거야. 하하하."

"응……?"

"바람둥이 우리 형아하고 외삼촌이 짜고 우리를 놀린 거야. 나보고는 아주 예쁜 여자 친구 하나 만나게 해준다고 여기 울진으로 내려오라고 했어. 그런데 요렇게 귀여운 여동생이네, 아주 예쁜 여동생."

"깜짝 놀랬잖아. 사귄다고 해서."

"오빠가 미안, 우리만 몰랐던 거야. 어른들은 예전부터 친하게 지내고 있었어. 다만 우리 형아가 최근에야 설아가 태어난 걸 알았나봐. 만약 첨부터 알았다면 우리 형아가 설아 유치원 들어갈 때부터 챙기고 난리였을 걸."

"오빠, 좀 자세히 얘기해줘. 나 엄청 궁금해. 모두가."

"어, 나보고 오빠래, 아휴 귀여워."

막내는 모래펄에서 재주를 홀딱 홀딱 넘으며 설아를 골렸다. 그렇게 한참을 장난을 치다 막내는 앉아있는 설아 앞에 엎드려 설아를 빤히 올려다봤다.

"예뻐 죽겠네."

"아이…… 오빠."

"바람둥이 형아가 나보고 설아하고 결혼 안 한다고 그러면 죽여버린다고 했는데… 큰일났네."

"……?"

"이렇게 예쁜 동생인데 어떻게 결혼하자고 해, 아휴 죽겠네."

막내는 다시 모래펄을 이리저리 뛰다 돌아와 다시 앞에 엎드려서 또 설아의 얼굴을 빤히 올려다보곤 했다.

"귀여워 죽겠네……."

"……."

"에이 암말 없는 거 보니 오빠가 싫구나? 오빠가 나이도 많고 매력도 없고 그래서…?"

"……."

"에이… 그럼 할 수 없지 뭐. 대신 내가 설아한테 좋은 오빠는 될게. 오빠 돼서 많이 많이 돌봐줄게. 여행 갈 때도 데려가 주고… 음 또 고민 상담도 해주고…."

"……."

– 끼욱 끼욱

저 멀리 하얀 모래펄 위로 갈매기 떼가 저물어 가는 바다 위를 돌아들고 있다. 막내는 앉아있는 설아를 일으켜 같이 물가를 걸으며 어린 날 얘기들을 들려줬다. 영철 형아하고 서울에서 재미있었던 합동가족 얘기도 해 주고, 형아가 여행만 다니지만 꿈을 가진 사람인 것도 말 해

줬다. 아주 좋은 아빠가 될 거란 것도.

"설아야……."

"응……."

"만나서 너무 반가워, 내가 아주 좋은 오빠 될게."

"싫어!"

설아는 막내가 꼭 잡는 손을 뿌리치고 저만큼 달아났다. 한참 모래벌을 뛰던 설아가 우두커니 서 있는 막내를 보고 손짓을 했다.

"오빠…."

설아는 달려온 막내를 뒤에서 꼭 끌어안았다.

"나도 오빠 좋아…."

"어……? 설아야."

돌아선 막내는 자신도 모르게 설아를 품안에 꼭 껴안았다. 껴안고 설아의 달아오른 뺨에다 입을 맞췄다. 복숭아 솜털같이 고운 설아 뺨이 빨갛게 물들었다. 막내는 품안을 파고드는 설아를 꼭 안아주며 등을 토닥여줬다. 아빠 없이 자란 아이라고 했다. 고아로 자란 자신이라 그 외로움을 너무나 잘 알았다.

어른이 되어 지난날을 돌아보면 누구에게나 아픈 기억이 있고 슬픈 기억도 있다. 그런 반면 아주 기쁜 때와 즐거운 추억도 있다. 어린 날들이 많이 힘들었던 막내는 설아를 데리고 해수욕장 모래톱을 걸으며 얘기하기 싫었지만 설아에게 고아원 얘기도 형들이 키워준 얘기도 빼지 않고 다 얘기했다. 형아한테서 설아 아빠가 누구라는 것도 들어서 알고 있었다. 설아는 막내의 지난 얘기들을 들으며 말없이 잡은 손만 흔들어 대곤 했다. 친아빠가 그때 친구들과 고생했던 얘기를 할 때는 눈물을 글썽이기도 했다.

"우리 아빠는 왜 다른 친구들처럼 살지 않고 그랬대?"

"바람둥이 형아 얘기론 그때 정훈이 친구가 없었다면 지금 그 여러 친구들이 다 잘 살고 있지 못할 거라고 했어, 그 네 명의 친구들 중 나를 키워준 형이 감자 형인데 감자 형은 딸아이 이름을 정훈이로 지어놓고 맨 날 정훈이를 부르곤 했어. 정훈아 밥 먹어.

정훈아 그만 자자. 아이고야 우리 정훈이 이뻐라 하면서."

"……."

"일꾼을 살겠다고 약속하고 얻어온 그 돈으로 친구들에 하숙비 빚을 전부 갚고 몸이 아픈 자기에게 돈을 줘서 건강을 찾을 때까지 편하게 지내도록 해준 정훈이는 고마운 친구였다고 감자 형은 얘길 해 줬어, 설아 친아빠는 좋은 아빠였어. 그리고 멋진 사람이었고. 그런데 왜 그때 혼자 세상을 떠나셨는지는 형아가 말 안 해줘서 나도 잘 몰라."

"……."

"설아야."

"응."

"아빠 얘기는 나중에 또 해 줄게."

"응."

막내는 어릴 때 조카 정이를 데리고 놀 때처럼 설아를 물가로 데려가 신발을 적셔놓고 도망치기도 하고, 안아서 물에 들어가 내려놓기도 하며 놀았다. 설아도 붙잡으러 쫓아다니며 즐거워했다.

"오빠는 운동선수 했나봐, 공중제비를 잘 넘네."

"응 내가 고아원을 도망쳐 나왔을 때 바람둥이 형아가 데려다 한동안 키워줬는데, 그때 무술 체육관 사범이었던 바람둥이 형아가 가르쳐 줬어, 남자는 겁쟁이가 안 되려면 힘이 있어야 된다며 우리를 무자비하게 훈련시켰어, 유도 태권도 합기도 배우며 우린 반 죽었었지."

"난 운동 안 배웠지만 겁 안 내."

"그래서 첨보는 오빤데 발길질을 하고 그랬니?"

"후훗, 얄미워서……."

"난 은근슬쩍 어떤 애가 작업 거는 줄 알았어."

"후후후."

"우리 설아 완전 연애선수야. 연애선수."

"으응…… 나 첨인데."

"아이고야 이런 바보……."

"우리 집은 농사일이 너무 많아, 학교 다니면서도 엄마 일 도와드리느라 숙제도 못 했는데."

"하긴 오빠도 농장 일이 너무 바빠서 연애도 못했어."

"오빠……."

"응……."

"키스…. 안 해봤어?"

"아직…. 넌?"

"나두……."

"그럼 우리……?"

"응…."

처음으로 가슴을 두근대며 막내는 가만히 설아를 안고 키스를 시도했다. 그 옛날 어릴 때 한동안 돌봐줬던 연이 누나는 장난스럽게 키스를 해 주곤 했다. 시험을 백 점 맞아서 올 때나 올 수로 나온 성적표를 받았을 땐 언제나 꼭 안고 뺨에다 연신 뽀뽀를 해 줬었다. 집에서도 도장에서도 막내라서 귀여움을 받든 그때였다. 막내는 아직도 그때의 추억을 못 잊는다. 가끔 가깝게 지내든 여자 친구들에게서 연이 누나와의 그 야릇한 느낌을 받을까 해봤지만 싱거워서 그만두곤 했었다. 막내는 말똥말똥 올려다보는 설아 의 얼굴을 내려다보며 눈만 깜짝댔다.

"인형 같아……."

"……?"

"너무 예뻐…."

그때 누나도 그랬다. 그때 연이 누나는 너무 고와서 똑바로 보질 못했다. 뒤에서 매달려서 뒷모습만 보곤 했다. 형아는 연이 누나에게 막내만 표나게 귀여워한다고 나무라곤 했다. 껌두리 형 왕눈이 형. 연이 누나와 형아 다섯이서 지내던 그때의 합동가족은 정말 행복했었다. 그 연이 누나와 헤어질 땐 너무 슬퍼 밤새도록 울었었다. 설아가 그 연이 누나가 좋아했던 정훈이 형 딸아이라는 형아 얘기를 듣고 많이 궁금하기도 했었다.

"야! 최 막내. 까불지 말고 당장 내려와. 울진으로."

"안 그래도 형아 보고 싶었는데……."

"아주 중요한 일이 있어. 무조건 내려와."

"정이도 데리고 갈게."

"까불래."

"정이는 날마다 형아 보고 싶어 죽겠대."

"까불지 말고 혼자 와라."

"돈선이 형아도 형 얼마나 기다리는데."

"감자 형아가 다 저질러 논 일이야. 정이 마음도 다 돌려놓을 수 있을 거야. 이번에 일만 잘되면."

"뭘 하는데?"

"뭘 하긴 뭘 해 인마! 널 장가보내는 거지."

"와! 형아 내 색시깜 구해놨어?"

"그래. 너도 잘 아는 형아 딸."

"형아 딸……?"

"그래. 엄청 예쁘대."

"뭐야 형아도 못 봤어?"

"오늘 만날 거야."

"연이누나처럼 예뻐?"

"이런 나쁜 놈, 40이 다된 늙다리 총각 놈이 찬밥 더운밥 찾고 있네."

"누나 같은 여자애면 좋겠는데……."

"이런 나쁜 놈. 연이 누나가 좋아했던 정훈이 형아 딸."

"그 데릴사위 되어서 간 그 송아지 형아?"

"그래 데릴사위 댁 아이."

"알았어, 당장 출발할 게,

"너 만약 이번에 내 말 안 듣고 파토내면 죽을 줄 알아."

"…."

키스를 기다리던 설아가 더 못 기다리고 오빠의 목을 끌어당겨서 입을 맞췄다.

"하하하."

"후후후."

"오빠가 첨이라 미안……."

"헤헤헤……."

해변을 돌아 나오며 둘은 또 키스를 했다. 그리곤 깔깔댔다. 일행이 있는 행사장으로 돌아온 설아는 푸드 트럭에서 정신이 없는 외숙모에게 가서 자꾸 킥킥댔다.

"뭐가 그렇게 좋아?"

"오빠가 나보고 인형 같대, 흐흐흐."

"우리 못난이를 보고 누가 인형이래?"

"엄마 나……. 키스 했어."

속삭이듯 그러는 설아를 보고 외숙모는 기가 막혀 했다. 그동안 아이가 농사일이 바빠 연애도 못 하고 지낸 거다. 어린애처럼 좋아하는 아이가 가엾어서 등을 토닥여 줬다.

"어이구 우리 껄뚱애기……."

"후후후, 엄마……."

"우리 아가 신났네, 신났어."

"엄마 나도 도울게."

"접시에 회 좀 담아라. 오빠가 데리고 온 학생들이 회를 아주 잘 먹는다. 더 갖다 줘야 되겠다."

"알았어, 엄마."

그때 막내가 학생들을 보살피다가 왔다. 남편과 마스터 악사에게 들어 다 알고 있었지만 실물이 더 믿음직스럽다.

"우리 사위깜 예뻐 죽겠네. 교수 같지 않고 아주 장난꾸러기야."

"어머니, 고맙습니다."

"어머니가 아니고 외숙모야."

"키워주신 분도 어머니십니다."

"교수라 말도 예쁘게 하네."

"어머니 여기 카드요."

"카드는 왜?"

"오늘 대금도 이걸로 지불하시고요, 조금이지만 두고 쓰세요."

"고맙네…… 한도액은?"

"월 천만 원요."

"월급통장?"

"나중에 설아 주세요.

"식도 안 올리고 벌써?"

"저 당장 영주 어머니께 허락받으러 가겠어요.

"시댁 집에는?"

"오늘 당장 설아 데리고 올라오라고 재촉이세요. 돌아가신 아버지하고 집에 형님하곤 옛날부터 잘 아는 친구였어요. 친구 딸아이라며 빨리 보고 싶다고 난리세요."

"어휴. 이렇게 좋은 인연이…… 이뻐 죽겠네, 우리 새끼들."

11

스쿨버스로 학생들을 보낸 막내는 설아와 영주로 출발했다. 학교에도 연락을 해서 강의시간을 미뤘다. 강의시간을 변경한 건 처음이다. 오랜만에 시간을 내어서 설아와 같이 있고 싶어서다. 영주로 가는 길. 능숙하게 운전하는 설아를 막내는 신기해 했다.

"너 운전 잘한다."

"오빠는 나 대형면허야. 농기계도 다 하는데."

"와 일꾼이네."

"일등일꾼…."

"벼농사도 많이 짓는다며?"

"백오십 마지기에 임대농도 있고…."

"과수원은?"

"신품종 묘목식재 한 것까지 합하면 오만 평이 좀 넘어."

"많이 바쁘겠다."

"엄마가 원예학과를 나오셔서 잘 꾸리고 계셔."

"큰일 났네. 어머니한테 설아 데리고 가겠다고 어떻게 말하지."

"엄마가 오빠를 일꾼으로 붙잡을까봐 걱정이야 오빠."

"와 나보고 데릴사위 되라 그러신다고?"

"엄마 나 없으면 안 되는데…."

"우리 대관령 농장도 나 없으면 안 될 건데 어쩌지."

"오빠네 농장도 되기 크다며?"

"배추밭만 이십만 평. 감자밭도 그만큼 돼."

"어떡해…."

"모르겠다. 어머니가 설아 못 주겠다고 그러시면 나 설아네 집에 살 거야. 머슴이라도 괜찮아."

"오빠 진짜야?"

"응."

"오빠 거짓말하는 거 다 알거든."

"하하하."

"고민되네, 나 오빠네 집에 가서 미움받을 거야."

"걱정 마, 난 죽어도 설아 편 먹을게."

"오빠…. 최고.

"야, 운전 잘 해, 까불지 말고."

"헤헤헤."

집에 도착하자 기다리고 있는 건 어머니가 아니고 이모님들이었다. 사위깜 보겠다고 몰려와 있는 이모님들과 동네 사람들에게 막내는 졸지에 구경깜이 되었다. 막내는 큰절로 어머니께 절을 올리고 이모님들에게도 큰절로 예를 갖췄다.

"설아 저 앙큼한 것 보게, 어디서 저런 말쑥한 놈을 꼬셔왔대."

"딱이야, 딱, 데릴사위 깜으론."

이미 잔치는 벌어졌고 술을 못 먹는 막내는 이모들의 등쌀에 할 수 없이 사과주를 마셨다. 모두에게 일단은 합격점을 받은 막내는 이모들이 시키는 대로 노래도 부르고 장난스런 대화에도 끼었다.

"저 이모님들, 어머니께 점수 따려면 어떻게 하면 되는지 코치 좀 부탁합니다. 저 이러는 게 첨이라서요."

"이 눔 말하는 것 좀 보게. 누군 몇 번씩 한다냐?"

"인저 봤더니 이눔 능청이 방자를 찜쪄 먹네."

"일단 어머니껜 충실한 머슴 놈이 되겠습니다."

"또?"

"데릴사위는 안 하겠습니다."

"뭣이라?"

"대신 아들이 되겠습니다."

"뭐라카나 야가? 그람 설아는 니 여동생하나?"

"어데요, 제가 세상 끝까지 보호할 공주님이죠."

"아이고 이런 깍쟁이 같은 놈, 저를 왕자로 모시라네, 왕자로."

"하하하"

"하하하"

밤늦게까지 환영잔치는 계속되고 막내는 어머니에 의해 방으로 쫓겨 들어갔다. 이모님들은 기어이 어머니까지 모시고 나가셨다.

"설아야 까불지 말고 집 잘 봐. 엄마는 오늘 이모들하고 올나이트 간다."

둘이만 남게 되자 설아는 괜히 설레여서 주방으로 방으로 왔다갔다 했다. 그러다 방문을 삐죽 열고 보챘다.

"오빠…."

"오빠 술이 좀 취했나봐. 천장이 뱅뱅 돌아가네."

"오빠야. 청결."

"나 씻기 싫은데…."

"싫어 오빠. 떼쓰면."

"알았어."

아이들은 어른들의 보호 속에 더할 수 없는 아름다운 시간도 가진다. 그 많은 사랑을 받고 태어나 그 많은 사랑이 깃든 세상에서 기쁨도 가진다. 소중한 이 시간이 너무 좋아서 둘은 밤이 새도록 장난을 치고 사랑도 느끼고 했다. 행복함은 한이 없었다. 그 시간들은 그 순간들은.

12

"감자야. 몸은 좀 어때?"

"이제 괜찮아 일하러 나가도 돼."

"안 돼. 애들 나오거든 그때 같이 해."

"송아지 너한테 우리가 신세가 많아."

"미안해 나만 편하게 가 있어서."

"일꾼 살이가 얼마나 힘든지 우리도 알아, 이 신세는 꼭 갚을게."

"날마다 일하고 지내는 기 얼마나 좋은데, 좋은 분들이라 힘든 줄도 몰라."

"그래 다행이데이."

"애들 거기서 나오거든 집으로 내려가."

"……."

"빈손으로 내려가긴 죽기보다 싫겠지만 서울은 우리가 살 데가 못 돼. 맨 날 하숙비도 못 벌어서 쩔쩔매잖아."

"……."

“내 친구 놈이 돈이 쫌 있어. 너들한테 좀 꿔 주라고 부탁해 놨어. 아마 모른 척은 안 할 거야.”

“뭘 보고 우리 같은 놈들에게 돈을 꿔주니….”

“응. 그 친구가 데리고 있는 애들이 몇 명 있어. 아마 애들을 맡기는 조건으로 돈을 꿔 줄 거야.”

“정훈아….”

“돈선아, 너무 걱정하지 마, 우리는 얼마든지 일할 수 있잖아, 나중에 우리가 같이 고생한 거 추억이 될 거야.”

“정훈아….”

감자는 송아지를 끌어안고 눈물만 뚝뚝 흘렸다. 어떻게든 서울에서 돈을 벌어가지고 가야 한다. 그래야 옥이를 데리고 내려갈 수 있기 때문이다. 송아지는 아무 말 안 했지만 감자는 송아지가 친구의 딱한 사정을 같이 걱정하고 있다는 걸 알 수 있었다. 남한텐 눈곱만큼도 신세를 지기 싫어하는 송아지가 고향친구에게 그런 부탁을 다 하고 있었다.

“정이야 삼촌 어디 온다던?”

“아빠는 벌써 몇 번째 물어보는 거야?”

“주문진 언니는 출발했다니?”

“응 아빠, 다 와간데.”

돈선은 배추밭에서 일을 하면서도 일손이 안 잡혀 연신 집으로 들락거렸다. 생각지도 못했던 일이었다. 정훈이가 데릴사위가 되어 잘 살고 있다는 건 사뭇 잘 알고 있었지만 오래전에 세상을 떠났다는 건 까맣게 모르고 있었다. 영철이 친구가 먼젓번에 와서 얘기해서 알았다.

그 얘기를 듣고 돈선은 자책하고 또 자책했다. 무심하기만 했다는 게 한스러웠다. 정훈이가 어디에 어떻게 살고 있는지는 영철이 친구뿐이 모르는 사실이었지만 그동안 노가다 동패들은 아무도 찾아보려고도 안 했었다. 어디에 잘 살고 있을 거라는 그 생각으로 위안만 삼았었다. 이제 와 뼈저리게 자책해야 아무 소용 없었지만. 그런데 지금 영철이 친구에 의해 정훈이의 딸아이가 있었다는 걸 알게 됐고 그 아이가 지금 이곳으로 오고 있단다.

"아빠, 삼촌 진짜 웃긴다. 연애도 한번 안 해보고 결혼을 한데."

"암만 나이가 어려도 숙모야 까불고 그러면 안 돼."

"실컷 골려 줄 건데."

"엄마 음식 장만하는 거 좀 도와주고."

"와…. 아빠 며느리라도 얻는 건가봐 들뜨고 그러신데?"

"이 녀석아. 넌 시집을 가지만 삼촌은 색시를 데리고 와서 같이 살 거 아녀."

"씨, 아빤 인저 봤더니 날 쫓아낼 심산이네…. 나 오늘부터 밥 안 먹어."

"이 녀석아 그럼 시집 안 가구 집에만 있을 기여?"

"아빠가 보고 싶어 할까봐 시집 안 갈라고 했는데, 이젠 갈 거야."

"그나저나 영철이 놈은 언제 온 다냐."

"걱정 마 아빠, 이번 여행 끝나면 돌아온다고 삼촌이 그랬어, 나 보고 싶어서 여행도 곧 끝낸대."

"그래. 난 그 눔을 믿는다. 꼭 올 기여."

"아빠…."

돈선은 안기는 딸아이를 토닥여주며 영철이 친구는 꼭 돌아올 거라 믿었다. 누구라도 좋아하면 같이 있는 거다. 딸아이가 이렇게 좋아하는데 뭐가 문제인가. 좋아하면 그만이다.

"형님 형수님, 색시 델고 왔어요."

"아니……!"

집에 도착해서 뛰어 들어오는 둘을 반기던 돈선은 깜짝 놀랐다. 그때의 정훈이와 똑같은 애였다. 언제나 웃음이 가득한 모습까지 똑같았다. 생글대는 아이를 바라보던 돈선은 그만 감격해서 아이를 두 팔로 감싸 안았다.

"아가야…."

"……."

"내 정신 좀 봐 얼른 들어가자."

둘을 안다시피 방으로 데리고 들어가 인사를 받으며 돈선은 아이의 손을 꼭 잡고 감격했다. 정훈이의 아이라지만 정훈이를 다시 만난 것처럼 기뻤다.

"인사드려요. 설아예요."

"그래, 우리 설아, 참 잘 왔다."

"오빠가 형님 얘기 많이 해 줬어요, 키워준 형님이지만 아빠래요. 또 형수님이 아니고 어머니나 같은 분이라고 했어요."

"그래그래 우리도 너를 며느리처럼 아껴주고 싶다. 당신은 어때?"

"이렇게 고운 며느리가 우리한테 생긴담 뭘 더 바란대요."

"고맙습니다. 엄마 아빠, 오빠를 잘 키워주셔서 너무 감사합니다."

"아이고 우리 아가……. 아가야 나도 한번 안아보자."

이번엔 형수님이 설아를 끌어안았다. 순박하기만 한 강원도 사람들이고 정이 많은 사람들이었다. 토박이 강원도 사람들은 이웃끼리도 한 집 식구같이 지낸다고 했다. 설아는 두 분의 사랑에 감격해서 나중엔 어리광도 부리고 했다. 곧이어 주문진에서도 모두 와서 설아를 환영해줬다. 그 어떤 것보다 친구 정훈이의 딸이라는 게 그렇게 좋단다.

"어쩜 요렇게 똑같을까, 송아지 오빠랑."

"우리 아빠 별명이예요, 송아지는?"

"응, 내가 초등학교 다닐 때 얼마나 따라다닌 송아지 오빤데."

정이 방에서 옷을 갈아입는 설아를 따라 들어와서 주문진 예쁜 언니는 신기해했다. 정이는 자기 평상복을 꺼내주며 자꾸 싱글댔다. 예쁜 언니가 나가고 나자 정이는 설아를 침대에다 앉히고 의미 있게 눈을 깜빡거렸다.

"오빠하고…. 키스도 했어?"

"예"

"예는 뭐야. 우리 그냥 까. 언니 동생 해."

"오빠가 아주 예쁜 조카라고 했는데…."

"아들 며느리 하겠다면서 뭘…. 나도 숙모는 싫어."

"후후후."

"오빠하고 다른 것도…?"

설아는 수줍게 웃으며 눈만 깜빡댔다.

"했구나…?"

"응…."

"아이고 요렇게 쬐꼬만 인형 같은 애한테…. 우리 삼촌 참 못됐다. 못

됐어."

"오빠는 키스도 잘 못 해."

"요런 앙큼이."

정이는 친구에게 하듯 침대에서 설아를 넘어트려 놓고 간질이며 장난을 쳤다.

"올케 몇 살?"

"한 살."

"난 둘, 나이론 내가 언니네."

"올케도 마스터 아저씨하고…?"

"치, 맨 날 매달려 보기만 했지 뭐."

"오빠 얘기론 둘이 많이 놀러 다녔다고 했는데…."

"응 지난해 여름 내내 다녔어 등산."

"그런데 아무것도…?"

"나중에, 또 나중에 하다가 그냥 떠났어. 나 자고 있는 사이에."

"난 그런 것도 모르고…."

설아는 정이가 얼마나 마스터 아저씨를 좋아하는지 알 것 같았다.

창밖에 먼 하늘을 바라보며 가만하는 정이에 눈가에는 어느새 이슬이 맺힌다.

"아빠."

"응?"

"아빠 나쁘다 뭐…."

"……?"

"아빠는 대관령에서 정이를 실큰 데리고 놀다… 버리고 도망쳤다며."

"누가 그래?"

"오빠가."

"이런 나쁜 놈 또 설아한테 날 모함했어."

"나 아빠 엄청 좋은데…."

설아는 왕피천 외숙모네 집에서 헤어지며 참지 못하고 아빠한테 따졌다. 설아는 아빠 가슴을 작은 주먹으로 툭툭 뚜드리며 투정을 했다.

"설아야. 아빠가 도망친 건 아니고. 난 너희들을 너무 사랑해서."

"아빠 그렇다고 같이 놀러 다니면서 자?"

"자다니?"

"뭘?"

"아냐 아무것도…. 아저씨는 우릴 너무 사랑해서 그랬데. 그래서 정이를 두고 도망쳤대."

"맨 날…. 사랑해 우리정이. 사랑한다. 우리 정이지."

"나한테도 그랬어, 사랑하는 설아, 나는 설아를 얼마나 사랑하는지 몰라, 그래서 아빠가 되어서 많이 많이 사랑해줄 생각……."

"그래서?"

"헤헤, 아저씨를 아빠하기로 했어."

"뭐야? 그럼 우리는…."

화초花草의 길

1

일남과 같이 영철은 영주에서 5번 국도를 달려 낙동강 상류 상주시에 도착했다. 상주 사벌면에는 정기룡 장군의 사당이 있다. 장군의 위패가 모셔져 있는 충의사에는 장군의 영정과 함께 유품들도 전시되어 있다. 임진왜란 시 60전 60승의 전승을 거둔 장군의 활약은 당시 바다의 이순신. 내륙에 정기룡이었다고 전해져 내려오고 있다.

“정기룡 장군이 하동 땅에서 태어나 이곳 상주 땅에 묻힌 건 어머니의 유언 때문이라고 하는데 대단한 효심이야.”

“황영철이가 날라리 악사인 줄만 알았는데 역사에도 조예가 깊군.”

“허허, 유정은 승병을 이끌고 왜적을 치러 나가는데 조정에 환관들은 도망치기 바쁘구나.”

“유정스님?”

“중이란 놈이 석가여래는 알아도 지 나라 선사가 누군지도 모르는구나, 사명대사님의 성함이라면 알까.”

“철학 승이라 불교역사학엔 아직 많이 부족하네.”

“니체에 신은 죽었다는 명은만 알제.”

“신은 영원하다는 것도 알지.”

“휴정은 임란 10년 전에 이미 왜군이 쳐들어 올 걸 예상하고 조정에다 경고했다고 하지. 당시 선조는 대비를 못한 게 아니고 안 한 거라고 하는데 그 댓가는 그 당시 착한 백성들이 거의 몰살당한 사단이 난거야. 인종청소는 참혹했다고 봐야 돼.”

일남은 정 장군의 유허지를 돌아보며 영철이의 식견識見을 놀라워

했다. 영주 집에서 동내 사람들을 모아놓고 떠돌이 악사를 할 때는 여지없는 품바인데 유적지를 찾을 땐 사학교수다.

"괴산 땅에 모신 김시민 장군은 악전고투하며 진주성을 끝까지 사수했던 명장이셨지. 그분의 업적을 몰라서 안 찾는 건 아니겠지. 위안부 문제를 가지고 대일투쟁을 하는 인사들은 거리에 소녀상만 내세우고 있어. 피해의식이 피해망상으로 빠져들면 또다시 역사는 재연再燃돼. 임진왜란을 겪고 나서 일제침략을 당한 건 불과 몇백 년 사이야. 명나라에 청병請兵하고 6·25 동란에 중공군을 불러들인 민족이 자주국방할 생각보다 의타依他국방에 벗어날 생각은 안 해. 지킬 힘을 키우기보다 예속되기를 원하는 거야. 친중 친미를 얘기하는 정치인들은 어쩌면 고질적 노예근성?"

"국난의 비극은 내적이 더 많아. 사색당파는 오늘날에도 있어. 국방에서 주적논쟁을 벌이는 비현실감각의 정치인들이네. 머잖아 예쁜 딸아이는 기쁨조로, 못난 딸아이는 적위노동대로 보내게 될지도 몰라. 오백 년의 천민노예사회를 벗어나 자유로이 살아가는 국민들을 조선의 신왕조 노예사회로 끌고 가려는 정치가들이 판치니까."

"철학승려도 현실감각은 있군."

"집시악사의 현실감각은 어디서 온 거야?"

"주워들은 풍월."

"아닌데…."

"중놈이 절간은 안 찾고 유적지는 왜 찾누. 가까운데 봉암사가 있는데?"

"강론을 펼치려면 알맹이가 있어야지."

"그럼 또 어딜 갈긴데?"

"지리산 유평마을에 좀 가 볼라구."

"빨치산의 역사가 있는 산청 땅?"

"자연촌락이 보존된 지역이지, 그런데 집시악사는 그기를 어떻게 아는데?"

"남명 조식 선생의 덕천서원이 있는 지리산 기슭이야, 역사와 현실이 상존하는 지역."

"집시는 시장바닥만 빠삭할 긴데 주워들은 풍월이 장난 아니네."

"강론 자료채집이라면 그렇게 돌아칠 것 없어 주막 찾아서 술 한 잔만 사, 내 다 그 역사 나열해 줄 테니께."

"맛있는 점심 먹으러 가자고 쉽게 말하면 될 걸."

"강변 식당으로 가자고, 상주 땅에 왔으니까 찾아뵐 분도 있고 친구 놈도 보고 해야지."

점심을 하러 가기 전 일남은 영철이가 안내하는 대로 마을로 갔다. 현대식 농가마을 끝에 고가古家로 들어서며 영철이가 옷매무새를 고친다.

"현대의 유학자셔, 백세 할배."

"예禮를 갖추려면 약주를 준비했어야 되는데……."

"약주를 권할 수 있으면 얼마나 좋을까."

일남은 초면의 노인에게 정중히 예를 드리고 거동이 불편하심을 걱정해서 침상 앞에 앉아 대화를 했다.

"소승은 아이들과 세상사를 논의하는 걸로 세월을 보내고 있는 수행자입니다. 어르신의 가르침을 바랍니다."

"지난 일들은 거름이여, 앞날은 자네들이 더 잘 알 것이지."

노인은 손님보다 영철의 일상을 더 궁금해했다. 현인賢人이라며 영철을 다독였다.

"그래 현인은 혼사를 어쩌고 있는가?"

"어르신 별 받습니다. 사랑스런 아이들입니다."

"기다리는 사람은 세월도 없지."

"저로서는 돈선이 그 친구의 배려는 고맙지만 어찌 친구의 딸아이와 함께합니까?"

"허허허, 친구의 여식女息이 기다리는 건 사람을 기다리는 거라네. 현인이 가진 걸 기대해서는 아니것지."

"깊이 새겨두겠습니다."

"막내 애를 이번에 짝을 지워줬다고?"

"예, 착한 아이입니다. 이름이 설아입니다."

"잘했네, 요즘도 그 막내 애는 여기 자주 오곤 하네. 왕눈이도 색시깜 데리고 인사 왔었어. 다 현인의 덕분이야."

"이제서야 말씀드립니다. 막내의 색시깜은 이 승려분 댁의 여식입니다. 이 분은 설아 외삼촌이 됩니다. 막내도 곧 지 색시 데리고 어르신께 인사드리러 올 겁니다."

"허허. 이거 인저 봤더니 손님이 아니고 사둔 집안이여, 이렇게 기쁜 만남이……."

"감사합니다."

"차차 알게 되겠지만 거사님 사위깜은 물론 현인과 우리는 모두 한 집안으로 지낸다네, 이렇게 찾아줘서 고맙네, 고마워."

“그럼 두 분께서는 말씀 나누십시오, 저는 막동이 친구 좀 보고 오겠습니다.”

영철이는 밖으로 나가고 일남은 궁금한 해방 전후를 노인장에게 들었다. 각 곳에 노인 세대는 실질적으로 몸소 겪은 분들이다. 해방 전후는 물론 육이오사변을 생생하게 증언하신다. 일남은 새로운 그때의 사실들을 들을 땐 메모를 했다. 이 시대 아이들에겐 너무나 생소할 사실들이었다. 또 외곡되어있는 역사교육이었다.

“그래 거사가 유학儒學의 땅 영주에서 자랐다면 유학에 대해서 잘 알겠네, 주세붕이가 세운 소수서원이 있으니?”

“예.”

“유학사상의 성리학 주자학이 중국에서 들어오기 전엔 우리나라 백성들은 충효사상 같은 것도 없는 예절도 하나 없는 망나니 백성들의 세상이었을까?”

“그렇지는 않았을 겁니다. 사람은 태어나면서 정이라는 걸 마음에 가진다 했습니다. 심정心情과 심리心理는 저절로 생겨나는 걸로 알고 있습니다.”

“이조 오백 년 동안 천민賤民은 늘고 늘어서 나라 절반이 노비고 상민常民이었다고 하지. 유학사상이 그런 세상을 만드는 데 아주 많은 공헌을 했다고도 볼 수 있다네. 요즘도 아이들한테 부모님에게 효도하라고 가르치나?”

“오늘날 교육은 그것보단 인성人性을 갖추도록 합니다.”

“그래 거사는 불자로서 부처님이 세상을 구원한다고 말하겠지. 어지럽게 더럽혀진 요즘 세상을 두고서?”

"철학적 삶으로 살아가면 신앙은 기쁨을 준다고 강론을 합니다. 일신론一神論, 다신론多神論에 입각해서 종교의 교리를 주지시키면 아이들은 거부감을 가집니다."

"형상形象을 부처라고 우기는 건 위폐를 할아버지라고 우기는 거지, 부처의 마음으로 살아가려고 절간에 가는 거 아닌가. 조상 모두를 공경하는 마음으로 신사神祠를 찾는 일본인들도 불심佛心은 가지고 있다 하네."

"그들의 본심은 외래外來 것을 배척하는 거라고 생각됩니다."

"우리가 어렸을 때는 일제 말기였지, 식민지화의 마무리 단계로 창씨개명도 했고, 할아버지들께서는 상투를 짤라야 하느냐 마느냐로 다투시곤 하셨어. 백성을 위해 있지 않은 이조말기 조정은 탐관오리들 세상이었다고 할 수 있어. 동학농민의 봉기는 박해만 받아온 천민들과 상민들의 반란이야, 그 반란의 정신은 해방 후에 좌익세력의 원동력이 되었지. 모두가 똑같은 신분의 세상이 되는 사회를 사람들은 환영하고 동조한 거라네, 지금은 그 마음들을 거두었나?"

"민주사회는 평등을 원칙으로 하고 있습니다."

"지금이 평등한 세상이라면서 왜 그러는데?"

"……?"

"사대사상의 이조시대 왕조세상으로 가자고 하는 건 뭔가?"

"남북한의 문제로 민족통일론입니다. 자유통일이지요."

"중국에 예속되어 있어서 지금의 공산조선이 가능해, 나중에 김씨 조선이 최씨 조선이 되든 리씨조선이 되든 그 옛날의 천민 노비사회가 바뀌지는 않아. 모두가 평등하게 산다는 공산사회는 도리어 이조 오백 년

세상으로 돌아간 지 오래야, 거사가 그 장삼을 입고 여러 사람 앞에서 강연을 하는 날도 그렇게 길지는 않을 거네. 일 안 하고 밥만 축내는 중놈이라고 타박한 건 일본인이 아니고 우리 이웃들이었어. 좌익세력에 동조한 그때 사람들이 입에 달고 다닌 말이 종교는 아편이라는 그 말이야. 인민군이 밀고 내려오자 좌익세력들은 그때 무자비하게 양민들을 학살했어. 친일세력이라고 잡아 죽이고 군인이나 경찰들 식구들은 살아남질 못했어, 소작농들을 부추겨서 지주댁은 불태워지고 원수를 처단한다고 지주들을 끌어다 패 죽였지. 종교인들은 인간취급도 안 했어."

"모두가 피해를 입었다고 했습니다. 국군은 수복하면서 빨갱이를 색출했는데, 죄 없는 양민들이 그때 많은 피해를 입었다고 들었습니다."

"내 논에 참새를 쫓으면 옆집 논으로 날아가, 저 잘되자고 남에게 피해를 주는 그 마음들이었어, 해방이 되었으면 서로 위하고 살아가야지 왜 동족끼리 죽이고 죽임을 당하는데, 다 남에 것 빼앗아서 저 잘 살겠다는 욕심이 앞선 거지. 나는 부잣집에 머슴살이해서 아이들 먹이고 공부시켜 면서기도 만들었다네. 사람 사는 세상은 흥부도 있고 놀부도 있지. 모두가 평등하게 사는 세상을 만든다는 좌익들은 북으로 올라가 지금 잘 살고 있는지……."

"……."

2

"마, 우리 거사님께서 오늘 땀을 많이 빼셨다 아이가?"

강변식당에서 점심을 먹으며 영철은 일남을 놀렸다. 일남은 합석한 상주의 친구와 인사를 나눴다. 상주 친구는 풍채가 남달랐다. 그냥 경상도 사나이다웠다.

“이리 반가울 수가 있나. 우리 송아지 처남이시면 우리 모두의 처남이라, 오늘 그냥은 못 넘어간다.”

“거사님께서 많이 바쁜 기라, 술은 다음 기회에 묵고 오늘은 그냥 넘어가자마.”

영철의 만류에도 막둥이는 막무가내다.

“어데, 오늘도 날이고 낼도 날이다. 다 미뤄 치았불고 좋은 데로 가자.”

“어허, 이 사람 스님보고 파계하라는 기가?”

“허허허, 불자佛者도 때론 안 불자佛子라네, 다 같은 생물이라.”

일남이 말에 상주 막둥이 친구가 호탕하게 웃었다. 점심을 마치고 커피숍에서 일남은 영철이에 대해서 궁금한 걸 막둥이에게 물었다. 마침 영철은 시장 아주머니들을 만나 저쪽 테이블로 가서 떠들썩한 만남을 즐기고 있었다.

“날라리 품바에다 바람둥이라, 뭐 볼 거도 없는 친구여.”

“능력이 좀 있는 친구 같아서….”

“뭘 보고?”

“정훈이 그 친구 죽었을 때 감쪽같이 숨겨서, 정훈이 그 친구 죽음은 그 친구 고향에서도 모르게 했어.”

“하긴 우리도 한동안 송아지 그 친구가 어디선가 데릴사위 되어서 잘 살고 있다 믿고 있었으니까, 인저 봤더니 거사님 댁에 데릴사위가 되었었어. 그런데 송아지의 아이가 태어난 건 왜 숨겼는데?"

"누이동생에게 아이마저 없다면 누이동생이 어떻게 살까 걱정도 되었고, 영철이 친구가 알면 정훈이 그 친구네 본가에 알려서 아이를 뺏어갈까 염려스러웠지. 당시엔 남자 쪽에 친권이 있을 때니까."

"괜한 걱정을…. 영철이 친구는 그런 놈이 아니라, 이름이 설아라고 했던가, 얼른 보고 싶군, 송아지 아이라면 우리가 다 아껴줄 걸."

"참 알 수 없는 일이야, 우리 부모님도 가까운 절에 큰스님도 정훈이 그 친구를 그렇게 이뻐했거든."

"……."

"잘난 사위 놈보다는 못났어도 아들이라고 했는데…. 난 맨날 뒷전이었어."

"그래…. 영철이 저 친구에 대해서 다 알려주지 뭐, 언제 알게 돼도 알게 될 건데… 속 시원히 얘기해 주지 뭐.

"……."

"지금 저렇게 여인네들과 노닥이는 저 친구를 다 알기는 어려워, 세상을 즐겁게 살 줄 아는 친구라고 생각하면 속 편하지. 거사님의 사위깜 막내를 비롯하여 아이들 셋을 데리고 살던 영철이 친구는 우리 네 명에게 아이들을 맡기고 많은 돈을 줬어, 아주 큰 돈이었지. 문제는 그 돈이 정훈이 친구 돈이었다고 해야 맞을 거야. 애초에 정훈이에게 그 돈을 줬는데 정훈이가 받지 않고 우리에게 좀 나눠줬으면 좋겠다고 해서 우리를 준 거야. 죽어버릴 생각까지 하고 있는 우리였는데……."

"……."

"아무튼 그래서 우리에겐 정훈이 친구가 은인이지. 물론 영철이 저 친구도 그렇지만, 우리가 정훈이 아이를 예뻐하는 이유라 그기."

"이제야 알 거 같아. 우리 부모님은 정훈이에게 집에 재산을 다 물려준다고 하셨는데 정훈이는 아예 관심이 없었어, 이제 봤더니 그렇게 자기를 좋아해서 쫓아다닌 내 누이동생을 생각해서 잠시 머물렀던 거야. 정훈이를 부처라고 했던 큰스님도 이제 이해가 돼."

"정훈이 친구와 인연은 우리에게 축복이지. 영철이 저 친구와 같이 지낼 수 있는 건 우리에게 다시없는 행운이고."

"난 지금 얼마나 기쁜지 모른다네, 우리 설아에게 이렇게 좋은 삼촌들이 있다는 게, 정말 고맙고 감사허네, 앞으로 좋은 친구로 지낼 수 있으면 나에겐 더할 수 없는 영광일 거야."

"우리도 좋기는 한데. 술집에도 같이 못 가는 스님 친구를 어떡허나요, 허허허."

"하하하."

3

"별장 촌락이 참 근사하게 조성됐네, 저런 곳에 사는 사람들은 거의 돈 많은 도시 사람들이겠지?"

"농사일하는 우리 강변농산 직원들 집."

"농가라고?"

강변 기슭에 자리 잡은 현대식 가옥들이다. 주위 조경이 공원처럼 조성되어 있어 숲속의 마을이다. 그런데 농가라고 한다. 건축비가 만만찮게 들었을 거 같았다. 단층도 이층도 모두 유럽식 적색 기와지붕에 벽돌집이다.

"애들 붙들어다 농사꾼 만들려면 투자가 필요해."

"요즘 애들은 도시생활을 선호하는데 이렇게 생활환경을 만들면 또 전원생활로 멋이 있어서 아이들이 좋아할 거야, 참 대단한 발상이야."

"다 거사님 사위깜 막내랑 익산에 왕눈이 대표의 운영방식, 그 애들은 수익을 올리기보다 더 많은 농업인을 고용하는 데 목적을 두고 있어, 우리 농산회사들에 종사하는 젊은 농업인이 수백 명이 넘어, 거사님 사위깜의 대관령 농산, 익산에 고향농산, 이곳에 강변농산 식구들을 다 합하면 수천 명은 될걸."

"그 애들이 그 선지先知적 생각을 어떻게 했을까?"

"음, 익산에 멘토님이 있어. 오정식 고문님이 애들을 잘 코치하고 있어서 애들에 농산사업은 아무 걱정 없어."

"헐…. 우리 설아가 그 수천 명 속에 일원一員이 된다는 거네, 이런 행운이…."

"아이들은 무조건 행복해야 돼. 우리가 그렇게 못 해주면서 잘난 척하면 우습지."

"대표님의 그 말은 가히 선동적이야"

"영철이 그놈이 입에 달고 다니는 말, 아이들이 행복하게 살아갈 환경을 못 만들면서 잘난 척하는 멍청이들…."

"그 바람딩이가 항상 말은 반드르르 하지."

"아이들을 너무 좋아해서 탈."

"여자도 좋아하잖아"

"영철이 그 친구 낙이 그거 아냐?"

"아까 어르신 만나 뵈었을 때 정이라는 아가씨와 혼담을 얘기하던데?"

"아 대관령 감자 친구 딸아이야."

"어르신께서는 찬성하신다는 말씀을 하시던데…?"

"우리도 다 바라고 있지만…. 문제는 영철이 친구가 애들을 너무 좋아한다는 거야. 친구의 딸아이야. 여인으로 보일까."

"괴테는 노년에 18세 어린 여자애와 연애도 했는데…."

"거사님은 영철이 친구에 대해서 아직 모르는 게 많아. 그놈이 늘 실실대지만 속은 몰라. 어린아이와 멋진 사랑놀이를 할 낭만적 마음이나 가지고 있을지…."

일남은 막둥이 친구를 따라 마을 입구 공원으로 갔다. 갖가지 나무들로 잘 조성되어 있는 공원에는 휴게실과 아이들 놀이터도 꾸며져 있었다. 놀이터에는 유아들이 물놀이를 하며 놀고 있다.

"거사님은 휴게실에 가서 차 한 잔 하고 계시게, 난 아이들 물놀이장 좀 돌아보고 오겠네."

일남은 휴게실에서 드넓은 강변 들녘을 바라보며 어느 유원지에 온 것 같은 느낌을 받았다. 농가 촌락이라고 하기보단 별장촌이 어울렸다. 미래시대 농촌의 모델이라고 해도 손색이 없었다. 유유히 흐르는 낙동강 강물을 내려다보며 커피를 마실 수 있는 농가들이다. 대체 얼마만큼의 투자를 한 걸까 궁금했다.

"스님들은 걷는 모습도 품위가 있다고 하는데 스님이 차 마시는 모습도 그러시네."

"감사합니다."

휴게실 여직원의 말에 일남은 다시 한번 합장으로 인사를 했다. 여장부 타입의 중년 여직원은 아이들의 간식거리를 챙기느라 바쁜 중에도 금방 구워낸 찹쌀 도너츠를 맛보라고 가져다준다.

"아이들까지 돌보시느라 힘드시겠습니다."

"요즘 농사일이 바빠서 아이들을 돌봐 줘야 해요, 지금 이 마을엔 사람이라곤 애들뿐입니다 스님."

"보살님은 아주 기쁜 일을 하고 계십니다."

"즐겁지요, 아이들과 있어서…."

일남은 물놀이장에서 아이들과 놀아주고 있는 막둥이 친구를 바라봤다. 아빠나 같이 할아버지나 같이 아이들을 돌본다.

"저 친구는 참 훌륭한 일을 하고 있습니다. 보기에는 꼭 길거리 건달같이 생겼는데 하는 짓은 그냥 키다리 아저씨네요."

"집에 들어와서는 멋대가리 하나 없는 짱다리지요."

"……?"

"저 친구 잔재미 하나 없는 제 남편이라요."

"아이고 이런… 인사드립니다."

"영철이 친구에게 스님 얘기 많이 들었어요. 대관령농장에 우리 막내 신부깜을 키워준 외삼촌이시라고요."

"아빠였다가 지금은 외삼촌입니다."

"꼴통 팀에 하나였든 송아지 친구의 딸아이라고 우리 꼴통 팀들 난리도 아닙니다."

"그 꼴통들에 대해서 좀 알고 싶은데 자세히는 얘길 안 해줍니다. 이 친구들 뭐 숨길 거라도 있는지."

"스님께서 우리 다섯 꼴통들에 대해서 궁금한 기 왜 많을까? 혹 송아지 그 친구 때문에요?"

"거기엔 현정훈이 놈도 속해 있을 거 아닙니까. 그런데 정훈이 친구를 왜 자꾸 송아지라고 합니까?"

"별명이라요. 저 밖에 덜 떨어진 친구는 땡감이고요. 스님의 사돈 최돈선 친구는 감자라고 했대요. 전라도에 완수라는 친구는 고구마, 강릉 사는 친구는 오징어…."

"헐…. 아주 잡화상이네."

식탁에 와 마주 앉아서 막둥이 친구 부인은 아주 재미있는 옛날얘기를 해준다며 다섯 친구의 서울살이를 얘기해 줬다.

"그때 저 허우대만 멀쩡하게 큰 막둥이 친구는 자기네 집안에 막내로 커서 형아들한테 맨 날 얻어터지고 컷어요. 동네 누나인 나는 그런 막둥이가 가엾어서 항상 막둥이 형아들을 나무라고 또 말리며 다투기도 했고요."

"헐, 연민의 마음이 애정으로 싹트고 결국 연상에 누나가 연상에 여인이 됐다는 얘기네요…."

"그때 군대를 지원해서 일찍 갔다 온 막둥이가 제법 어른스러워졌지만 동네 동생일 뿐인 귀엽고 철없는 머슴애였어요, 제대 후 얼마 안 된 어느 날 밤 나는 녀석한테 불려서 나갔는데 녀석이 고백과 함께 장래를 위해 서울로 돈을 벌러 가겠다고 얘기를 하는 거예요."

"헐, 역사가 시작되는 아름다운 밤이요…?"

"난 어이가 없었지만 한편으로 감동도 먹었지요. 나중에 어떤 일이 일어날 건 그때 알 리가 없었지만."

"결국 보리밭 밭골로 끌려갔겠군요?"

"별빛도 아름다운 미루나무 숲에서 녀석 고백을 받은 나는 주저하는 녀석을 데리고 보리밭으로 갔어요."

"헐…?"

"누나를 위해 집을 떠나겠다는 철없는 머슴애를 그냥 떠나보내기가 안스러웠어요. 밤새도록 우린 뒹굴어대며 보리밭을 망가트렸어요."

"허허… 철없는 장난일까 망난이 짓일까 그건 생각 못 할 나이들이지요, 우리 때는 다 겪었던 일입니다만."

"우린 난생 처음으로 가슴이 두근대는 새로운 세상으로 들어섰어요. 서울로 간 녀석은 사흘 도리로 사랑의 편지를 보냈고, 나는 시집가라는 부모님의 독촉을 말없이 견디어야 했어요, 임신을 했거든요. 그 사실을 녀석에게도 알리지 못했어요. 타지에서 돈 버느라 고생하는데 걱정거리를 안겨줄 수 없었어요."

"……."

"그러던 어느 겨울날 녀석에게서 온 편지 내용을 보고 난 거의 까무러쳤어요. 나보고 못난 자기를 잊고 시집가래요."

"……?"

"눈앞에 있었으면 아마 녀석을 밟아 죽였을 거예요, 어떤 날나리 가시나를 만나서 그럴 꺼라고 생각도 했고, 또 뭔가 일이 잘못돼가는 걸 알았어요. 난 집에 있다간 맞아 죽을 테고 동네가 창피해서도 집을 떠나야 했어요. 먼 곳에 사시는 이모를 찾아갔어요. 절에 허드렛일을 하고 계시는 이모는 찾아간 저에게 걱정 말고 아이를 낳아 키우라고 하셨어요. 그리고 기다리라고 하셨어요. 그때는 저와 같은 처지에 처녀들이 간혹 있었어요."

"우리 설아도 그렇게 태어났습니다."

"우리 땡감이 그러는데 송아지는 여자같이 예뻤다고 했어요."

"그랬지요, 정훈이 친구가 농고생으로 우리 집에 실습 나왔을 때 한동안 같이 지냈는데 동네 여자애들이 난리였었어요. 누구라도 반하게 생겼어요. 일도 잘해 하모니카도 잘 불어 귀염성 있게 말도 잘해 얼굴도 예뻐 그때 아주 여학생 애들을 죽여줬어요."

"스님 누이동생은 짝을 잃어 슬프겠지만 어쩌면 복도 많은 거야. 그 어떤 대단한 여인도 차지 못한 머슴애를 안을 수 있었으니."

"……?"

"아무튼 한해가 더 지난 어느 가을 날 서울에 간 녀석이 거지꼴을 하고서 내려왔어요, 난 녀석에 이런저런 사정 얘기를 듣기도 전에 마당 복판에 엎어놓고 사정없이 팼어요. 그 좋은 혼처를 다 마다하고 기다리는 나에게 그런 편지를 보낸 건 죽으려고 환장을 한 거지요."

"연상에 여인은 결정적 순간에 멋을 내지요, 아주 아프게."

"헤어지자고 한 이유를 대라는 나에게 녀석은 울먹이며 매달렸어요."

"한강물에 투신 자살할 생각을 하고 쓴 편지야 누나. 돈을 벌지 못하면 어차피 누나하고 헤어져야 하잖아."

"디질레?"

"잘못 했어 누나…."

"스님은 먹을 게 없어서 굶어 본 적은 없으시겠지요?"

"초등학생이었을 때 가까운 절에 대사님을 따라 여행 갔다가 하루 종일 물만 먹으며 걸어 본 적이 있었어요, 봉화에서 태백을 거쳐 오대산 월정사로 가는 길이었는데 걸어서 갔거든요, 나중에야 알았지만 제가 보리밥도 잘 안 먹고 반찬 투정만 하는 걸 보고 버릇을 고치려고 대사님이 일부러 그러셨던 거였어요. 인가가 없는 산길로만 길을 잡아서 가다 보니 얻어먹을 수도 없는 무인지경만 가게 되어서 그랬던 거지요."

"집에 돌아왔을 때 어머니께서 고생했다고 얼른 밥상을 차려주시던가요?"

"배가 고파 죽겠다고 보채는데도 어머니는 하시던 일만 하시며 무관심했어요. 그런데 그 상황을 어떻게…?"

"배고픈 나그네가 인가를 찾아들어가 요기를 하게 되면 눈물이 나도록 고마움을 느끼지만, 집에 돌아와서 밥상을 대할 때는 그런 맘 하나 없이 당연하다고 생각해요. 누구나."

"난 나중에 화가 나서 막 울기도 하고 어머니께 빨리 밥 안 준다고 짜증도 내고 그랬던 거 같아요."

"여느 때 같았으면?"

"나 밥 안 먹어 했겠지요."

"스님들은 다 깨달음을 겪어서 얻으시나요?"

"그렇게도 하고 참선으로 깊이 생각해서 깨달음을 얻게 되지요, 또 경전을 읽어 자기 판단도 하지요."

"그때 제가 이모를 따라 절에 일 도와드리러 가끔 가곤 했었는데 주지 스님께서 혼자 아이를 낳아서 키우는 저의 딱한 처지를 아시고 찾아와서 많은 얘기를 해 주셨어요."

"아주 귀여운 다람쥐가 밤나무 밭에서 알밤을 주우며 놀다 떨어지는 알밤에 뒤통수를 맞았네."

"……?"

"나라님도 마음대로 못하는 이렇게 귀한 얼라를 얻었으니 그 복이 얼마냐."

"저… 스님."

"왜 그러느냐?"

"스님께 맡기면 동자승이 될 수 있을까요?"

"왜? 사내놈이 도망갔냐?"

"예."

"사는 건 흐르는 물이다. 서두를 거 없다. 아이보다 다른 사내의 품이 그리워 그런다면 아이는 걱정 말고 언제라도 떠나거라. 대신 다시는 엄마로 아이를 만나서는 안 되니라."

"헐… 그렇게 독한 마음을?"

"세상사 살기가 어렵다 보면 가끔은 다 포기하고 싶어지기도 해요 스님. 그때 누나로 연인으로 막둥이 녀석을 좋아해서 낳은 아이예요. 막둥이 녀석이 돌아오지 않으면 아이 출생신고도 안 되고 혼자 키우다 보면 아이가 크면서 밖에서 설움도 많이 받아요. 주지 스님은 귀하디

귀한 자식이라고 늘 그러셨지만 홀어미 자식이라고 친구들에게도 따돌림받아요."

"승려가 되는 건 자기 선택입니다. 아이에게 자기 인생 선택권은 최소한 줘야지요."

"대신 나는 행복한 여인이 되는 그 선택권은 포기해야 되요. 긴 세월 젊음이 홀로 밤을 새우다 보면 외로움으로 그리움으로 시를 쓴다고 하잖아요. 보리밭에서의 그 황홀한 느낌은 그 기쁨은 끝이겠지요. 제 인생에서 사랑도 행복도 영원히 사라지겠지요. 결국 허무함과 외로움으로 짜증만 부리는 한 여인이 돼요."

"어쩌면 우린 지금 복에 겨운 얘기를 하고 있는지도 모릅니다. 티벳에서는 남자 아이들 중에 하나만 남기고 모두 사찰로 보내 스님이 되도록 한다 합니다. 물론 아이들의 자기 선택권은 없겠지요. 좁은 나라에 무한정 늘어나는 인구를 조절하는 한 방편이라고도 해요. 또 어느 나라는 여인이 혼인을 하면 그 집안 형제들을 다 데리고 살아서 아이의 출생과 보육이 공동부담이 된다고 하지요."

"지금은 경제적으로 사회적으로 아무 어려움도 문제도 없지만 당시엔 처녀가 아이를 낳으면 할 말도 없는 세상이었어요. 나라의 공주라도 용서가 안 된다고 하잖아요."

"그런 누나 사정은 모르는 체 지 살기 싫다고 못된 놈이 한강 물에 풍덩 뛰어들겠다는 생각을 했네요?"

"그것도 단체로요. 울먹이며 하는 막둥이 녀석의 얘기를 들으며 나도 울었어요. 누나의 마음으로만 그 딱한 얘기를 들었어요."

4

설밑에 차가운 바람은 목덜미 속으로 파고들고 하루 종일 아무것도 먹지 않은 뱃속은 아리다 못해 아프고 쓰렸다. 정훈은 친구들과 골목길을 걸어 나오며 자꾸 목을 움츠렸다. 할배들이 동구 밖 느티나무 아래서 장기를 두면서 얘기하던 세상에서 제일 서러운 게 춥고 배고픈 거라고 하는 그걸 알 거 같았다. 흉년이 들면 양식을 아끼려고 하루 두 끼만 먹고 때웠다고 했다. 그것도 멀건 콩죽이나 시래기 죽으로 때를 에우는 날이 태반이라고 했다.

"마! 속까지 얼어붙는 기라."

"어매 속 쓰린 거 썩을 놈의 소대한이 왜 우리만 덮친다냐? 우리 이러다 얼어 죽는 거 아녀?"

땡감이 바지 주머니에 넣고 있던 손이 시린지 꺼내서 괴춤에 쑤셔 넣으며 그러자 고구마가 목을 잔뜩 움츠리고 투덜댔다.

"이런 깡 추위엔 동해바다도 언다."

오징어도 못 견디겠는지 씽씽 불어대는 살바람을 피해 양지쪽으로 가 쭈그리고 앉았다. 그들은 오징어를 따라 담벼락에 기대앉아 바람을 피했다.

"마 먹여만 주면 그냥 해준대도 마다고 한다. 그눔에 달동네 연탄배달이 얼매나 힘 드는데 말이라."

"자장면 배달은 배달꾼들의 텃새가 심해서 그냥 해준대도 주인이 못 쓴대."

"아파트 공사가 다시 시작될라면 아직 멀었는데 워쩌냐? 하숙집에 밀린 하숙비도 많은데."

친구들은 추운 것도 배고픈 것도 문제가 아니었다. 당장 하숙집에서 쫓겨날 걱정 때문에 한숨만 쉬었다. 그런 중에도 누구 하나 고향으로 내려가겠다는 말은 안 했다. 정훈은 친구들과 한강 인도교를 걸으며 하숙집에 있는 감자를 생각했다. 몸이 아파서 같이 나오지를 못했다. 몸이 좀 약한데다가 먹지를 못해서 병이 났다. 하숙집 꼬맹이 예쁜이가 몰래 자기가 안 먹고 가져다주는 병 우유를 주어서 먹이곤 하지만 벌써 여러 날을 굶고 있는 몸이라 걱정이 됐다.

"마, 콱 뛰어내리고 싶다. 이것저것 다 이자뿌리고…."

"내도."

땡감과 고구마가 짐짓 난간으로 기어오르는 걸 정훈은 끌어내렸다. 내려다보는 강물은 바닥에 모래가 보이도록 맑았다 강변 모래펄에 하얀 강변은 뛰어놀고 싶도록 깨끗했다. 구름 한 점 없는 파란 하늘은 눈이 시리도록 맑다. 고향에 하늘도 저렇게 맑았다. 어릴 때 강가에서 낚시를 하며 바라보는 하늘엔 수리들이 맴을 돌고 있어서 심심한 줄을 몰랐다.

"고향에서 기다리는 누나만 아니람 내 진짜 확 뛰내릴 거구마는, 이렇기 고생 하믄서 살믄 뭐하노?"

"내도 그라제. 내가 빨리 돈 벌어서 안 가면 우리 언년이 시집 가버린다 안 하나. 내 죽어도 돈 벌기 전엔 고향으로 못 내려가지라."

고향을 떠나 객지에서 고생을 하는 건 다 저마다 사정이 있어서다. 먹고살려고 집을 떠난 건 아니다. 그런데 돈을 벌기는커녕 입에 풀칠을 못해 지금 이러고 있는 거다. 그동안 아파트 공사장에서 멀리 지방에 도로 공사장에서 죽어라고 일했지만 돈을 모으기는커녕 하숙비도 제대로 못 주고 있다. 공사판 노가다 노임은 함바집에 식비를 지불하고 나면 손에 쥐는 게 별로 없다. 언제 돈을 모으게 될지 막막하다.

"송아지 넌 어찌 걱정도 안 돼? 맨 날 하늘만 쳐다보고 그런대?"

"응… 저 하늘에 노을이 너무 아름다워서…."

"참 태평이래이."

오징어가 강바람에 귀가 시린지 소매 깃으로 귓등을 감쌌다. 그들은 어둠이 깔리는 인도교를 건너 흑석동 비계동네 하숙집으로 갔다. 산비탈 골목길도 힘겨웠다. 한창 일할 땐 뛰어서 올라가던 길인데 지금은 모두 배가 너무 고파서 길바닥에 주저앉고 싶은 걸 억지로 참으며 걸어 올라갔다.

"마 지금 들어가면 또 마귀할멈 악다구리 칠낀데…."

"추운데 밖에서 마귀할멈 잠들 때 기다리다간 우리 얼어 죽는다."

"그래, 이판사판이다 우리가 이 처지에 뭐가 무섭노? 드가자."

그들은 발소리를 죽여 살금살금 도둑고양이처럼 기어서 방으로 들어갔다. 정훈이는 대문 밖 공터 한쪽 판자떼기 긴 의자로 가 앉아서 어두운 하늘을 올려다봤다. 밤하늘에 별빛은 언제 봐도 빤짝인다. 그때 하숙집 꼬맹이가 살금살금 다가왔다.

"송아지 오빠, 쉿…."

"예쁜이 아직 안 잤구나."

"응 오빠들 걱정돼서…."

정훈이는 예쁜이를 따라 같이 소근댔다. 예쁜이는 초등학생이다. 정훈이는 일이 없을 땐 예쁜이를 데리고 가까운 국립묘지나 유원지로 놀러도 가곤 했었다.

"미안해, 우리가 예쁜이 볼 낯이 없다."

"오빠들 배고프겠다."

"괜찮아."

"감자 오빠가 많이 아파? 종일 밖에를 안 나와."

"음, 안 그래도 감자 오빠 때문에 오빠가 어딜 좀 다녀와야 할 거 같아."

"돈 구하러?"

"음, 오빠가 서울 올라오기 전에 일 하던 목장이 있는데 목장 아저씨를 잘 알아. 나중에 목장일 도와준다고 하면 돈을 좀 꿔 주실 거야."

"오빠들 밀린 하숙비 때문에?"

"그것도 그렇지만 감자가 저렇게 계속 굶고 있으면 진짜 병날 거야."

"송아지 오빠 차비도 없잖아?"

"오빠 짜비열차 타는 거 잘해, 차표 없이도 타고 다녔어."

"나쁜 짓, 후후후. 나중에 오빠 벌 받을 거야."

"죽으면 지옥으로 가겠지."

"오빠는 착해서 하나님이 봐주실런지도 몰라."

"엄마 보시기 전에 그만 들어가 예쁜아."

"나 송아지 오빠하고 이렇게 노는 거 좋은데…."

"오빠도 예쁜이하고 노는 거 좋아, 나중에 많이 놀러 다니자."

"헤헤헤, 알았어."

"하하하, 오빠가 아주 재미난 얘기 해 줄까?"

"응."

"음…. 세상에서 제일 빠른 게 뭘까요?"

"비행기."

그래 비행기, 쌕쌕이는 소리보다 빨라, 그런데 그 제트기보다 더 빠른 게 있는데."

"뭔데?"

"빛, 빛은 광속이라고도 해."

"치."

"그런데 그 빛보다 더 빠른 게 있어."

"그런 게 어딨어?"

"견見속이라고 하는 건데 눈 깜짝하면 빛으로 일 광년을 걸려 갈 수 있는 별을 우린 볼 수 있는 거야."

"송아지 오빠 인저봤더니 순 엉터리, 후훗."

"아냐, 우리는 저 하늘을 딱 쳐다보자마자 수억만 개의 별들을 다 볼 수 있잖아."

"진짜?"

"그런데 그 빛보다 더 빠른 게 있어."

"뭘까요 엉터리 박사님?"

"심心속이라고 하는 건데 마음이야."

"마음…?"

"생각하는 거야, 우리는 수천 년 전에 일도 수만 년 앞날도 단번에 생각할 수 있어. 보이지 않는 저 멀고 먼 우주도 한꺼번에 다 생각으로 가 보고 올 수 있거든."

"엉터리, 엉터리야, 송아지 오빠는."

"참말이야. 난 하루에도 몇 번씩 고향에도 다녀오곤 해. 또 저 먼 곳에 가서 일할 때도 난 예쁜이가 학교 다녀와서 숙제를 잘하고 있나 보고 가. 예쁜이는 모르고 있지만…."

"생각으로?"

"응, 눈 깜짝할 새 다 보고 가거든. 우리 예쁜이는 바보같이 오빠가 보고 가는 것도 모르는 바보."

"아이 송아지 오빠, 안 돼. 그렇게 자꾸 생각으로 보고 가지 마."

"왜?"

"그냥…."

"오빠는 나중에도 맨 날 예쁜이 잘 있나 보고 갈 건데?"

"나 부끄럽잖아, 내가 목욕할 때도 보고 가면."

"어……?"

"아이…."

정훈이는 늘처럼 어깨에 매달려서 응석을 떨곤 하는 예쁜이에게 꿀밤을 줬다.

"알았어, 인마."

"헤헤헤"

"참 예쁜아?"

"응?"

"지금 오빠가 어디 다녀온다고 한 얘기는 우리만 아는 비밀."

"응, 오빠하고 나하고만에 비밀."

"예쁜이 잘 자…."

예쁜이를 들여보내고 정훈이는 방으로 들어가 감자를 들여다봤다.

감자는 죽은 듯이 가만히 눈을 감고 누워 있었다. 정훈이는 감자에 마음을 너무 잘 알고 있었다. 서울에 와서 고향집에 빚을 갚기 위해 식모살이를 하고 있는 동갑내기 조카를 걱정하고 있는 거다. 얼른 돈을 벌어 빚을 갚고 조카를 고향으로 데려가야 한다고 했다. 그때 누가 방문을 가만히 두드렸다.

"오빠들 배고플 거 같아서 빵 사왔어."

가만히 방문을 열고 예쁜이가 빵 봉다리를 한아름 방 안에다 디밀어 놓고 도망갔다. 친구들은 한동안 멍하니 서로 얼굴만 쳐다보다 누가 먼저랄 것도 없이 허겁지겁 빵 봉지를 찢는 둥 마는 둥 입에 쑤셔 넣었다. 정훈은 감자를 일으켜 안고 우유와 함께 빵 쪼가리를 뜯어서 먹였다. 친구들은 목이 메어 컥컥대면서도 연신 빵 봉지를 찢었다. 그때 안에서 예쁜이의 비명소리가 들렸다.

"요 배라먹을 년! 저금통은 털어다 뭐 했니?"

"엄마! 친구들하고 놀러갔었어."

"그래도 이년이! 거짓말 말고 바로 안 돼?"

"아이 엄마, 다신 안 그럴게."

친구들은 손에 들고 있든 빵 봉지를 내려놓고 고개를 떨궜다. 모두가 한동안 말없이 천정만 올려다봤다. 전기세 나온다고 전구마저 빼가서 방안은 캄캄했다.

"저런 것들을 낳아놓고 미역국은 쳐먹었을 거라."

"저 여편네가 뭐락카나!"

땡감이 방문을 열고 뛰어나가는 걸 고구마가 붙들었다.

"우리가 못난 거다 아이가."

정훈은 더 참지 못하고 방문을 열고 뛰어 나왔다. 일 잘하고 하숙비 꼬박꼬박 잘 낼 때는 하숙집 아줌마도 시골에서 올라와 고생한다며 밥도 더 가져다주곤 했었다. 일이 없을 때는 예쁜이를 데리고 유원지로 놀러 가게도 해줬었다. 정훈은 서러움에 복받쳐 자꾸 흐르는 눈물을 훔치며 어둠 속에 잠긴 한강 인도교를 걸어 역으로 갔다. 화물역사로 숨어들어 객차에 오른 정훈은 자리에 쓰러져 그대로 정신을 잃고 말았다. 얼마나 시났는지 누군가 어깨를 흔들어서 잠에서 깼다.

"젊은이 어디까지 가나?"

"……."

"원주를 지났네."

"……?"

정훈은 정신을 차리려고 애를 썼다. 그러나 희부연 눈앞에 아버지의 얼굴만 어른거렸다.

"새 새끼도 자라면 둥지를 떠나는 법이여. 사내 자슥이 다 컸으면 나가서 벌어 먹고 살아야지… 집을 떠나서 살아야지…."

"……?"

"저 그냥 가는 거예요, 그냥요."

"고연 놈! 어른이 묻는 데 버르장머리 없이… 어른이 묻는데 그러라고 애비가 시키든?"

"정말이예요, 전 갈 데가 없어요, 아부지…."

"아부지?"

"아부지… 갈 데가 없어요. 갈 데가…."

정훈은 서슬이 퍼렇게 화를 내는 모습의 아버지의 팔을 끌어안고 울먹이다 다시 정신을 잃고 말았다. 차 안에 잠들어 있던 승객들이 여기저기서 깨어나 소리치는 농부를 쳐다봤다. 농부는 젊은이가 다시 잠이 들자 물끄러미 자는 젊은이의 모습을 찬찬히 살펴봤다. 차장이 와서 검표를 하려고 젊은이를 깨우려고 하자 손을 들어 말리고 대신 차비를 내줬다. 중앙선 막차는 새벽이 되어서 안동역에 도착했다. 농부는 젊은이를 깨워 같이 폼으로 내려갔다.

"아저씨 여기가 어디예요?"

"안동이다."

"큰일 났네. 영주역에 내려야 했는데…."

"영주엔 뭐 하러 가는데?"

"전에 학교 다닐 때 실습 나갔던 농장엘 가보려고요."

"지금은 겨울이라 할 일도 없을 텐데?"

"선 새경 좀 부탁 해볼까 해서요."

"일꾼 살려고 하냐?"

"네.

"다시 올라가는 새벽 기차 시간이 되려면 좀 기다려야 되는데, 국밥집에 가서 뭘 좀 먹고 가라, 너 배가 많이 고픈 거 같다."

"괜찮아요."

"따라와라."

정훈은 농부를 따라 역전 국밥집으로 갔다. 국밥을 앞에 둔 정훈은 체면불구하고 마구 입에다 퍼 넣었다. 며칠을 굶어서 허기진 뱃속은 따뜻한 국물에 거의 환장을 하고 있었다. 정훈이의 먹는 모습을 물끄러미 바라보든 농부는 자기 앞에 놓인 뚝배기도 밀어주었다. 정훈은 고맙다는 말도 못 하고 또 한 그릇을 후딱 비웠다.

"쯧쯧 사흘은 굶은 놈 같구나?"

"히히, 일주일은 굶었을 거예요."

"허허, 이런 철딱서니 없는 놈을 봤나, 너 일하기 싫어 서울로 도망쳤지? 그래서 그 고생하면서도 집에도 못 가고 그러지?"

"맞아요, 돈 벌기 전엔 우린 집에 안 가요."

"우리?"

"지금 서울엔 시골서 돈 벌러 올라온 애들이 많아요, 저는 그 애들과 어울려서 일하고 있어요."

정훈은 왜 돈을 구하러 영주까지 가야 하는지 그 사정을 얘기했다. 구랫나루 수염을 쓰다듬으며 정훈이에 얘기를 듣고 난 농부는 말없이 안으로 들어갔다. 농부는 한참 후 안에서 나왔다.

"아저씨도 농사 많이 지어요?"

"왜?"

"아저씨네 집에서 머슴 살까 해서요."

"영주에 간다면서?"

"그기는 좀……"

"왜 이제 와서?"

"사실은…. 거기 가면 전 일꾼보다 데릴사위를 해야 할지도 몰라요."

"땡 잡았는데 왜?"

"아이참, 저는 일을 하겠다는 거예요. 저는 성안에 공주를 위해 사는 온달장군 같은 능력도 없어요."

"고향에 좋아하는 여자애라도 있는 건 아니고?"

"있었지만 헤어졌어요."

"왜?"

"고생시키기 싫어서요."

"시작을 가난하게 출발하는 사람들이 더 많다."

"아이참, 인생은 혼자 가는 소풍이예요, 짐이 무거우면 힘들어요."

"녀석 꾀는 조조구나. 그래 농사일은 할 줄 아냐?"

"집에 있을 때 큰형님 따라다니며 농사일을 했어요, 쟁기질 흙쟁이질 다 할 줄 알아요. 경운기도 끌어요."

"그래, 그럼 됐다. 우리 집으로 가자."

"새경은 선 새경으로 주세요."

"이놈아! 일꾼도 살기 전에 새경부터 달래?"

"아이, 지금 돈이 좀 필요해요."

"그래, 여깄다."

농부는 주머니에서 한웅큼에 돈뭉치를 식탁에 내려놓았다. 정훈은 얼른 돈다발을 끌어다 주머니에 챙기고 일어섰다.

"가세요. 빨리요."

"어딜?"

"아이참, 나중에 아저씨를 찾아가려면 집을 알아둬야 하잖아요."

"그 녀석…."

정훈은 버스를 타고 농부가 사는 동네로 가며 신나서 재잘댔다. 농부는 정훈이의 하는 꼴을 보며 연신 끌끌 혀를 찼다. 오랜만에 걸어보는 들길 정훈은 앞에서 펄쩍대며 아저씨를 웃겼다.

"할일 없어 망건 짜고, 비 오는 날은 짚세기 삼지…. 머슴 놈은 마당에서 엉킨 새끼줄 타래 풀며 울상인데요, 마루에 앉은 처자는 엉킨 명주실 타래 풀면서 콧노래만 부른다네."

"못된 녀석."

"머슴 놈 똥 장군 지고 보리밭에 거름 주는데 해동비만 내리는구나."

"남사시럽게 제대로 알고 불러라 이놈아, 마루에 처자가 아니고 안방에 새색시는 이라고 해야지."

"육갑六甲 하는 머슴 놈 두면 농사 패농敗農 하고요…. 욕심꾸러기 놀부 영감택이는 달밤에 보리타작만 시키는구나…."

"쯧쯧…."

"아저씨, 아직 멀었어요?"

"저기 언덕만 넘어가면 된다."

"그럼 됐어요, 저는 이만 갈래요 서울에 있는 친구들이 걱정돼서요."

"나중에 어떻게 찾아오려고?"

"털보 아저씨만 찾으면 될 거예요."

정훈은 오던 들길을 돌아서 나르듯이 내달렸다. 첫차는 못 타더라도 빨리 올라가야 된다. 감자가 걱정됐다. 감자는 빨리 몸이 나아서 일을 해야 된다. 지금처럼 아파서는 안 된다. 동갑내기 조카 옥이를 데리고 대관령으로 돌아가려면 어서 돈을 모아서 빚을 갚아야 한다. 감자가 걱정하는 건 옥이가 고생하는 거보다 말 못 할 다른 걱정이 있는 것 같았다.

"삼춘아, 내 갔다 올 동안 중학교 잘 다니고."

"…."

"십 년은 금새 간다. 너무 걱정 말거라 삼촌아."

돈선은 옥이가 버스를 타러 나간 신작로에서 괜히 길가에 짱돌맹이만 걷어찼다. 할머니 약값 때문에 서울 사람 농장에 빚을 져서 옥이가 서울로 식모살이를 떠나야 하는 거다.

"내 갔다 와서 삼촌하고 또 오대산으로 더덕 캐러 다닐 기다. 산머루도 따러 가고…."

"식모살이 힘든다 카더라. 정 힘들면 편지해라 내 델루 갈끼다."

"헤헤, 삼촌아 너무 걱정 말거라. 서울 가면 옥수수밥 안 먹고 이밥 먹고 좋다."

돈선은 옥이가 탄 버스가 먼지를 일구며 산모퉁이를 돌아간 뒤에도 한참을 더 그 자리에서 맴돌았다.

정훈은 역에서 열차 시간을 기다리면서도 조바심을 쳤다. 곪어서 난 병은 자칫하면 큰 병이 될 수도 있다고 했다. 하숙집에서 쫓겨날 수도 있는 처지다. 친구들이 그대로 있을까를 생각하면 몸이 달아서 가만히 있을 수가 없었다. 열차에 올라서도 정훈은 내내 자리에 앉아있지를 못했다. 정훈이가 하숙집으로 돌아온 건 저녁때가 다 되어서였다.

"이 녀석들아! 형아 왔다 퍼뜩 나와 봐라."

"정훈은 호기롭게 소릴 치며 방문을 냅다 열어 젖었다. 그런데 방안은 휑하니 텅 비어 있었다. 움직이지도 못하는 감자가 어딜 갔는지 없었다. 정훈은 불길한 예감이 들어 방안에 그대로 주저앉았다. 감자가 잘못된 거다. 어저께 한강 다리를 건널 때가 생각났다. 정훈은 맥이 탁 풀려서 마당으로 나와 멍하니 하늘만 쳐다봤다. 하늘은 야속하게도 파랗게 맑다. 하늘은 가엾은 아이들의 처지는 하나도 관심이 없나 싶다.

"돈 구하러 갔다 온 모양인데 구해왔으면 밀린 하숙비라도 주고 가지 그라노?"

"……."

정훈은 품 안에 꽁꽁 싸서 넣어가지고 온 돈다발을 하숙집 아주머니에 손에 올려놓고 대문을 나섰다. 세상은 아무리 고달파도 미워하는 게 아니고 슬퍼하는 거라고 했다. 사는 게 아무리 힘들어도 괴로워하지 말고 서글퍼 하라고 했다. 어차피 닥친 일이라면 피하지 말고 부딪쳐서 이길 생각을 하는 게 도망치는 것보다 승산이 더 있는 거라고 했다. 못된 놈 영철이의 얘기다. 이런 상황에서 부디친들 무슨 소용이고 도망친들 뭘 할 건가. 비척거리며 대문을 나서는 정훈이의 뒤통수에 대고 하숙집 아주머니가 빈정댔다.

"흥, 이 많은 돈을 고향에 가서 가져오지는 못했을 테고…. 어디 가서 한탕 잘 쳐서 가져온 모양인데 아픈 감자한테 좀 주지 그라노?"

"네? 감자가 살아있어요, 아주머니?"

정훈은 다시 마당으로 뛰어 들어가 하숙집 아주머니에게 매달렸다.

"지금 다 경찰서에 있을 거다. 가 봐라."

그때 헐떡이며 들어온 예쁜이가 정훈이의 손을 잡아끌었다.

"송아지 오빠! 송아지 오빠 얼른 가."

"예쁜아! 감자 오빠가 병원엔 안 가고 왜 경찰서에…?"

5

“사흘 굶은 놈 남에 집 담 안 넘을 놈 없다는 말 있지요? 스님은 아마 … 안 넘겠지만.”

“그럼 그 친구들이 도둑질을 했나요?”

“빵가게를 털고 가게 주인까지 다치게 해서 경찰서에 붙들려 들어갔다고 했어요. 거기다 덤으로 송아지 친구까지.”

“송아지는 왜요?”

“하숙집 아줌마가 강도로 신고를 했다고 했어요. 그 많은 돈의 출처를 의심해서 그랬다지요.”

“그런 일이 있었습니다그려.”

“아무튼 송아지를 조사하는 과정에서 안동 농부가 알게 되어 한바탕 난리가 났었다고 해요. 안동 농부는 불같이 화를 내며 송아지를 석방시키고 친구들을 위해 백방으로 뛰었다고 했어요. 힘 있는 변호사도 선임하고 뒤에 모든 일을 돌보아 줬다고 그랬어요.”

“송아지 친구를 못 잊는 친구들이 이해가 됩니다. 그때 부석사 대사님은 정훈이를 볼 때마다 생불生佛이 따로 있는 기 아니라고 그러시곤 했는데 얘기를 듣고 보니 대사님의 그 말씀들이 이해가 되는군요.”

“그 일을 겪고 난 우리 막둥이는 한결 어른스러워졌어요, 지금 이곳에 수백 명의 청년들이 도시로 나가지 않고 농업인으로 자랑스러워하며 잘 살아가는 건 다 저 덜떨어진 꼴통 덕이지요. 한 명이라도 더 안정된 수입을 얻어 농업인으로 살게 한다면서 농업회사를 차려 운영해 오고 있어요, 우리 이곳에 농산회사 직원들은 장래가 보장된 젊은이들이라요.”

"보살님은 요즘도 화나면 남편을 패나요?"

"지금은 바람을 피우고 다녀도 냅둔답니다. 남편은 지금도 얘길 해요, 송아지 친구가 아니었으면 나는 누나에게로 돌아오지 못했을 거라고요. 그때 막둥이 녀석이 집으로 가지고 온 돈은 얼마인지도 몰라요. 이 낙동강 강변에 땅을 다 사들이다시피 했고 야산은 좋은 값을 쳐주고 엄청 사들였어요, 지금도 노령 농업인들의 농토라면 다 사들여서 정년 농업인에게 분양하고 있어요, 젊은 농업인은 몸만 오면 되지요,"

"그때 그게 다 영철이 저 바람둥이 돈이었다구요?"

"네."

"도무지 알 수 없는 친구라니까. 잘하는 거라곤 색소폰 부는 것밖에 없는데 모르는 게 없단 말이야. 알고 지낸 지가 이십여 년이 넘는데 뭐 하는지도 모르겠고."

"남편 말은 영철이 친구는 돌아다니며 여자들이나 만나서 놀고 그런다는데 거기 다는 아닐 거라요."

그때 막둥이 친구가 아이들을 데리고 휴게실로 들어왔다.

"보육保育 선생님 아이들이 배고프다네요."

"육아育兒 선생님의 오늘 커피는 셀프."

"알았어요. 얄미운 누님."

"……."

"아, 사랑스런 누님."

아내가 짐짓 장난스레 무서운 눈을 하고 쳐다보자 금방 호칭을 바꾼다.

"땡감 친구는 그래도 멋대가리는 있는 공처가야."

"디질래? 소리나오면 골치 아파서……."

아이들에게 간식을 챙겨주는 아내를 바라보는 막둥이 친구의 얼굴은 표가 나도록 사랑이 넘친다. 연하에 남자는 사랑을 주기보다 받고 산다는 말 그대로다. 지금 이러는 두 사람의 행복한 모습도 그때 정훈이가 아니었으면 없을 거라는 생각을 해보며 일남거사는 정훈이의 모습들을 떠올려 봤다. 언제나 장난스럽고 웃는 모습이었던 애였다. 화를 내거나 짜증스런 모습은 단 한 번도 본 적이 없었다. 일남은 가슴속을 싸하게 하는 그 옛날의 정훈이의 웃는 모습을 생각해보다가 그만 눈시울이 뜨거워져 고개를 돌렸다. 생生은 누구에게나 소중하다. 정훈이는 그걸 알고 살아가는 아이였다. 누구도 그 정훈이의 생을 판단하기는 어려울 거다.

"참 일남거사 오늘 밤에 우리 농장 애들 데리고 강연회 한번 열어주면 안 되겠습니까?"

"소승의 강론이 어떤 덕이 되겠소?"

"있잖아. 거사님 모토. <너 언제 사람 될래>."

"색소폰 친구의 공연회가 더 나을 텐데"

"이 친구는 그런데 올 생각을 안네, 아직도 하고 노나…? 그놈의 오천 년 사업에 아까운 인생 다 까먹어 버리지."

"오천 년 사업?"

"음, 우리나라가 앞으로 오천 년을 살려면 많은 사람들을 만나서 그들이 하고 있는 생각들을 알아봐야 된다는 뭐 그런 거. 영철이 그 친구의 모토는 <너 언제 세상을 알래>라지 아마."

"일종의 정보수집?"

"그들 단체가 하는 일."

"무슨 일을?"

"미래 사업."

"알 수 없는 친구야, 갈수록."

"우리도 영철이 친구에 대해서는 잘 몰라, 하지만 우리는 영철이 친구를 도울 준비가 되어있어 어떤 일이든."

"그때 많은 도움을 받은 걸 갚을 생각?"

"우린 그때 영철이 친구에게서 돈만 얻은 게 아니라, 희망도 얻었어. 우리는 교도소를 출소하면서 희망 같은 건 없었어, 굶지 않으려고 사고치고 교도소 들어간 거야. 전과자는 노가다 판에서도 기피 해. 밖으로 나와서 갈대라곤 한강 다리뿐이라고 생각하며 걷는 우리 심정을 누가 알아. 교도소 담장 안이 차라리 희망이야. 담장 밖으로 나와서 걸어가는 우리를 쳐다보는 사람들의 눈길은 곱지 않았어. 그런 우리에게 생각지도 않은 구세주가 나타난 거야."

"이런, 한심한 친구들을 봤나, 그새를 못 참아서 사고를 치고 거기를 들어가, 이제 나왔으니 어쩔 건데 또 들어가야지?"

"……."

"난 송아지 단짝 친구 영철이라고 해. 송아지가 부탁해서 자네들을 좀 도와줄 생각이야."

영철이라는 송아지 친구는 손가방을 하나씩 건네주며 짐짓 엄숙한 표정이 된다.

"적지만 고향으로 내려가 농토를 좀 살 수 있을 거야, 나중에 부자 되거든 좋은 일 좀 하고."

"……."

"송아지는 자네들 덕분에 안동으로 일꾼살이 갔어. 잘하면 그 부잣집 데릴사위가 될지도 몰라. 송아지 걱정은 말고 고향으로 내려가서 잘들 살아."

"……………."

"우리는 지금 다 천 억대의 농산회사를 운영하고 있어. 우린 앞으로 농업에 종사하는 아이들에게 희망을 주기 위해서 더 많은 농토를 확보할 생각이야."

"여기 농산 아이들은 참 못된 대표를 가져서 망한 거지. 아이들이 도시로 나가 꿈을 펼칠 기회를 박탈한 거야."

"기회의 땅으로 가는 서울 길이라면 언제라도 열려있어, 우린 할 수 없이 농사꾼 되는 아이들까지 원하진 않아."

6

강변마을 주택지에는 휴게소와 회의실이 공원 중앙에 제법 큰 규모로 지어져 있다. 일 층은 휴게실, 이 층은 회의실 겸 오락실이다. 일남은 저녁 식사를 마친 농산직원들이 들어와 자리를 잡기를 기다리며 우선 단소를 불어 분위기를 잡았다. 요즘 아이들에겐 좀 생소한 흘러간 옛 노랫가락의 애환이 스민 가요들, <찔레꽃>, <용두산 엘레지> 같은 것들을 불었다. 강당엔 음향시설이 제법 업소를 빰치게 갖추어져 있었다.

"고맙게도 우리 강변농산을 방문하신 일남거사님입니다. 승려이시지만 철학을 전공하신 분이셔서 좋은 얘기를 들려주실 겁니다. 우리에게 아주 유익한 시간을 만들어 주실 겁니다."

막둥이 대표의 소개와 인사가 끝나자 일남은 칠판에 크게 <너 언제 사람 될레?>를 썼다.

"여기에 계신 분들은 하나같이 벌써 의젓하고 또 반듯해 보이는데 뭐 소승의 잡다한 강연이 소용이 있겠습니까?"

"……."

직원들은 말없이 박수로 환영을 했다.

"여러분도 혹 부모님이나 어른들에게 너 언제 사람이 될레 라는 꾸중을 들으신 분 있으면 손 한번 들어보십시오."

"어릴 때 많이 들었습니다."

"늦잠 잔다고 듣고, 쌈하고 들어왔을 때도 들었습니다."

직원들 절반 이상이 손을 드는 걸 보고 일남은 좀 놀랐다. 요즘 아이들은 응석받이라는데 그런 것도 아니었다.

"소승도 어릴 때 어머니한테 많이 듣고 컸어요, 또 커서는 장가 빨리 안 간다고 나무라시며 너 그러다 언제 사람 될레 하셨어요. 대학 다닐 땐 룸메이트와 연애질한다고 꾸중하시며 그러셨는데 대신 아버지한테 이르시진 않았어요.

"……."

"소승은 그때 사람으로 태어났으니 사람인데 왜 어머니는 나에게 그러셨을까? 그걸 생각해 봤지만 아무리 생각해봐도 그땐 알 수가 없었어요, 지금에 와서 곰곰이 생각해보니 어머니의 그 말씀이 무슨 뜻인지 알 수 있었어요. 여러분 중에 누가 사람 되는 걸 말해 줄 수 있는 분…?

"……."

"간단히 예를 든다면 아주 옛날 원시인들은 사람이면서 사람이 아니었다고도 볼 수 있어요, 왜? 아무것도 갖출 것이 없으니까. 나가서 사냥만 잘 하면 돼, 예의를 갖출 필요도 없어, 옷도 안 입고 살면서 부끄러운 걸 어떻게 알아, 사랑하고 싶으면 그냥 아무나 붙잡아다 하면 돼, 싸울 일이 있으면 그냥 싸우면 돼, 그냥 동네 개들이 개싸움 하는 것처럼 싸우고 아무 여자나 붙들어다 살면 되고 힘만 있으면 어른이고 선배고 없어, 두드려 패고 가진 걸 뺏으면 돼, '너 언제 사람 될 레?'가 그냥 '너 언제 커서 사냥을 잘 할레?'가 되는 거지."

"……."

"여기 앞에 젊은 친구한테 한번 물어볼까? 결혼은 했어요?"

"아직이요."

"왜? 고르느라고?"

"농촌으로는 시집오려고 잘 안 해요."

"안됐네, 원시시대라면 아무 여자나 붙잡아다 결혼하면 되는데."

"그러면 사람도 아니지요."

"헐, 젊은이는 벌써 사람이 다 됐네."

일남은 다시 옆에 좀 나이 들어 보이는 직원을 가리켰다.

"결혼은 했을 것 같은데…. 사람이 되는 걸 한마디로 말한다면?"

"법을 잘 지키며 사는 거지요."

"또?"

"거짓말을 안 하고요."

"헐 그러다보면 사람 하나도 없겠네, 세상에 거짓말 안 하고 사는 사람이 어디 있고 법을 안 어기고 사는 사람 몇이나 될고…."

"하하하."

"하하하."

"사람이 되는 정의를 한마디로 한다면 그냥 사람다우면 된다는 거지, 소는 소답고 돼지는 돼지다운 긴데. 즉 바꾸어 말한다면 인간은 인간다워야 하는데 인간이 짐승만도 못한 행위를 하면 그건 인간이 아닌 짐승이라는 거지. 이차대전 때 독일군은 유태인을 몇백만 명을 학살했는데 인간다운 짓은 아니라고 할 수 있어. 그것이 단순한 민족의 우월성 문제였다 하더라도 사람이 할 행위는 아니야. 또 일본군의 남경대학살 사건도 사람다운 건 아냐. 그러면 우리의 6·25 동란 때의 서로 간의 양민학살은 사람다웠을까? 인민군은 점령지에서 정부 인사 군경가족들을 무참히 처형했는데 사람이 할 짓은 아니었고 공비토벌 중에 양민들을 학살한 행위도 사람이 해서는 안 되는 행위지."

"……."

"인간 세상은 어떤 이유로 그런저런 이해관계로 사람다움을 포기한다고 할 수 있어. 말도 안 되는 이유를 가져다 붙여놓고 남을 헤치고 남을 못살게 괴롭히지. 중동의 절대종파분자들은 사람의 목숨을 파리목숨만큼도 안 여겨, 종교라는 미명하에 민족주의라는 억지하에 수많은 난민들이 박해를 받고 억압을 당해."

"……."

"말도 안 되는 원시시대의 비인간적 행위나 이 시대의 짐승보다 못

한 사회를 추구하는 비인간적 사람들이나 똑같아."

"……."

"소승으로서는 여러분들은 이미 사람이 다 되어있어서 더 강론을 펼 필요가 없겠지만 여러분에게 바라는 것이 있어요, 사람으로서 가장 빛나는 행위가 있는데 그것은…. 미래를 위하는 거지. 즉 아이들이 살아갈 앞날을 위해 노력하는 거지요…. 짐승들은 새끼를 키워 줄 뿐 살아갈 터전이나 환경을 만들어주진 못하지만, 인간은 후손들이 잘 살아갈 수 있는 환경을 마련해 줄 수 있어요, 사람으로서 가장 훌륭한 일이지요, 그러려면?"

"재산을 많이 물려주는 겁니다."

"공부를 많이 시키는 거지요."

"헐, 교과서적 얘기만 하시는군. 누가 좀 근사한 의견은 없을까?"

일남은 좌중을 한참 돌아보다 아까의 어린 직원을 보고 손짓을 했다.

"신세대의 생각은 어떨까?"

"아이들을 진심으로 위한다면…. 아이들이 살아갈 세상을 사람 사는 세상으로 먼저 만드는 겁니다."

"옳거니, 그럴려면?"

"정의롭고 자유스런 사회를 위해 애쓰는 정치일꾼들을 도우는 겁니다."

"헐, 아주 진취적이야, 우리 기성세대가 본받을 생각이네. 사람이 된다는 건 50점이고 사람이 잘사는 사회를 만드는 건 100점이지. 물론 완전한 사회는 불가능하겠지만 그런 사고思考가 있는 사람은 100점의 인간이겠지요. 소승은 그대 같은 신세대를 존경하네."

일남은 단상에서 내려가 젊은 직원에 손을 잡고 흔들었다. 세상엔 무관심한 현대인들이다. 행동을 떠나 생각이라도 견실해야 된다. 생각 없는 사람들의 세상에 앞날은 뻔하다. 일남은 들일에 피곤한 직원들을 위해 강론을 짧게 끝내기로 했다.

"인간은 원시인에서 긴 시간을 거쳐 사람으로 발전했는데, 사람이 되면서 옷을 입게 되었고 옷을 입게 되면서 온갖 잡다한 것들을 양산했다고 할 수 있지요. 제도와 법 또 규제 거기다 도덕과 신앙까지…."

"……?"

"그 모든 건 어쩌면 인간들의 악세사리에 불과한 거라 할 수 있어요, 필요하면 갖다 부쳤다가 필요 없으면 떼어버리지요. 세상 어느 한구석에서는 사람이라면서 사람들을 파리 잡듯이 잡아 죽이기도 하지요, 어차피 모두가 완전한 인간이 될 수는 없을 테고…. 대신 완전한 사회라도 기대해 봐야 되는데 그걸 자라나는 젊은이들에게나 한번 기대 해 볼까…? 나무아비타불…. 관세음보살."

박수에 화답해서 일남은 길재의 시 한편을 읊었다.

동창이 밝았느냐
노고지리 우지진다
소치는 아이놈은
상기 아니 일었느냐
재 너머 사래 낀 밭을
언제 갈려 하나니

"농사는 천하지대본입니다. 인간사회가 유지되려면 필수적입니다. 소승은 그래서 농업에 종사하시는 여러분들을 항상 부처로 봅니다. 그 오래전엔 그 대단하신 대사大師님들도 산촌마을에 들려 탁발을 하시면 할미보살님들께서 바가지에다 물을 떠다 공양을 하셨다고 합니다. 추석 때 탁발을 나가면 송편을 빚고 있는 아낙들은 또 적지만 봉승을 싸서 바랑에다 넣어주셨고요…."

"…."

"모든 생물은 먹어야 살아가 수 있습니다. 흙 파먹고 사느냐 하는 얘기가 있습니다. 사람도 먹어야 살아갈 수 있는 생물이지요. 여러분이 농사를 짓지 않으면 쌀이 없겠지요. 황우 장사도 먹어야 힘을 쓰고 대단하신 나라님도 먹어야 목숨을 부지합니다. 먹거리는 생물生物에 절대적 필수품이고 없으면 안 되는 생존요소가 됩니다. 그래서 여러분의 농업은 오늘도 내일도 소중합니다. 그러한 여러분의 농업생산이 영원히 지속되어야 하는데 그것이 언제까지라도 가능하려면 어떤 것들이 있을까요?"

"……?"

"앞에 있는 어린 친구의 생각은…?"

"우리 강변농산회사를 우리 대표님이 팔아먹지 않는 거지요."

"헐…. 아주 현명한 정답이네. 대표님이 안 그래도 농산회사 땅을 저당 잡혀서 자금을 마련하려는 생각을 가지고 있는 모양인데 생각을 바꾸셔야 할 것 같아. 또 다른 의견을 가지신 분…?"

"농사가 가능한 자연적 기후나 환경입니다. 가뭄에 원활한 용수 공급과 침수 대비 배수시설 같은 거지요."

“아주 고차원적 생각이 되겠습니다. 농업 환경은 인위적으로 조성이 가능하겠지만, 자연환경은 미물微物에 불과하다고 할 수 있는 인간으로서는 불가항력적이라 어떨지…. 병자년 장마에 낙동강 강변 들녁이 통째로 모래펄로 변했다고 했었지요, 또 다른 의견을 가지신 분은…?”

“지금 이대로만 있으면 됩니다.”

“헐… 볼 것도 빠질 것도 없이 지금이 최고다?”

“지상낙원요.”

“허허허… 지상낙원이라…. 그런데 왠지 허전해. 뭔가 빠진 것도 같고…. 어린 친구에게 또 한 번 물어볼까. 어린 친구는 소승의 이런 허전한 마음이 드는 이유를 알까?”

“헤헤헤.”

“왜 웃나?”

“스님 마음이지요.”

“……?”

“아이참. 스님은 지금 우리를 사랑해서 강연을 하시잖아요. 우리가 농산회사를 사랑해야 된다는 걸 말씀하시고 싶은 거지요.”

“옳거니! 소승의 오늘 강론은 끝. 그걸로 더 바랄 게 없네요, 더하면 잔소리야. 나미아미타불 관세음보살.”

일남은 박수를 받으며 사랑스런 눈빛으로 모두와 일일이 눈을 맞췄다. 농사일은 부부가 합심이다. 자리에 있는 농업인들. 그들은 남녀가 따로 없다. 아름다운 그들을 위해 일남은 마무리 대금연주를 펼쳤다. 영철이 놈도 늦게나마 나타나서 분위기를 띄웠다. 객석에서 아리따운 어린 여아女兒가 기타를 들고 나와서 같이 협주하며 노래를 불렀다.

7

날이 새면 물새들이 시름없이 나~는
꽃피고 새가 우는 논밭에 묻혀서
씨 뿌려 가꾸면서 땀을 흘리며
냇가에 늘어진 버드나무 아래서
조용히 살고파라 <강변농산에> 살고 싶네

나훈아의 <강촌에 살고 싶네>

관중석에서 무대로 올라온 여자아이는 아주 고운 목청으로 기타를 치며 일 이 절을 불렀다. 여자아이는 수줍어하면서도 노래를 잘했다. 일남은 노래가 끝나자 최고라는 손짓을 했다.

"선녀가 부르는 노래 같아, 아직 학생인 것 같은데 음악 전공?"

"네"

"닉네임이…?"

"이름이 정훈이요"

"정훈이…?"

"남자 이름 같지요 스님?"

"바를 정正자를 안 쓰고 곧을 정貞자를 쓰면 여자 이름이지."

"바를 정이요."

"헐…. 허긴 우리 아버지도 아이들 이름을 여자애 남자애 상관없이 일남이 이남이 다 남녘 남南자 아닌 사내 남男자로 지어 주셨다네. 나중에 정훈 양의 남자친구는 아주 행복하겠어. 그 목소리만 듣고 있으면 안 먹어도 배가 부를 거야. 여러분들의 박수도 지극하신데 나온 김에 한 곡 더 해줄 수 있나?"

"네, 남인수의 <무너진 사랑 탑>이요."

"아직 사랑도 안 해 봤을 나인데…."

"여지껏 짝사랑만 하고 있어요, 스님."

"아름다움을 느낄 줄 모르는 벽창호 같은 남자친구군. 냅다 팽개쳐도 아까울 거 하나 없는 친구야, 미련 없이 던져버리게."

달이 잠든 은물결에 살랑살랑 살랑대는 그날 밤
손가락 걸며 이별 말자고 눈을 감고 맹세한 님아
가시나 두근대는 가슴에다 모닥불을 질러놓고
그대는 지금 어디 사랑에 취해있나
못 믿을 님아 꺾어진 장미화야

"휴대폰 좀 빌려주세요 누님."

"참… 폰은 왜 안 가지고 다닐까?"

"내 자유에 방해 되요."

"그놈의 자유, 정이한테는 어떻게 연락 한데?"

일남이를 어르신에게 맡기고 나온 영철은 과수원을 찾았다. 땡감 친구는 잠시 출타 중이라 영철은 땡감 아내와 사무실에서 커피를 마시며 지난 얘기를 했다. 땡감 친구가 아내를 아직까지 누님이라고 불러 영철이도 편하게 누님이라 부른다.

"누님 우리 나이에 사랑이 어디 남아 있습니까, 가슴 두근대는 사랑이 필요한 나이에 정이예요, 연락을 하면 뭘 합니까."

"참 꼴통 친구야 감자도…. 친구에게 딸아이를 주겠다고 하면 어쩐데…."

"땡감도 꼴통이지만 그래도 여자들하고 놀 줄은 알아서 통하는 데가 있지만 감자 친구는 다방에서 아가씨하고 손장난도 안 하는 샌님요, 아이들의 가슴 두근대는 사랑에 감정을 알기는커녕 같이 잠만 자면 다 살림 꾸려서 사는 거지 사랑이 왜 더 필요하냐지 요."

"영철님은 바람둥이라 여자에 마음을 너무 잘 알아서 문제는 문제야. 사랑만 먹어도 산다는 요즘 애들인데…. 좀 감싸 안고 가면 좋은 커플도 될 수 있을 텐데."

"길가다가 좀 괜찮은 애 보면 우리 정이 짝으로 됐으면 하는 그런 삼촌 마음은 어쩝니까?"

"참, 대책 없는 사랑이네."

영철은 막내에게 설아를 데리고 상주 어르신께 인사 오라 이르고 정이도 함께 데리고 오라 했다. 설아가 전화를 바꿔 달래서 투정을 한다.

"아빠! 나 아빠 보고 싶어."

"응, 아빠도 우리 설아 많이 보고 싶다."

"히힝… 오빠 냅두고 당장 아빠한테로 출발?"

"인마! 오빠하곤 죽어도 껌딱지 해야지."

"싫어, 싫어…. 오빠는 농장하고 학교만 사랑해, 나 아빠한테 갈래."

"요런 못된 놈, 설아야 걱정 마라 나중에 아빠가 가서 오빠 혼내 줄게."

"헤헤 쌤통."

"여기 상주에 어른들께서도 설아 얼른 보고 싶어서 야단이셔, 오빠하고 얼른 와라."

"응, 나도 많이 궁금해 상주 어른신들, 그런데 아빠…."

"왜?"

"정이도 아빠를 너무 보고 싶어 해."

"나도 우리 정이 너무 보고 싶다…."

"우리 귀여운 아기씨 마스터 아저씨 보고 싶어 요즘 밥도 잘 안 먹는대요 아빠."

"그래, 그럼 숙모 좀 바꿔 봐."

"싫어, 정이하고 아빠가 다정한 거 샘나."

"녀석, 숙모 이름을 막 부르네."

"우린 그냥 친구, 후훗."

"못된 녀석…."

"참 아빠, 오빠하고 난 아들하고 며느리 하기로 했어. 그래서 정이는 아기씨가 되었지요, 후후."

"하긴… 어른들께서는 오빠를 키워주면서 항상 아들로 생각했다고 그랬어. 아무튼 우리 설아 며느리로 많이들 귀여워하실 거야."

"헤헤헤… 아기씨가 옆에서 발길질을 해대서 그만… 정이한테 전화 넘깁니다."

"…."

"우리 정이 안녕?"

"…."

"우리 공주 많이 보고 싶다."

"아저씨!"

"아이쿠 우리 정이 화났네."

"마스터 아저씨 빨리 안 돌아오면 나 거지한테 시집 가버릴 거야."

"아주 탁월한 선택. 그러면 아빠하고 아저씨하고 날품을 팔아서라도 우리 정이 집 한 채 사줄 거다."

"아저씨 자꾸 그렇게 약 올리고 그러면 정이 진짜 머리 깎고 절에 들어갈 거야 씨!"

"안 돼, 그것만은. 우리 공주가 원하는 건 다 사 줄 테니까 여승만은 되지 마라."

"그럼 아저씨… 빨리 돌아와. 아저씨하고 키스하고 싶어."

"난감허네, 남감해…."

"아저씨, 난 요즘 너무 외로워 죽겠거든. 설아하고 삼촌은 얼마나 껌딱진지 몰라. 배추밭에 나가면 교대로 트랙타를 몰아대고 집에 들어오면 주방에서 둘이 키득대며 할 줄도 모르는 저녁밥을 한다며 설쳐대곤 해. 거기다 아빠는 설아가 예뻐서 죽어. 날김치를 담아도 꿀맛이라 하고 죽밥도 삼층밥도 진수성찬이지."

"허허, 우리 정이만 돌려놓고, 안 되겠어 아저씨가 가서 따져야지."

"헤헤, 아저씨…."

영철은 잠시 전화통을 막고 옆에서 웃고 있는 막둥이 아내를 돌아봤다.

막둥이 아내는 다 안다는 표정으로 상대에 기분을 맞춰주라고 한다.

"귀엽다고 안아는 주겠지만 어떻게…."

"행복하시겠어."

"죽겠어요, 누님."

"좋아서?"

"누님까지…."

영철은 마음을 가다듬고 다시 전화통을 열었다. 어쨌든 수습은 해야 한다. 정이에 여린 마음을 다치지 않게 하면서.

"우리 정이 데뷔부터 하자, 오늘 밤 여기 상주 강변 문화마을에서 강연회 겸 라이브 열건데 정이가 와서 노래 부르기."

"정말? 아저씨와 같이…?"

"음, 우리 예쁜 정이 오면 안아줘야지."

"와! 신난다. 이번엔 아저씨하고 키스하고 말거야."

"인마! 까불지 말고 준비나 단단히 해."

"걱정 마 마스터 아저씨, 아저씨만 곁에 있으면 정이는 기타 치며 창가唱歌도 부를 수 있고 장구 치며 유행가도 부를 걸."

"안 되겠다. 도래미도 모르면서 작곡 타령 하는 엉터리 싱어 데려다가 웃음거리만 만들겠다. 오지 말고 학교나 가라."

"나는 이제 내 사랑 찾아서 고고고."

"까불지 말고 인마! 학교나 잘 다녀."

세상이 평화롭다면 아이들 데리고 소풍이나 다니면 그보다 더 좋을까. 아이들과 얘기하고 놀다 보면 세상 시름 다 잊혀진다. 영철은 전화를 막둥이 아내에게 건네며 고개를 절레절레 흔들었다. <오천 년을 위한 모임>을 위해 오늘도 내일도 세상 살피기에 팔려있는 정신이다. 생뚱맞은 연애질 얘기를 아이들과 하고 있는 자신이 때론 한심스럽기만 했다.

"아무리 생각해봐도 누님은 참 낭만시럽습니다. 그때 어찌 쬐꼬만 철없는 머슴애와 사랑 노래를 부르고 그랬습니까? 남사시럽게."

"철없는 사랑이 진짜라고 하데요, 자로 재고 키로 재고 따져보고 물어보고 하는 사랑은 사랑이 아니고 사랑사업이라 하드만은…."

"참 마음이 평화요, 누님은."

"아껴서 죽 써먹을 것도 아닌 세상, 멋대로 살고 나도 후회만 남기는 세상, 매달려 우는 아이 달래다 보니 예뻐서 안아준 건지 좋아서 놀아준 건지…."

"연하에 남자 꼬득인 누님 변명 한번 고상혀요. 멋대가리 하나 없는 땡감 친구 아니라요."

"젊은 날에는 옷깃만 스쳐도 짜릿한 느낌이 오군 했어요. 장난으로라도 남녀가 껴안고 하면 제정신을 잃지요, 한번 엉키면 떨어지기 어려워요, 남동생 같이 귀여워하든 머슴애한테 안겨서 왜 그렇게 좋은지…. 여자의 내숭은 행복한 비명이지요. 바람둥이 영철님이 더 잘 알면서."

"막둥이 이 친구 서울에서 안 돌아 왔으면 누님께선…?"

"여자는 외로움을 많이 타예."

"대산이는 대사님 되러 절에 들어가고요?"

"……."

대산이는 막둥이 아들이다. 막둥이 아내도 아이가 동자승이 될 수도 있었다는 걸 생각 했는지 잠시 창밖을 보며 회상에 잠긴다. 영철이도 같이 더 넓은 배 밭을 바라보며 그때를 떠올려봤다.

– 우린 그냥은 고향으로 내려갈 수 없어, 언제가 되든 돈을 벌어서 내려갈 거야. 땡감도 오징어도 고구마도 면회를 간 영철에게 단호하게 말했다. 빵가게를 털어서 교도소로 들어간 애들이었다. 강도질을 한 게 아니고 잠시 숙식을 해결할 방편을 찾은 거라고 했다. 더 황당한 건 피해를 본 빵가게 주인은 피해보상을 해주겠다는 영철이 에게 손을 내저었다.

"그 애들은 억지로 들어간 애들이야. 나도 억지로 병원에 입원한 거고. 내가 합의를 해주면 석방되어 나와 나쁜 짓을 또 할 걸."

"고향으로 내려가게 해볼게요."

"돈 벌러 올라온 애들이야. 굶어 죽을 순 없어서 잠시 감방에 들어가 겨울을 날 생각으로 강도짓을 한 거라네. 진심으로 친구를 위한다면 그 애들 가만 내버려 둬."

참으로 어처구니없는 일이었다. 감방에 들어가면 하숙집에서 쫓겨날 걱정도 없고 배고파서 허덕일 일도 없단다. 그때 농장에 나갔던 대산이가 들어왔다.

"아저씨 오셨어요."

"짜식, 아직도 도망 못 갔구나."

"아부지가 도망갈 차비를 안 줘서요."

"아저씨가 줄까?"

"아부지는 제가 농장을 떠나는 그날로 인연을 끊으시겠대요."

"집 떠나는 게 겁나니?"

"다른 친구들처럼 시내에서 식당이나 차리고 커피숍이나 꾸며서 사업체를 운영하고 싶지만 아부지가 반대하셔요."

"너를 농사꾼 만들고 싶은 아버지 맘이다. 인생이란 자기가 하고 싶은 걸 하면서 살아야 신나는 거다. 부모님도 나중엔 대산이 마음을 이해하시겠지."

"참 아저씨, 아저씨가 아니었으면 나 동자승 됐을 거라고 엄마가 그러셨는데… 그거 엄청 궁금해요."

"아 그때 일? 엄마가 대산이 네가 아가일 때 널 각설이패한테 줘버리고 다른 데로 시집 가버릴 뻔 했던 그때 일…?"

"서울로 돈 벌러 간 아부지가 안 돌아오셔서 엄마는 그러셨던 거라고 하셨어요."

"음, 아저씨가 그때 서울에서 예쁜 여자애들한테 정신이 팔려 고향에서 기다리는 엄마를 잊고 있는 철없는 니 아부지를 막 뚜드려 패서 고향으로 내려보냈단다. 아마 그때 고향에 니 엄마한테로 안 가겠다고 아버지가 버텼으면 아저씨한테 맞아 죽었을 걸. 아저씨는 그때 무술관 사범으로 한창 날리고 있을 때야."

"와…! 아저씨 짱이다."

"대산이 너 올해 몇 살?"

"23살요."

"대산아."

"예."

"철이 들어서 세상을 알게 되었을 때 사람은 승려도 되고 각설이도 되고 하는 거란다. 어른들이 어린아이들에게 커서 군인이 되라 하고 목수가 되라 하는 건 아이들의 개성을 생각 않는 거라고 본다. 난 대산이 네가 꼭 하고 싶은 일을 하고 살았으면 좋겠다."

"아저씨 최고! 아부지도 아저씨 같았으면 좋겠어요, 엄마."

"나도 그렇단다. 니 아부지도 아저씨처럼 재미있는 사람이었으면 얼마나 좋겠니."

"하하하. 누님 그럼 땡감하고 그만 찢어져요. 대산이 하고 우리끼리 신나게 한번 살아봐요."

"좋아요, 멋있는 영철님."

그때 나갔든 막둥이 친구가 돌아왔다. 들어오며 그들에 얘기를 듣고 혀를 찻다.

"뭐락카나 시방! 감자 친구에게 맞아 죽을라고 환장들을 했구만, 쯧쯧…."

"들켜버렸어요 누님, 어쩐대요?"

"후후후 도망가는 게 상책이지요, 영철님."

"도망친다고 해결이 돼. 이 영철이 친구 곱게 뒀다가 정이한테 보내줄 생각은 않고 누님도 참…."

"참 그러네. 안 그래도 정이 올 건데."

"정이가 와요?"

대산이가 정이가 온다고 하자 반색을 했다.

"응, 막내삼촌하고 설아도 같이 온다 했다. 할아버지한테 인사드리러."

"정이가 중학교 다닐 때 보고 못 봤는데…."

"아들아, 정이 오거든 잘 대해라 까불지 말고, 아저씨 정혼자야."

"예…? 정이가 아저씨하고?"

문화마을에 강연회는 어느 사이 신나는 음악회가 되었다. 정이의 고운 목소리의 옛 노래는 한참을 더 이어졌다. 일남은 마지막으로 대표를 불러올려서 직원들을 격려하도록 했다.

"아직도 아내를 누님이라 부르는 철없는 대표님, 직원 여러분에게 철없는 얘기라도 해 보시지."

"하하하."

"하하하."

"아주 훌륭하신 선사禪師님을 모셔 좋은 말씀 들은 걸 여러분과 함께 감사드립니다. 또 우리 우리에게 멋진 색소폰 연주를 들려주신 마스터님에게도 감사드립니다."

박수와 함께 아쉬워하는 직원들. 영철은 또 특유에 행사 멘트를 날렸다.

"즐거운 시간을 마련해 주신 강변농산 여러분께 감사드립니다. 여러분을 만나면 언제나 든든하고 고마움을 느낍니다. 그리고 사랑합니다."

"마스터님 사랑해요."

"자주 오셔서 좋은 연주 들려주세요."

여직원들의 환호, 영철은 앞에 앉아 있는 대산이를 일으켰다.

"아직 갈 길을 못 찾고 갈팡질팡하는 왕초보 농사꾼을 여러분들이 잘 이끌어 주시겠지만 제가 여러분 앞에서 훈계를 한번 하겠습니다.

제가 아주 사랑하는 아이들 중에 하나거든요."

"……."

"왕초보 농군!"

"네."

"자동차가 움직이는 데 절대 요소 중에 첫째는?"

"연료입니다."

"사람이 살아가는 데 절대 요소 중에 첫째는?"

"식량입니다."

"그렇습니다. 수염이 석자라도 먹어야 양반입니다. 여러분은 세상에서 가장 소중한 일을 하고 있습니다. 농사는 사회적으로 가장 가치 있는 사업입니다. 농업인 여러분에 아이들이 검판사가 되는 것도 기쁘겠지만 인간이 만년萬年을 살아갈 기틀이 되는 가치 있는 일을 하는 농업인이 되는 것도 자랑스러운 것입니다. 자랑스러운 농업인 여러분, 농업은 미래에 있어 부富의 상징이고 선호하는 직업이 될 겁니다. 왕초보 농업인 대산이가 아버지의 뜻을 받들어 여러분처럼 훌륭한 농업인이 되었으면 하는 마음에서 제가 한 말씀 드렸습니다."

"……."

"왕초보 농사꾼!

"네."

"사랑한다."

"열심히 하겠습니다."

"여자 친구도 만들고."

"노력하겠습니다."

영철은 정이를 앞으로 내세웠다.

"농사일에 파묻혀 사는 농촌 사람들에게 즐거운 시간을 가지게 해 주려고 열심히 음악을 배우고 있는 음대 학생입니다. 오늘 우리에게 옛 노래를 들려주려고 대관령에서 여기까지 왔습니다. 좋았나요?"

"－최고였어요."

"－멋있어요."

"더 자주 듣고 싶습니까?"

"－네!"

"왕초보 농사꾼 니 여자 친구 해라."

"네……?"

"여러분 어떻습니까?"

"－좋아요."

금방 정이는 농산여직원들에게 붙잡혀 대산이 와 나란히 섰다. 이외의 상황에 대산이는 당황하고 정이는 어쩔 줄을 몰라 했다.

"아저씨……."

정이는 울상이 되어 농산여직원들에게 붙들려 가고 영철은 시침이 뚝 떼고 사무실로 갔다. 사무실에는 막둥이 아내가 막내와 설아를 데리고 한참 재미있는 얘기를 들려주고 있었다.

8

"영철님, 설아가 귀여워죽겠어."

"우리 아이들은 다 귀엽습니다. 누님."

"예뻐서 귀엽기도 하지만 저 쬐꼬만 게 트랙터로 논갈이도 하고 이앙기 콤바인 다 할 줄 안다네."

"아빠 엄마를 닮아서 그럴 거예요"

"이 그… 이쁜 우리 애기."

설아를 안고 놔 줄지를 모르는 막둥이 아내. 설아는 어디를 가도 보는 사람 모두에 귀염둥이다.

"막내야, 설아 여기 좀 냅두고 혼자 돌아가면 안 될까? 내가 좀 데리고 놀게."

막둥이 아내의 부탁에 막내가 기겁을 했다.

"형수님, 대관령 집에서 형님이랑 형수님이 기다리실 텐데요."

"조 앙큼한 거 보게, 지가 밤에 안고 자고 싶어 서라고는 안 하지."

"하하하"

"흐흐흐, 요 이쁜 거"

"누님 며느리깜이나 데리고 노새요, 껌딱지들 떼어 놓을 생각 말고."

영철이 말에 막둥이 아내가 놀란다.

"우짼 며느리?"

"회의실에 가 보세요?'

안 그래도 밖이 왁자지껄해서 신경을 쓰고 있던 막둥이 아내는 부리나케 밖으로 나갔다.

"형아, 정이는?"

"인마! 넌 아무리 설아가 좋아도 그렇지 정이를 찬밥 만들어? 정이가 얼마나 외로웠겠니."

“어…? 외롭게 버려둔 건 형아야.”

“다 막내 너 때문이야, 니들이 밤낮으로 안고 돌아치니 정이가 오직 서러웠으면 거지한테라도 시집가버리겠다 안 하나.”

“형아는 다 좋은데….”

“그래, 다 좋은데 사랑을 모른다고?”

“정이가 오늘 올까 내일 올까 하고 형아를 애타게 기다리는 걸 옆에서 보고 있으면 막 화가 나.”

“그래 형아 잘못이 맞아, 그런데 난 니들이 다 사랑스러워 죽겠는 걸 어떡하니.”

“참내, 뭐야 쌩뚱맞게 삼촌 맘이야 아빠 맘이야.”

“인마! 니들 어릴 때 학교 보내던 형아 맘이다.”

영철은 와서 매달리는 설아를 안아주며 막내를 한 대 쥐어박았다.

“아빠….”

“그래 우리 딸.”

영철은 설아를 얼러주다가 볼을 꼬집어 주다 했다. 그때 밖에 나갔던 막둥이 아내가 들어와서 어이없다는 표정으로 영철을 쳐다봤다. 정이와의 야릇한 상황을 알아버린 일남거사가 쯧쯧 혀를 찾다.

“헐 이런 못된 사돈을 봤나.”

“사면이 초가楚歌네”

“영철님은 다 잘하면서 사랑은 몰라”

“누님, 아이들은 꽃길이 있어요, 집시는 잡초의 길이면 족합니다.”

“헐…. 사돈은 화초花草의 길은 죽어도 싫다?”

“다 가지려면 다 잃는다는 건 스님의 말씀이었지 아마….”

잡초雜草의 길

1

안동 가는 길

"멀쩡한 고속도로랑 4차선 국도를 두고 하필 소로小路 길이야?"

"가이드 맘이야."

영철은 30번 고속도로 진입을 않고 강변도로를 따라 예천 땅 회룡포로 가는 길목으로 들어섰다. 모내기가 끝난 들판이 제법 푸르다. 일남 거사는 후배를 만나본다는 기대감에 마음이 조급하다. 영철은 알면서도 일부러 많은 시간이 소요되는 지방도로로 계속 차를 몰았다. 설아에게 이곳저곳 명승지 유원지를 구경시켜 주고 싶어서 그렇기도 하지만 급히 갈 일도 아니다.

"해 넘어가기 전에 도착하긴 애초에 틀려먹었고…."

"기다리지도 않는 후배는 만나 줄지도 모르겠고…."

"외삼촌은 아무리 대학 후배라도 전임 대통령님인데 그냥 접견 허락도 없이 막 만나러 가?"

"부딪쳐는 봐야지."

설아의 걱정에 일남은 애써 희망을 가지려 해보지만 저절로 힘 빠지는 실상을 두고 한숨만 쉬었다. 퇴임退任 후 절대 외부인은 물론 친지들도 절대 만나지 않는 정윤정 님이다.

"설아야, 우리 맛있는 거 먹으러 가자."

"아빠, 여기가 어디야?"

"삼강주막촌."

"그 유명한 3강이 만나는 곳에 주막촌?"

“막걸리 한잔하며 쉬어가는 곳.”

“와, 아빠하고 한잔, 신난다.”

팔에 매달려 깡충대는 설아를 데리고 목로로 가서 막걸리로 목을 축이며 영철은 설아가 요즘 막내와 즐겁게 지내고 있는 걸 기뻐했다.

“설아야.”

“응”

“껌딱지 오빠하고 지내는 거 재미없지?”

“쬐끔….”

“재미있게 안 놀아주면 영주 집으로 돌아와.”

“응.”

“영주 집으로 돌아왔을 땐 오빠가 찾아와도 모른 척하기.”

대학 강의 시간 때문에 돌아간 막내다. 아마 삼 일을 못 버티고 데리러 올 거다.

“후후후, 이대로 아빠하고 외삼촌하고 전국 여행이나 다닐까봐.”

“껌딱지 오빠 찔찔 울며 찾아다니라고?”

“헤헤헤”

“하하하”

“그런데 아빠?”

“음?”

“엄마가 많이 걱정….”

“그래, 설아가 없어서 엄청 외로워하실 거야.”

“아빠가 엄마 지켜주면 안 돼?”

“고민해볼게.”

"아이 아빠…."

"그래. 설아가 없어서 더 외로워 할 엄마를 위해 우리 많이 고민하기."

"응, 아빠 최고."

"설아도 최고, 아주 착한 우리 딸."

"헤헤헤"

"설아야, 정이는 이제 안 달래줘도 되겠지?"

"응 걱정 마 아빠. 정이 올케는 이제 대산이 오빠한테 꼭 붙잡혔어. 오늘 대산이 오빠가 구경시켜 준다고 하니까 못이기는 척 따라갔어."

"껌딱지들 때문에 정이가 충격 먹은 거야. 니들 일부러 정이 보는 데서 애정 표현하고 그랬지?"

"응, 안고 키스도 하고 만지기도 하고........."

"못된 녀석들."

"대산이 오빠하고 정이는 중딩 때도 둘이 손잡고 같이 놀러 다니고 그랬다는데."

"음, 둘은 어른들 따라 서로 왕래가 있었다고 했어. 아마 그때도 둘이 재미있게 지냈겠지."

"대산이 오빠 정이가 엄청 좋나봐. 어제 밤 늦게까지 정이하고 얘기하고 놀았어."

"정이가 노래 부르는 걸 보고 반하지 않을 머슴애가 어디 있니. 봐라, 얼마 안 가서 둘이 껌딱지 될 거다."

"헤헤헤, 작전 성공."

"무슨 작전?"

"몰라도 돼 아빠는…."

"짜식."

그때 주위를 돌아보며 어슬렁대던 일남거사가 와서 골을 부렸다.

"상주서 안동은 한 시간 거리야. 이렇게 노닥이다간 점심 전엔 못 가겠다."

"사돈이 새벽 장을 나왔나, 급하긴. 그리 급하면 싸게 가보드라고. 우린 먹던 잔도 아직 못 비웠구먼."

"이 대책 없는 사둔아, 음주운전을 할 작정이라?"

"사둔 남 걱정은…."

"설아야."

"외삼촌이 운전하셔요, 저도 석 잔 째라요."

"헐, 이런 낭패를 봤나."

"매부妹夫라고 부른다면 한 번 생각해보겠지만…."

이런 멀쩡한 사둔 친구야. 땡감 나무 밑에 누어서 홍시 떨어질 때를 바래라마. 눈도 마주쳐 보도 않고 내 색시 타령이네."

"처가 집 말뚝 보고 절하는 놈이 속이 있다냐? 처남 될 놈이 저리 멋대가리 없으니 날 샛고…. 앞으로 내게 아쉬워할 끼 많을 낀데, 그리 툴툴대다간 낭패 볼끼다."

"……?"

시치미 뚝 떼고 그러는 영철이의 그 말은 와룡면에 도착하자 금방 나타났다. 정윤정 전임 대통령을 방문하겠다는 일남은 관저官邸 대문도 들어서 보지도 못하고 좌절 댔다. 아예 접견 신청 자체를 안 받으니 대책이 없었다. 풀이 죽어 주차장으로 걸어 나오는 일남거사를 보고 영철은 혀를 끌끌 찼다.

"사랑하는 대학 후배가 갑질을 했나 보군."

"녹음된 육성으로 들려주는 접견 사양 말씀만 들었어. 나 참."

"떼를 써서라도 접견하고 가야지, 쯧쯧."

"경호원들을 괴롭히면 뭘 해, 방침인데."

"처남이 돼 준다면 이 몸이 접견할 수 있는 비결을 알려 줄 수도 있는데…."

"알려줘. 꼭 만나서 문의할 게 있어 사돈. 내 사돈이 원하는 건 앞으로 다 들어 줄 모양이니."

"처남?"

"그래 매부."

"알았어, 처남."

영철은 회심이 미소를 지었다. 이런 사단이 벌어질 줄 알고 설아를 보내지 않고 데려온 거다.

"설아야, 경호실에 가서 화상 통화 신청해. 아빠가 현정훈이라는 건 꼭 밝히고."

"대통령님이 아빠를 어떻게 아시는데?"

"나중에 알게 돼, 얼른 가 봐."

"아빠…."

설아를 들여보내고 영철은 느긋하게 정원을 돌아보며 거드름을 피웠다.

"그때 정훈이가 안동에서 일꾼살이 했다는 댁이 윤정 대통령님 댁?"

"음, 윤정 님이 여고생이었을 때야."

"아하, 이 못된 친구, 정훈이 보러 다니다 윤정 님을 만나 알게 되었다?"

"윤정 님을 만난 건 대학 다닐 때."

"그런데 설아는 왜?"

"그때 정훈이는 윤정 님의 첫사랑이었어, 지금 윤정 님이 설아 얼굴을 보면 금방 알아챌 걸. 정훈이 아이라는 걸."

"둘이서 많이 좋아했을 거야, 우리 이남이도 그때 정훈이한테 그냥 깜빡 죽어서 그 난리를 피웠잖아."

"흐흐흐, 하나는 실패한 첫사랑이고 하나는 성공한 첫사랑이야. 젊은 날에는 가슴 뛰는 사랑만 있으며 그만이지. 사랑하는 사람과 같이 일생을 보낼 수 있는 건 부처님 축복이 있어야 가능한 건가?"

"신神에 축복도 있어야지."

"정훈이를 데릴사위 삼겠다고 그 공을 들였던 윤정 님의 부모님이었어…. 정훈이 그놈이 지금 옆에 있으면 한 대 쥐어박았을 거야. 짜식은 가는 곳마다 어른들 마음을 아프게 한 거야."

"못 잊게도 하고 있지."

2

"아빠를 쏙 빼닮았구나."

"그렇다는 얘기 많이 듣고 컸어요, 대통령님."

"아빠 많이 보고 싶지?"

"네."

윤정은 설아를 데리고 응접실 소파에 나란히 앉아 얘길 하며 자꾸 아이에 머리를 쓰다듬었다. 목소리까지도 그때의 정훈이 오빠를 닮은 것 같았다. 얘기할 땐 마주 보며 눈웃음 짓는 것 까지.

"접견실에서 방문객이 기다리십니다."

"알았어요."

내실 응접실에서 설아를 만나고 있어서 내실로 접견실로 집사 선우영이 바쁘다.

"외삼촌하고 같이 왔다고?"

"네."

"외삼촌 하고 또 누가 같이 왔을 텐데?"

"아빠요."

"아빠? 새 아빠?"

"아니 예요, 그냥 제가 좋아하는 아빠요."

"혹시 털보 아저씨?"

"네, 그런데 대통령님이 그걸 어떻게 아세요?"

"설아를 나한테 데리고 와서 놀래킬 사람은 그 아저씨뿐이란다. 설아도 그 아저씨 많이 좋아하는구나?"

"네, 엄청 좋아요."

"나도 많이 좋아해."

"후훗"

"설아야, 우리 한번 안아볼까?"

"대통령님…."

윤정은 매달리는 아이를 꼬옥 안아줬다. 그 어린 날 잠시도 떨어지지 않고 따라다니며 매달려 놀던 정훈 오빠. 길가에 풀꽃들도 예쁘던 시절. 정훈 오빠와 장난치며 돌아오는 들길에서 바라보는 노을이 왜 그렇게 아름답게 느껴지는지. 그것들이 그 알 수 없이 이상하고 야릇한 사랑에 마음이 있어서 그런 줄은 그때는 미처 몰랐었다.

"설아야…."

"네…."

"내가 한참 까불던 여고생일 때 아주 장난꾸러기 머슴애가 우리 집에 일꾼 오빠가 되겠다고 왔단다. 지금 설아 너처럼 머슴애는 너무 귀여웠어. 우리는 때로 오누이처럼 때론 사귀는 애들처럼 놀고 싸우고 장난치고 했었어."

"……."

"그러던 그 일꾼 오빠가 찬서리 내리던 어느 날 밤 잠들어 있는 내 방으로 들어왔어, 나는 가슴을 두근대며 숨을 죽였지…."

"……?"

"그런데 기다리는 내 마음은 모른 척 내 손을 꼬옥 잡아주며 작별인사를 하는 거야. 잘 있어, 널 못 잊을 거야."

"대통령님…."

"설아는 눈물을 글썽이며 가만히 옛 얘기를 이어가는 대통령님에 허리를 꼭 안았다. 전학 가는 친구와 밤새 껴안고 울며 헤어짐을 슬퍼할 때의 그런 마음이었을 대통령님. 설아는 눈시울이 뜨거워져서 금방 눈물이 날 것 같아 대통령님의 어깨에 고개를 묻었다.

"나는 대문을 뛰어나가는 오빠를 붙잡지도 못 하고 마당에 엎드려

엉엉 울어대기만 했지. 깜짝 놀라 달려 나온 식구들에게 오빠 붙들어 달라고 하면서. 지금부터는 오빠 좋아하지 않을 테니까 오빠 못 가게 붙들어 달라고 애원을 했었어."

"대통령님……."

"난 지금 그 정훈 오빠가 돌아온 거 같아, 설아로 변해서…."

"……."

"설아야."

"네"

"돌아가신 설아 아빠는 좋은 사람이었다. 설아 어머니께서도 그 사람 엄청 좋아하셨을 거야, 아마 지금도 못 잊어 하실 걸."

"네, 엄마도 그리워하셔요."

"그래, 나두 아직 추억하며 산단다. 설아야 미운 아저씨들 기다리겠다. 접견실로 나가자."

"대통령님도 우리 아빠 친구라서 영철 아저씨와 친하신 거죠?"

"음, 둘은 아주 단짝이었어. 소꼽친구로 커서 그럴 거야. 나한테는 아주 좋은 오빠 하나 아주 미운 오빠 하나야."

"후후후, 나도 그래야겠네, 아주 좋은 아빠 미운 아빠."

"그래, 친아빠는 좋은 아빠니까 사랑 아빠, 아빠 친구는 그냥 아저씨니까 밉상 아빠."

"헤헤헤, 그렇게 밉지는 않은데…."

"설아가 밉상 아저씨 많이 좋아하는구나."

윤정은 아이 뺨에다 뽀뽀를 해주며 접견실로 나왔다.

설아는 어깨를 껴안는 대통령님에게 매달려도 봤다. 같이 얘기하고 있으면 장난꾸러기 엄마 친구 이모들 같았다.

“승려 선배 오랜만이야.”

“잔다르크 후배님을 뵙게 되어서 영광스럽습니다.”

“선배, 야인野人이야, 좀 다정함 안 돼?”

“우리가 평범한 동문이 아닌 게 유감有感.”

“꾸밈은 다 벗어던진 지 오래야 선배. 우리 이제 다시 옛날로 돌아가자고. 제대한 상관이야 경례는 무슨. 난 지금 선배를 만나니까 너무 반가워. 그때 선배 룸메이트와 어떻게 지내는지도…. 선배는 그때 교내에서 아주 웃긴 남자였잖아. 한편으론 여학생들한테 선망에 대상이기도 했고.”

“그 비행非行적 행동으로 나의 출가出家는 결국 좌절됐지요.”

“다행, 그 엉뚱한 여학생을 봐서는.”

악수를 한 체로 둘은 한참을 반가움에 겨워서 손을 놓지 못했다. 집사 영은 팀장님이 밖에서 안 들어오고 있다며 설아를 데리고 접견실을 나갔다.

“영, 팀장 만나서 또 반갑다고 안기고 하기 없기.”

“걱정 마 언니, 키스까진 안 할 테니까.”

집사와 설아가 나가고 둘이 되자 일남거사는 후배님에게 이것저것 궁금한 걸 물었다.

“윤정님, 영철이 친구가 무슨 팀장?”

“엉? 같이 다니면서 영철 님이 누군지도 몰라?”

“현정훈이의 고향 친구라는 건 알지요. 지금도 색소폰 불어주며 전국 투어 중인 바람둥이라는 것도.”

"경호 팀장이라는 건 모르고?"

"영철이 친구가 경호 팀원? 후배님 재임在任 시?"

"선배!"

"……?"

"선배는 지금 뭐 하는데?"

"그냥 다니며 인생사 강론 중이지요, 소일消日 삼아."

"뭐 하는 강론?"

"뭐 사람다운 삶이 어떤 건가 하는 그런 것들."

"법문으로?"

"철학이지 내 전공이 철학이었잖아."

"신앙심으로 인류를 구원한다는 뭐 그런 신神적인 논리?"

"허구 아닌 현실적 논리, 심적心的으로 자아정립 같은 거."

"선배?"

"네, 윤정님."

"심심해서 나 만나러 온 거?"

"무슨 말씀, 윤정님에게 물어보고 싶은 게 얼마나 많은데."

"뭔데?"

"대통령님의 정치 논리 중에 <과거를 팔아 현재를 얻는 건 도적질이고, 미래를 훔쳐 현재를 얻는 건 강도짓이다. 그걸 알면서 그 짓을 아무 죄책감 없이 행하는 바보들이 세상을 지배하게 될 때 우리는 비로소 종착역에서 돌아갈 세상이 없다는 걸 알게 된다.>가 있었는데 님은 허구의 종말론적 사고思考를 가졌을 리가 없는 현실주의자인데 왜 그런 수사修辭를 폈을까, 난 지금도 윤정 님의 속뜻이 궁금해."

"……."

"윤정 님은 그때 우리의 한계를 암시暗示한 것일까, 아니면 의도적 세력이 발생할 것을 예상豫想함인가 그걸 물어보고 싶어."

"선배는 같이 다니는 친구가 특정인을 경호하는지, 아이들 앞날을 경호하는지도 모르잖아. 선배는 불교의 앞날을 지킬 마음은 있는지 모르겠네."

"……?"

윤정은 서류함에서 프린트 철을 두어 개 꺼내서 내밀었다.

"난 지금 선배하고 세상 얘기 하는 거 싫거든"

"논문집 같은데… 이게 답이다?"

"선배가 궁금해하는 거 그 논문집에 다 있어. 내가 선배한테 큰 선심을 베푸는 거야. 난 지금 설아를 만나서 너무 좋아, 그 덕분인 줄 알아요, 선배."

점심을 먹고 난 윤정은 설아를 데리고 과수원 농장으로 나가고 집사 선우 영은 정원에서 영철이와 또 짓궂은 장난질에 빠졌다. 남녀의 시간은 자유스러우면 그만이다. 말장난도 손장난도 눈짓 장난도 마음대로 못하는 불행한 사람들이 태반이다. 선우 영은 영철의 어깨에 매달려 걸으며 단단한 팔뚝을 만지다 턱수염을 쓰다듬다 했다. 일남거사는 정원 소나무 그늘 아래서 윤정 님이 건네준 논문집을 펼쳤다. 오래된 서류철이다. 종이 냄새도 났다.

<상략上略>

미래未來적 국가 정책을 국민들이 따르지 않은 결과론結果論.

토끼를 키우는 토끼농장 농부는 어미가 새끼를 많이 낳으면 토끼장을 많이 짓는다. 물론 적게 낳으면 적게 지어도 된다. 다만 토끼는 자연적 번식을 하면 그 개체수가 무한無限으로 늘어나 감당을 할 수 없어 현명한 농부는 그 번식繁殖을 조절한다.

60년대 정부는 가족계획이라는 계획적 인구조절 정책을 실시했다. 경제발전과 국가 인구人口의 증가는 밀접한 상관相關을 가지기 때문이다.

인구정책은 50년 후 100년 후도 예상豫想해야 하는 필수적 정책시행이다. 농경지 부족, 주택지 부족은 물론 환경의 유지 보존保存 면으로도 절대 소홀히 하면 안 된다는 인구조절의 필수요건이기 때문이다.

여기에서 우리는 국민들이 그러한 국가 정책을 잘 따랐을 때와 등한시 했을 경우에 어떤 사태가 야기되고 어떤 결과가 발생되는지를 예상해 볼 필요가 있다.

우선 농지農地에 대한 고찰考察이다.

국토개발에는 공업용지가 농지를 잠식하게 된다. 야산이나 불모지不毛地 등 기존용지 외에 간척지를 조성하여 이용하면 되지만 한계가 있다. 원할한 공장부지, 상업용지 확보를 위해서는 농지잠식이 필연이다.

다음으로 주택지다. 공업이 발전할수록 도시화가 되는 주거 환경이다. 국토는 이미 정해진 면적이다. 택지宅地 부족은 지가地價상승을 불러온다. 그 여파는 공업발전을 저해하는 요소 중에 하나다.

적정인구 3천만 명의 한국이라고 한다. 5천만 명의 과잉인구가 되면 농지, 주택지 할 거 없이 다 부족하게 된다. 만약 50년 후인 2000년 이후에 상황狀況이 집을 지을 때 건축비보다 택지 확보 비용이 상회上廻한다면 그것은 재앙이다. 평생을 주택 한 채 장만하는 데 모든 수입을 지출하는 생활상은 참담하다고 할 수 있다. 버는 돈으로 입에 풀칠하기도 힘든 후진국적 현상과 동일한 상태가 되는 거다.

국가 위상은 선진국이나 실생활 상태는 오히려 최악의 후진국 상태로 추락할 위험성이 높다는 거다. 경제는 발전할수록 가계家計비용도 비례적으로 상승할 수밖에 없는데, 주거비용으로 인해 과도한 부채까지 짊어지는 상태의 경제생활이 된다면 그것은 장기적으로 파산상태의 가계재정이 야기될 수도 있는 위험경제다.

국가 미래는 준비고 예측이다. 경제전문가들과 국가 경영 연구인들이 수립하여 시행하는 60대 초 인구정책이 실패하느냐 성공하느냐에 따라 국가 미래는 탄탄대로를 갈 수도 있고 참담한 국민생활로 위기에 직면하는 사회 상태로 갈 수도 있다는 거다.

<중략中略>

결혼했으나 애를 안 낳으면 철인哲人?
애를 하나만 낳으면 학자學者?
둘이면 현대인?
셋은 문화인?
다섯 이상이면 야만인野蠻人?
– 인구론 중에서 주장되는 논리

부모는 아이들을 위해 아이를 낳아 키운다고 할 수는 없다.

다만 국가는 필요에 의해 아이를 원한다.

또 국가는 필요에 따라 아이들이 감당 못 하게 많아지는 걸 막으려고도 한다.

국민들이 살아가는 과정에서 아이는 태어나고 태어난 아이는 당연히 사랑스럽게 키워진다.

아이의 수數는 의도적이든 운명적이든 부모의 결정에 의依한다. 토끼를 키우는 농부가 늘어나는 새끼 토끼들을 위해 토끼장을 늘리지 않고 그냥 방치하면 무슨 일이 벌어질까?

좁은 토끼장에 새끼들은 자라며 차츰 혼란에 빠지고 무질서의 극치에 이른다. 먹이를 위한 다툼도 치열하겠지만 몸이 부딪히는 좁은 공간에서 스트레스를 받아 정상적 사육을 기대하기 어려워진다.

국가 경영은 국민이 살아가는 사회 환경을 바람직한 상태로 구축構築한다. 인구문제를 방치하는 건 무질서의 사회 환경이 야기惹起되는 걸 방임放任 하는 거다.

경제적 선진국이 되면 사람들은 아이를 키우기를 싫어해서 출산出産율이 떨어져 인구는 자연감소를 한다고 한다. 가정이라는 구속의 굴레를 벗으나 한없는 자유생활을 하는데 아이의 보육保育은 짐이 되기 때문이다.

국가는 과잉인구過剩人口와 감소減少인구 문제를 모두 중요시 하는데 그것이 당면과제 아닌 선지先知적 대응이라야 한다는 거다. 만약 먹고살기도 힘든 상태의 빈곤貧困한 사회가 원인이 되어 아이를 낳지 않는다면 문제는 미래적 정책을 국가가 세우지 않은 탓이다.

60년대의 인구조절 정책이 성공하면 2000년 이후의 국가 인구감소 문제를 해결하는 것이고, 실패하면 2000년 이후의 인구감소 문제는 물론 노령인구 부담負擔으로 정상적 국가 운영이 어렵게 된다는 거다.

자녀들이 살아갈 미래사회를 생각하고 가족계획을 실천하는 것은 자녀를 위한 것이기 전에 부모 자신들의 노후를 위한 것이라는 걸 우리는 알아야 한다.

부양扶養의 부담과 보육保育의 부담은 국민 자신들의 당면과제다. 국가가 모두 해결해 줄 거라는 기대야말로 후진국민적 발상發想이다.

<하략下略 >

63년 국가 정책 연구위원 경제학 박사 김지한

2015년 정부 정책시행 요약要約

현現 시대는 세계화 시대다.

미래 시대는 상생相生의 시대가 될 공산公算이 크다.

그래서 우리는 지난 시대의 공과功過를 거울삼아 국가의 미래정책을 수립할 필요가 있다.

과거의 국산품 애용 시대는 공업화의 발진發進 시대고 현시대는 공업화의 완성完成 시대다. 국내 기업운영은 세계기업과 협력 생산이 됨으로 품질의 우열優劣만이 애용의 척도尺度가 된다.

분명히 한다면 무제한의 제품 수출만이 정답이 아니고 수입억제가 국가경제 운영의 필수가 되지 않는다는 거다.

수평적 무역은 이익의 극대화보다 무역량의 증가만을 가능케 하고,

늘어난 무역 액수는 국가경제에 이득이 되나 기업의 시설투자가 증가됨으로 기업종사자들의 보수報酬에 큰 보탬이 안 된다는 것이다.

국민들은 근로의 대가代價로 또 생산의 이득利得으로 살아간다.

국가 재정을 위해 과세課稅되는 세금징수 증가는 국민들 가계 상태에 지대한 영향을 미친다.

노령인구를 보호하기 위한 증세增稅는 미래세대의 부담으로 전가轉嫁됨으로 지양止揚함이 마땅하다.

애연가들의 저항이 많겠지만 담뱃세 인상은 불가피하고 종교단체에 대한 과세의 현실화는 실시되어야 한다.

미래세대에게 과중過重한 부담이 되는 국채國債 발행은 더 이상 안 된다. 국가 부채負債가 늘어난 만큼 미래세대는 경제적 곤경困境에 처處할 수밖에 없다.

미래세대가 기존旣存 세대보다 더 풍요롭게 살아가도록 하기 위해서 국가 부채負債를 억제하는 게 아니다. 그들이 경제파탄으로 파멸되지 않도록 하는 하나의 방침方針에 불과한 것이다.

우리는 우리 아이들의 일자리를 위해 기업들이 원활한 생산生産활동을 할 수 있도록 규제를 할 수 있는 한 풀어줘야 한다. 지금 그에 대한 노력을 하지 않으면 미래세대의 안정된 사회생활을 우리는 기대하지 못한다.

현재現在 청년 구직인구가 백만 명이라고 하나 실질적 실업失業인구는 이백만 명이 넘는다고 할 수 있다. 향후向後 2020년 후는 더 취업이 악화될 걸 염두에 두고 경제정책을 펴나가야 한다.

지난 70년 80년대의 불완전한 인구정책 성공은 지금에 와서 그 여파가 감당이 안 되도록 사회 문제로 대두되고 있다.

현재로서는 사소하다고 보는 문제들이 미래에는 아주 큰 문제로 발전되는 경우는 경제적 문제만이 아니다. 거의 사회 전반全般이다. 경제 방면이든 국방방면이든 또는 교육 쪽이든 예측에 대한 대응 방침을 수립樹立해서 문제의 발생을 예방함은 물론 일어날 사태를 차단시켜야 한다.

60년대 농업정책이 성공적으로 이루어져 현재의 농업이 현대화된 건 획기적劃期的이다. 그때 농지정리, 수리시설, 저수시설이 완벽히 갖추어져 거의 연례적이던 가뭄, 홍수를 지금 극복하고 있는 거다.

그와 같은 예를 본받아 우리는 미래적 정책을 세워야 한다.

지금 우리가 청년 실업자 문제를 방치하고 과중過重한 국가 부채와 기업규제 해소 등을 소홀히 하면 미래세대는 파멸의 길로 들어서는 사태에 직면할 수도 있다. 그것을 예방하고 해결하는 건 현 정부의 책무責務다.

<하략下略>

— 2015년 정부시책 중에서

3

농산물 경매장에서 특 사과 1상자 값은 하품 사과 10상자 값을 상회한다. 설아는 대통령님을 따라 과수원에 가서 적과摘果된 사과나무 상태를 꼼꼼히 챙겨봤다.

"설아야, 어떠니?"

"나무에 영양 상태는 좋은데 결수結數가 좀 많은 편이예요."

"아주 잘 아는구나. 상품上品보다 중품中品이 많으면 사과 농사는 흉작인데."

"상태를 봐가며 재再적과 하면 되요."

"설아 말하는 게 씩씩하네. 하면 되고 안 하면 안 되니 하는 게 정답?"

"게으른 사람은 사과 농사와 방앗간을 하면 망한다고 했어요."

"알고 있습니다. 꼬마 농부님. 내가 좀 게으르다는 걸요."

"헤헤헤."

"하하하."

설아는 과수원을 나와 들길을 산책하며 대통령님에게 잡힌 손을 앞뒤로 흔들기도 하고 깡충거리기도 했다. 집에서 이모들한테 까불대듯 콧노래도 흥얼댔다.

"설아야…."

"네…."

"영철 아저씨를 아빠 한다고 했지?"

"네."

"그럼, 난 설아 이모 할까?"

"좋아요."

"이쁜 우리 딸."

"헤헤, 이모…."

"아유! 예뻐라."

"대통령님 이모…."

"우리 거리감 없기 하자."

"네, 그럼 사랑해요 이모.

"나도 우리 설아 사랑해요."

"헤헤헤."

"후후후."

매달리는 설아의 뺨에다 볼을 비비며 윤정은 그 옛날을 떠올려 봤다. 까불대던 여고시절. 정훈 오빠가 있어 너무 좋았었다. 학교에서 공부하면서도 친구들과 빵집에 들어가 재잘대면서도 집에서 일하고 있을 정훈 오빠를 생각했다. 전처럼 친구들과 시내를 돌아치며 놀곤 하던 하굣길에서 혼자 핑계 대고 빠져나와 집에 오면 정훈 오빠는 남에 속도 모르고 왜 친구들하고 안 놀고 일찍 오냐고 그러곤 했다. 논에서 일하는 오빠가 늦게 돌아오기라도 할지라면 들길로 쪼르르 마중을 나가기도 하고, 메뚜기 잡는다며 정훈 오빠 일하는 데로 가서 괜히 얼쩡대기도 했다.

"아이, 이모 숨 막혀."

꼭 안겨있던 설아가 비명을 지른다. 윤정은 안고 있던 설아를 풀어줬다가 다시 한 번 더 꼭 껴안아 줬다. 앙증맞은 머리꼬리만 아니면 거의 정훈 오빠다.

"설아 짝꿍 오빠한테 얼른 돌아가고 싶지?"

"흐흐, 미운 아빠가 오빠 몸 달게 좀 떨어져 있으래요."

"밉상 아빠 참 못됐다. 둘이 하루 종일 붙어있어도 아쉬울 얄미운 연인들을 떼어 놀 생각이나 하고."

"흐흐흐…."

"이모도 그랬어, 설아 사랑 아빠는 그때 엄청 멋있었어, 하모니카도 잘 불고 그림도 아주 잘 그렸어, 나한테 재미있는 얘기도 잘 해주고 내가 심심하다고 보채면 귀신 얘기, 도깨비 얘기도 해주곤 했었어."

"엄마도 그랬어요. 엄마는 중학교 다닐 땐 아빠가 너무 좋아서 쫓아다니다 숙제를 못 해 벌을 선 게 한두 번이 아니라고 했어요, 엄마는 아빠가 그렇게 귀여웠대요."

"음, 그랬어, 지금 설아 같이 엄청 귀엽고…. 예뻤어, 미치도록."

"후후후, 아주 똑같아 이모하고 엄마가, 사랑 아빠를 얘기할 땐."

"여자에게 있어 어린 날에 철없는 사랑은 혼자만 간직하는 아주 달콤한 추억이고 잊지 못하는 느낌이야, 그것이 혼자만의 짝사랑이든 같이하는 첫사랑이든…."

"대통령님의 첫사랑 엄청 궁금해요, 첫 키스 할 때 느낌이 어땠을까…?"

"키스는 못 했어, 바보같이 좋아 하기만 하고…."

"에이, 진짜 바보사랑이네."

"응 이모의 첫사랑은 완전 풋내기 사랑, 그래도 가슴이 두근대고 정신을 못 차리던 순간들도 있었어…."

윤정은 정훈 오빠와 처음 만났을 때 경운기 사고 친 거, 그림 그리러 다니는 오빠를 따라다녔던 거, 같이 냇가에서 고기 잡다 물에 빠졌던 거 하며 그때 재미있었던 날들을 설아에게 얘기 해 줬다.

"한번은 학교에서 돌아왔는데 마침 무더운 장마철이라 소나기가 쏟아질 것 같아 들에 나간 오빠 비 맞을까 걱정이 되어서 우산을 가지고 논으로 달려 나갔는데…."

"……?"

"사방이 캄캄해지더니 비가 억수같이 쏟아지는 거야, 논에 물꼬를 보고 있던 오빠는 비 맞을라고 왜 나왔냐고 하며 얼른 집으로 가자고 해서 개울둑으로 나왔는데…. 천둥번개가 치며 비바람이 몰아쳐서 발걸음도 안 떨어지고 우산은 뒤집어지고 우리는 완전 생쥐 꼴이 되었어. 난 교복도 갈아입지 못하고 우산만 챙겨 들고 들로 달려 나와서 얇은 상의가 다 젖어 아주 우스운 꼴이 된 거야,

"……."

"그때 꽝 하는 소리와 함께 개울둑 미루나무에 벼락을 쳤는지 눈앞이 번쩍하고… 난 무서워 들고 있든 우산을 던져버리고 오빠 가슴을 파고들며 달달 떨었어. 오빠는 저고리를 벗어 나를 감싸 안고 집으로 돌아왔지. 그날 밤 나는 밤을 꼬박 새웠어. 오빠에게 안겼던 그 감미로운 느낌은 나를 이상하게도 행복감에 빠지게 한거야. 그 후로 나는 오빠 생각에 폭 빠져 지냈지. 꿈같은 어린 날들이 되었고."

"이모……."

"아이고 사랑스러워라 우리 설아. 이렇게 설아를 만나서 이모는 너무 행복하네."

윤정은 다시 한번 아이를 꼭 안아주며 싸한 가슴을 달랬다. 아주 먼

옛날에 그렇게도 행복했던 그 순간들, 외로움을 느낀 땐 가슴 싸하게 그리워지는 그 어린 날들은 아무리 시간이 지나도 영원히 잊혀지지 않을 것 같았다. 사랑이란 마음에 사랑만 있는 줄 알았던 그 철없던 시절. 몸으로 느끼는 사랑도 있다는 걸 알게 해줬던 그날에 일들은 후에 더 많은 사랑에 아픔도 느끼게 했다. 그때 정훈 오빠 품에 안겼던 느낌은 지금도 잊혀지지 않는 기억으로 남아 마음을 아프게 하고 있다. 언제까지라도 그의 따뜻한 품에 안겨있고 싶었는데. 그 알 수 없는 감미로움에 젖어 그대로 오래오래 있고 싶었는데 그는 떠나고 지금은 가슴 저미는 그리움만 남아 있다.

"우리 딸, 이모 만나러 가끔 와주기?"

"자주 오겠습니다. 사과 수학할 때, 모내기 때, 벼 베기 할 때, 후훗."

"안 그래도 예쁜데, 설아 때문에 정말 이모 좋아죽겠네."

"나 보고 싶으면 언제라도 전화하세요, 사랑하는 이모."

"이모 엄마 만나러 영주 갈 생각."

"엄마 엄청 좋아하실 거예요."

"우리 설아 때문에 나도 이제 다시 그냥 한 사람으로 살 생각이 생겼단다."

"사랑해요, 이모."

"우리 행복하게 살자."

4

은퇴한 정윤정 대통령의 관저는 관저라기보다 살던 집을 부분 보수해서 사용하는 전형적 농가 주택이다. 검소한 생활이 몸에 밴 평소 생활습관은 재임在任 시에도 마찬가지였고 은퇴 후도 그대로였다. 생활비는 과수원 농장의 수익으로 쓰고 연금은 전액 지역 교육 장학금으로 귀중되고 있다고 했다. 그 많은 부모님의 농토는 대부분 농업계통 쪽 사업체로 기부되어 자녀들에게는 중농中農 정도의 땅만 남겨줬다고 한다. 그것들은 자녀들의 뜻이 아닌 윤정 님 부모님들의 뜻이었다고 했다. 안동 와룡면의 대농이셨든 윤정 님 부친 정선달 님은 평범한 농부지만 대학까지 나온 학사농부였다고 했다.

– 배고파서 못 살겠다 죽기 전에 갈아보자.

당시 자유당 말년은 부정부패 부정선거로 4·19를 촉발했고 그 여파는 5·16으로 이어졌는데 그때 대학생이었든 윤정 님의 부친은 사회로 진출하자는 친구들의 권유를 뿌리치고 고향으로 돌아와 농사꾼이 되었다고 했다. 공출供出과 수득세收得稅가 있어 농민들이 힘들었던 해방 전후. 누구나 기피하던 농촌이었다. 나중에 안동지역 선진先進 농민이 되어 많은 역할을 했다는 걸 은근히 자랑스러워하던 후배 윤정이었다는 걸 일남은 지금도 기억하고 있다. 쬐꼬만 후배가 선배들 앞에서 당당하게 자기 생각을 주창主唱할 때는 좀 당돌한 애라고만 봤었는데 같이 토론을 하다 보면 의외로 생소한 미래관적 전문지식까지 알고 있어 놀라곤 했었다. 그것들이 모두 부친의 그 선진적 생각들을 이어받았다는 걸 오늘에 와서 알 수 있었다. 일남은 집사 선우 영이 귀찮도록 윤정 님에 관해서 묻고 또 물었다.

"일남 선배님, 더 이상에 정보는 언니 결제가 있어야 가능해요."

"영 님, 제가 후배 사랑이 좀 많아서니 사정 좀…."

"후배 가정사 염탐하려고 지금 남 사랑놀이 훼방 놓는 건 죄악인 거 아시죠?"

"둘이 다정히 노는 걸 방해한 건 미안해요, 그런데 영철이 저 친구하고 사랑놀이 하는 거요? 아서요 아서. 저 친구 천하에 못된 바람둥입니다. 영 님의 그 고운 마음 다칠 수 있어요."

"여인은 바람둥이를 좋아하기도 하거든요."

일남은 정원 뜰 한쪽에서 경호원들과 호신술을 시범 보이며 히득거리고 있는 영철을 못된 바람둥이로 자꾸 몰아세웠다.

"사실, 문제는 바람둥이라는 것보다 빈털털이에다 무책임한 거지요. 아무나 사귀다 그냥 버리고 나 몰라라 해요. 그리곤 미안한 걸 몰라요."

"여인이 젤 좋아하는 점이지요. 새 신발은 가슴을 두근대게 해요, 이미 신던 신발요? 갈구쳐요."

"헐, 이 어찌 말세末世 현상이 아니란 말인가, 쯧쯧…."

"일남 선배님은 아직 탈 가정시대도 모르세요?"

"에끼! 그러다 탈 인간으로 가리니…."

"영철 님이 좋은 게 뭔지 아세요? 탈 가정에다 탈 인간요. 무한 자유인이요."

"차라리 무국가관 무종교 무가치관의 잡초 인생이라고 하시지."

"스님이 절을 지키지 중생衆生을 지키나요? 콩팥 싹들은 스스로 뙤기 밭도 못 지키지만 잡초는 가만둬도 산천을 지켜요, 영철 친구가 왜 잡초인생을 사는지도 모르시면서 일남 선배님은 친구했나요? 무각無覺 스님?"

"헐…. 이런 망신이."

"부모의 가슴은 후비고 파도 되지만 아이 마음은 간질러도 안 돼요. 설법說法은 스님마음대로이지만 민심民心은 대나무순이라 스치는 바람에도 동요動搖해요, 영철 님 머리가 깡통이라 수십 년을 길거리 헤매며 여직 민심 읽어도 알 수 없는 가래(산호도) 속이래요, 영철 친구가 그동안 알아본 세상 민심을 어디에다 줬는지는 일남 친구님이 몰라도 되지만 같이 다니면서 죽은 맞춰야지요, 여인에 속은 수박 속이라고도 해요. 수박 속을 알고 싶으면 수박을 깨봐야 알 수 있고, 여인에 마음을 알려면 그 여인에 저고리 고름을 풀러봐야 알 수 있다고 그랬어요, 아무것도 안 해보고 물간 수박, 선 수박 하고 요녀妖女 숙녀淑女 하며 떠드는 건 그냥 개떡이지요, 일남 선배님."

"헐…? 영철 친구가 현대판 암행 수렴?"

"수렴인지 수집인지 모르지만 영철 친구는 지금 지구地球가 앞으로 오천 년을 가는지 인간세상이 오천 년을 가는지 그걸 알아본대요."

"헐, 그런 망상妄想을?"

"몽상夢想요."

"허허, 산은 산이고 물은 물이거늘…."

"허허실실요, 알면서 모르겠고 모르면서도 뻔한 거 아녜요. 분명한 건 요즘 세상이 엉망진창이라고 하는 사람들이 모두 남 탓인지 내 탓인지 모른다는 거지요. 일남 선배님은 혹 아시는지? 아신다면 얼른 답을 줘서 영철 친구를 몽상에서 좀 해방시켜 저에게 보내주세요, 맘껏 갖고 놀게."

"쯧쯧…"

"놀기 좋은 친구, 놀아주지 않아 미워죽겠어요, 만년萬年도 아까운 사바세상, 영철 저 친구는 그 사바세상 그 시간들이 아까운 줄을 몰라요."

"영 님은 기록관이었으면서 관념은 인간적입니다."

"기록관 사명에는 사실史實에 목숨을 걸지만 직책을 떠나면 외로운 여인에 불과했어요."

"기록관은 숨 쉬는 기계라는데 정심情心이 다 있었네요."

"그 직책을 벗어난 지금은 천국天國이죠."

"전에 없었던 사법부 파견 기록관 덕에 윤정 님이 낭패한 상황을 모면할 수 있었다는데 윤정 님에 선견지명 아주 탁월했어요."

"책사策士 덕이죠."

"누군가 문왕에 태공이였네, 방책方策이 묘책妙策이였어."

"저 영철 친구 덕이죠."

"헐? 영철친구가 경호원에다 책사까지?"

"어린 날에 오빠 하나는 윤정 님의 첫사랑, 또 하나는 사부師父, 영철 님의 그 <오천 년 모임>이란 단체를 다 알기는 어려워요."

"오천 년 모임이요…?"

"참내, 모르면 모르는 대로 그냥 가세요, 무각無覺 스님, 누가 선사禪師고 누가 선사先士인지 모르겠네."

집사 선우 영은 더 이상 언급을 피했다. 일남은 다시금 영철 친구가 그냥 소일消日 하며 살고 있는 게 아닌 걸 알았다. 같이 길거리 공연하며 재담을 늘어놓는데 듣는 이가 고개를 끄덕이는 걸 볼 때가 자주 있었다.

"어릴 때 학교 다녀오다 비가 오면 그대로 비를 쫄딱 맞으며 진창길을 걸어 집으로 옵니다. 바지는 흙투성이에 고무신은 진흙 범벅이 됩니다. 개구쟁이들은 처음엔 바지 젖을까 조심하다 나중엔 이왕 버린 바지 장난치다 아예 흙투성이가 되지요. 그래놓곤 서로 니가 더 많이 버렸느니 내가 덜 젖었느니 손가락질 하며 깔깔댑니다. 그럴 때 빨랫줄에 제비 새끼들이 보고 짹짹댑니다. 뭐라고요?"

"등신들! 똑같은 것들이!

장단을 맞추는 청중들. 영철은 익살스럽게 구경꾼들과 한바탕 같이 웃고 다시 신나게 연주를 한다.

비상식의 정의가 판치는 세상. 우스개로 일침을 가하기도 하고 해학諧謔적 풍자도 하지만 그 속은 직설적으로 비판하고 싶은 걸 참고 있는 거다. 누구나 하고 싶은 말을 다 하고 살 수는 없다. 내 편에 모든 허물은 무조건 덮고 상대편에 잘못은 아무리 조그만 것도 다 들춰낸다. 이조 오백 년의 당쟁黨爭을 보는 것 같은 지금의 사회 상태다. 국민을 위해서 내세우는 어떤 정책이 옳은 것이냐 틀린 것이냐 하는 것이라면 국민들이 즐거워할 일이나 그 다툼이 국민과는 아무상관 없는 그냥 웃기는 신변잡기身邊雜記 아니면 엉뚱한 친일이니 친북 같은 것이다. 그냥 늘 허허거리고 다니는 영철 친구의 속이 더 궁금해졌다.

"일남 선배! 아직 안 돌아가고 뭐 하는데?"

설아와 농장에서 돌아온 윤정 님의 표정이 한결 밝다. 그들은 그렇게 넓지 않은 정원에 모여앉아 만남을 즐거워했다.

"외삼촌하고 미운 아빠 먼저 돌아가세요, 설아는 이모님 댁에서 오늘 밤 자고 돌아갈 생각입니다."

"설아야, 껌딱지 오빠한테 데리러 오라고 전화했는데?"

"안 갈 건데요."

"난리 났네, 난리 났어, 우리 막내 설아 안 돌아가면 보고 싶어 울고불고 할 긴데."

"후후후."

"하하하."

영철은 저녁 식사 후엔 마을회관에서 공연을 하기로 하고 영 집사에게 준비를 부탁했다. 영철은 윤정 님이 설아를 더 데리고 놀 수 있도록 막내에게 데리러 오지 말라고 연락을 했다. 그런데 한편으로 상주에서 놀고 있는 정이가 많이 궁금했다.

"설아야, 정이한테 연락 좀 해봐라, 이 녀석들 강변에서 자전거 타고 놀다 물엔 안 빠졌는지 모르겠다."

"미운 아빠, 왠 걱정?"

"응 내가 그 대산이 놈한테 연애학을 좀 전수했거든."

"어떻게요?"

"응, 뭐 귀 잡고 눈싸움하기, 그러다 분위기 잡히면 안고 입 맞추기 뭐 그런 거."

"미운 아빠 어릴 때 하던 나쁜 짓?"

"음, 그런데 설아야? 너 왜 아빠보고 자꾸 미운 아빠라 하냐?"

"응, 이모님이 가르쳐 주셨어, 돌아가신 아빠는 사랑 아빠, 지금 내가 좋아하는 아빠는 미운 아빠."

"그래… 그럼 이건 어떠니? 설아를 낳아주신 영주에 엄마는 사랑 엄마, 설아가 좋아 죽는 안동에 이모는 미운 엄마?"

"헤헤헤."

"꼭 복수를 하지, 영철 님은."

"우리 설아는 좋겠다. 미운 엄마가 생겨서."

"아빠 나 여기 자주 와서 이모님 농사일 도와드릴거야."

"이왕이면 껌딱지까지 데리고 와서 하렴."

"안 그래도 그럴 생각요."

"미운 엄마가 많이 좋아하겠다."

"미운 아빠…. 아빠…. 사랑해."

5

낙동강 상류 안동댐, 임하댐에서 흘러내리는 강물은 상주보, 낙단보를 거치며 수량이 더 풍부해진다. 각 보에서는 풍부한 강물을 퍼 올려 농업용수를 공급하는 펌프장들이 이곳저곳에 설치되어 있다. 대산이는 정이를 데리고 강변 산책길을 천천히 자전거를 타고 가며 설명을 했다.

"여기 강변들이 우리 강변농산 농지가 있는 곳이야."

"이렇게 넓은 들은 처음 봐."

"응, 우리나라는 쌀 생산이 강변 유역에서 많이 생산돼, 대표적으로 만경강과 금강하구의 호남평야지, 낙동강 하구의 김해평야에서도 많은 쌀이 생산돼, 정이가 보고 있는 여기 들녘은 그냥 조그만 분지盆地."

"우리가 사는 대관령 농지는 좁은 골짜기 땅이야, 우리 동네 감자밭 배추밭 다 합쳐도 이곳 강변 한 귀퉁이도 안 될 거야."

"그런데 수입은 그렇지 않아, 쌀농사는 일종에 기간산업이야. 여기 저만큼의 몇만 평 논농사 수입이 혼자서도 관리하는 몇백 평의 소 축사 수입보다 적어, 경제적으론 여기 논농사가 별로야. 그래도 우리 아버지는 논농사를 포기 못 한데, 어떨 땐 과수원에서 얻은 수익금을 손해 본 논농사에다 충당하셔."

"우리 아버지나 똑 같으시네, 전원주택지로 만들면 몇 배의 수입을 얻는데도 배추농사 감자농사를 포기 못하셔."

"난 요즘 아버지하고 전쟁 중이야. 아버지 후계자가 될 건가 아니면 다른 애들처럼 시내에서 전문 사업체를 운영하며 살 건가."

"커피숍이나 편의점 같은 거?"

"응"

"대산이 넌 꿈이 그거야?"

"꿈이라기보다 엄마한테 식충食蟲이라는 소리 듣기 싫어서."

"내 여자 친구 애들이 젤 좋아하는 게 너처럼 그런 사업 하는 남자애들이야. 너 그런 사업체 꾸미면 여자 친구들 엄청 좋아할 거야."

"정이 넌 별로니?"

"그걸 왜 물어?"

"그냥…."

"난 아버지 따라 농사일하면서 농사일에 고달픈 사람들 음악공연으로 즐겁게 해 주는 거, 꿈이라면 영철 아저씨 같은 멋있는 연주자가 되는 거야."

"정이 너 진짜 노래 잘하더라."

"악기 연주가 아직 서툴러서 맹연습 중."

"부럽다. 난 아직 헤매고 있는데."

"아냐, 대산이 넌 뭐라도 시작만 하면 다 잘할 거야, 그때보단 많이 멋있어졌어."

"우리 중학생 때?

"그래, 홍길동이도 임꺽정도 다 역사歷史라고 알고 있던 바보였는데, 지금은 주곡主穀 생산에 중요성 같은 것도 아네."

"어? 정이 니가 그런 걸 어떻게 아는데?"

"바보야, 우리 막내 삼촌이 농대 교수야, 절대 식량食量 상대 식량 정도는 알아."

"삼촌이라면 설아 남자친구?"

"응, 둘이 식만 안 올렸지, 깜빡 죽는 껌딱지들."

"와 부럽다."

"너도 빨리 그런 짝꿍 하나 만들어 바보야."

"내가 농사꾼 된다고 하면 다 도망가."

"고민되겠다 너. 인생에 가치를 쫓으니 연인이 울고 연인을 위해 살자 하니 아버지가 가엾네."

"잘못했다간 난 아버지에게 절연絕緣 당할 거야. 아버지는 그동안 농산회사에서 받아서 모은 연봉 10억을 다 줄 테니 나가서 마음대로 하고 살래, 대신 집으로 돌아올 생각은 꿈도 꾸지 말고."

"사업 실패해서 거지 되면 우리 집으로 와, 우리 아빠한테 부탁해서 배추밭 일꾼으로 써달라고 할게, 후후후."

"아예 지금부터 너네 집으로 일꾼 살러 가면 안 될까?"

"왜?"

"널 꼬셔볼까 해서."

"까불래!"

"대신 아저씨 대역 내가 다 해 줄게."

"뭐?"

"미안, 오늘 따라…. 니가…. 너무 예뻐 보여서."

"너 죽을래."

장난치다 냅다 달아나 버리는 대산. 정이는 그러는 대산이를 뒤쫓으며 괜히 숨을 헐떡댔다. 죽을 때까지 연인하겠다는 정이에게 영철 아저씨는 한결같이 고개를 흔들었다. 자기에게는 영원히 보금자리 같은 게 없을 거라고 했다.

"인마, 맨 날 업어주고 싶은 아가야 넌…. 무슨 연인戀人?"

"사랑해 아저씨."

"첫사랑은 죽을 때까지 혼자 간직하는 아름다운 추억이니라. 아가야."

"싫어!"

"대신 아저씨가 정이한테 멋있는 놈 하나 선물할게."

"싫단 말이야, 다 싫어!"

"알았어, 정이가 정 그러면…."

"응…?"

"앞으로 오십 년만 더 기다려."

"또 장난."

"그땐 죽어도 내 사랑 정이."

"약속…."

"우리 귀여운 아가 사랑해…."

손가락 걸며 꼬옥 안아주는 연인. 아저씨는 뭐가 그렇게 할 일이 많은지 같이 커피 한 잔 할 시간도, 노을 지는 해변 길을 걷는 달콤한 시간도 하나 없단다. 이번에도 상주까지 잔뜩 기대를 하고 달려왔지만 아저씨는 설아만 데리고 가 버렸다. 정이는 대산이를 따라 강변길을 달리며 알 수 없이 쿵쿵대는 가슴을 어쩌지 못했다. 대산이의 늠름한 모습이 자꾸 가슴을 두근거리게 하고 있다.

"정이야, 우리 구미보까지 달려보자."

"좋아!"

잘 정돈되어 있는 강변 자전거 길. 시원한 바람도 시원하게 뻗어있는 둑길도 자전거 타기에는 마냥 좋은 길이다. 지난해에 대산이는 영철 아저씨와 이 길을 신나게 달려 구미 박정희 생가를 찾았었다.

"와! 아저씨 완전 사이클 선수다."

"짜식! 젊은 놈이 그렇게 빌빌대서 어디 쓰겠니?"

"좀 쉬었다 가요 아저씨."

"그래, 체력은 지구력이 중요해. 어떤 일을 하든 끈기 있게 밀고 나가려면 우선 체력, 다음이 정신력이야."

"아저씨는 체육관 사범이었다면서요?"

"음, 청춘 때."

강둑에 앉아서 가쁜 숨을 몰아쉬며 대산이는 아저씨의 팔뚝을 만져 보았다. 그냥 딱딱한 나무토막 같았다.

"대산이는 좋은 아버지를 둬서 신나겠다."

"왜요?"

"돈 벌러 애쓰지 않아도 되니까. 아버지하고 아저씨는 너만 할 때 서울로 돈 벌러 가서 엄청 고생했단다."

"엄마한테 많이 들었어요."

"그때는 농촌이 가난했었어, 보리개떡도 맘대로 못 먹고 살았다."

"보리개떡요?"

"음, 요즘은 돼지도 잘 안 먹는 음식이지만…. 우리 그 보리개떡 한번 먹으러 가볼까?"

"네, 맛있겠다."

"그래 맛이 기가 막히지."

"또 달려요 아저씨."

이번에는 대산이가 먼저 앞서서 강변길을 내달렸다. 그렇게 한참을 달려 구미시 상모동에 박정희 생가로 갔다.

대한민국 건국 후 제3대 대통령인 박정희.

그는 일제 강점기 시대 대구 사범학교를 나와 문경 보통학교에 초임 발령되어 교편생활을 했다. 그 짧은 보통학교 재임 시 일반에게는 잘 알려지지 않은 일들이 있었다고 했다.

“그분이 교편을 접고 만주로 가서 일본 군관학교를 들어간 건 어떤 생각이 있어서가 아니었어. 달아난 거지.”

대산이 할아버지는 그 당시 문경에 살았던 친지들에서 선생 박정희에 대해 들었다는 걸 영철에게 얘길 해 주시기도 했다.

“문경에서 논농사를 많이 지으며 물방앗간을 가지고 있던 그 친척은 선생 하숙집에 쌀을 대주고 있었는데 선생은 친척이 지게에서 내려놓는 쌀가마를 열어보며,

– 그 쌀 참 좋다. 윤이 나네, 윤이 나.

그러곤 했대. 그러고 지나던 어느 날 아침 사건이 터졌다고 했어. 사건의 처음 발단은 아주 대수롭지 않은 일본 선생과 조선인 선생의 말다툼이었는데 나중엔 교무실에서 교장선생까지 끼어드는 큰 사건으로 번졌다고 해,

– 조센징! 빠가야로!

사건이 있던 그날도 학교 운동장을 넓히는 주민들의 부역負役이 있었는데 현장을 관리하던 일본인 선생이 아버지벌이나 되는 학부형들에게 연신 욕을 퍼붓고 있었다고 해. 그것을 본 박정희 선생이,

– 어른들이 고생하시는데 그렇게 욕을 하면 어떡해?

하고 만류하다 말다툼이 일어난 건데 문제는 그 일로 교장실로 불려간 박정희 선생을 일본인 교장선생이 훈계하며 뺨을 때리고 또,

– 조센징 빠가야로.

하며 욕설을 하자 분개한 선생이 그만 참지 못하고 교장선생을 마루바닥에다 냅다 패대기를 치고 튀어 나갔다고 했어. 그 문제로 주제소로 붙들려 갈 처지의 선생이 도피처로 생각한 게 만주였고 만주 땅에

있던 지인의 권유로 군관이 된 거라고 해.

– 내 일생一生 조국祖國과 민족民族을 위爲하여 –

박정희 전 대통령의 모토다. 영철은 대산이를 통일벼를 한 아름 안고 함박웃음을 짓고 있는 대통령의 사진 앞으로 데리고 갔다.

“대산아, 너 이 벼 품종이 뭔지 아니?”

“통일벼요.”

“그래, 아는구나, 국민들의 배고픔을 해결한 벼 종자야. 우리에게 있어 쌀은 지금도 국가적으로 소중한 존재야, 부족하게 되면 국가적 타격이 돼.”

“앞으론 육류가 우리에 식생활을 담당할 거라고 해요, 그렇게 되면 쌀은 보조식량요.”

“돈가스만 먹고 산다면 한 끼 밥 한술이면 되지.”

“빵 한 조각의 아침에다 냉면 한 그릇이나 자장면 점심요.”

“그러다 밀가루만 먹고 살겠다.”

“네, 우린 아예 하루 종일 밥을 안 먹기도 해요.”

“우리나라 돈 많이 벌어야겠다. 옥수수 밀 수입해다 소 키우고 돼지 키워 잡아먹으려면?”

“우리 아버지도 이제 미래를 대비해서 논농사를 접고 축산업으로 가야 되는데….”

“왜? 고집불통이시다?”

“네.”

“포기 못 하는 이유를 물어봤니?”

"농사꾼 집 쌀 뒤주에 쌀 떨어졌는데 쌀자루 둘러메고 시장으로 간다고 쌀이 있겠니? 바다 건너 썩어나는 쌀 믿고 내 논 못자리부터 걷어치워 이놈아! 하시는 걸요."

"허허, 아직도 아 옛날이여지, 아버지는."

"미래는 불확실이지만 보이는 걸요, 국자와 주걱 시대는 가고 포커와 접시 시대가 바로 눈앞인 걸요."

"대산이는 나중에 송아지나 돼지 새끼를 끌어안고 활짝 웃겠다."

6

"와! 다 왔다. 구미보야."

"우리 완주 한거야?"

"응, 힘들었지?"

대산이는 강둑에다 자전거를 받쳐놓고 정이를 데리고 댐 위에 길을 걸었다.

"아! 좋다. 이 푸른 강물, 시원한 바람."

정이는 두 팔을 높이 쳐들고 만세를 불렀다. 푸른 강물은 파란 하늘 아래 반짝이며 흐르고 멀리까지 펼쳐져 있는 들판은 아늑한 보금자리로 정겹다. 살고 있는 대관령 땅에는 볼 수 없는 강물이고 들녁이다. 정이는 나지막하게 노래를 불렀다.

지금도 생각하고 있네요.

당신과 즐거웠던 그날들.

시간이 지나고 지나도 내 마음은.

변할 줄 몰라.

당신은 내 마음속 연인.

마음속에만 간직할.

영원한 연인. 영원한 연인.

난간에 기대어 먼 하늘을 바라보며 생각에 잠기는 정이를 바라보며 대산이는 자꾸 기가 죽었다. 정이에 노래하는 모습에 반한 문화마을 농산직원 이모들은 정이 같이 예쁜 애 못 꼬실라면 아예 혼자 살라고 한다. 영철 아저씨는 내세울 거 하나 없는 놈이라면 자신감이나 가져야지, 옆에 데려다 줬으면 알아서 꼭 끌어안고 나주지 말아라, 하며 코치도 하신다.

"인마! 여자는 남자에 허세에도 넘어오는 법이야, 잘난 척이라도 해봐, 못이기는 체 넘어오는 게 여인에 마음이야 알아."

정이가 다시 두 팔을 쳐들고 세상이라도 안아보려는가 허공으로 팔을 휘저었다.

"… 한번 깨져보기라도 해야지…."

대산이는 슬그머니 그러고 있는 정이를 뒤에서 가만히 끌어안았다. 따귀 한 대 맞을 작정하고 그대로 꼭 보듬어 안은 채로 가만히 있어 봤다.

"……?"

그대로 아무렇지도 않다는 듯 멀리 산맥 위로 펼쳐진 솜구름 떠 있는 지평선을 바라보며 가만히 생각에 잠겨있는 정이. 정이에 부드러운 머릿결 내음이 향기롭다. 한참 만에 정이가 몸을 움찔거렸다.

"야… 간지러워…."

"나…정이 좋아하고 싶다."

"왜…?"

"좋아서…."

"까불다 죽는다."

"정이 너 왜 이렇게 예뻐졌니?"

"나 지금 많이 참고 있다. 그만 놔라."

"싫은 데…."

대산이는 더 꼭 껴안고 발갛게 물든 정이의 뺨에다 얼굴을 대봤다. 여자 친구들과 짓궂은 장난도 많이 쳤었지만 정이와의 지금 같은 느낌은 없었다. 정이는 다른 애들이 가지고 있지 않은 마음이 느껴졌다. 실수로 가슴을 터치해도 화를 내지 않고 웃어넘길 것 같았다. 일상생활에서 항상 상대를 배려하는 부모님들. 그런 부모님들은 어떤 문제에서도 언성을 높이지 않으신다.

"그렇게 과음 하지 말라고 했는데 또…."

아버지가 친구들과 진탕 술을 마시고 밤늦게 들어와서 술주정을 해도 옆에 앉아 웃으며 다 받아주시는 어머니다. 그리곤 잠이 드는 걸 보고 일어나 거실로 피해 나와 주무시곤 한다. 대산이는 그러시는 어머니를 봉건시대 여인상이라고 놀리기도 하고 이해 못 할 구시대 관념이라며 고쳐야 한다고 어머니를 안쓰러워하기도 했다.

"까불래?"

"어?"

"그러다 죽는다."

어느 사이 정이에 볼록한 가슴 위에다 손을 얹고 있는 자신을 깨닫고 황급히 포옹을 풀고 뒤로 물러났다. 순간 획 돌아선 정이가 자신에 양쪽 귀를 꽉 움켜쥐자 대산이는 눈을 감아버렸다. 말똥한 정이에 놀란 것 같은 두 눈.

"……?"

정이는 뺨을 내밀고 입을 앙 다문 대산이 얼굴을 잠시 바라보다 가만히 입맞춤을 했다. 대산이는 볼따구니에 날라들 충격 대신 입술에 부드러운 게 느껴지자 그대로 얼어버렸다.

"나쁜 놈, 벌이야."

"정이야…."

대산이는 정신 줄 다 팽개치고 그대로 정이를 끌어안았다. 그리곤 숨 막히는 것도 아랑곳하지 않고 길고 긴 키스를 퍼부었다. 안겨서 바둥거리던 정이가 가만 할 때야 대산이는 제정신을 차렸다.

"숨 막히잖아, 그렇게 꼭 안으면…."

"미치겠네…. 나 이제 어떡하니, 니가 좋아 죽겠어."

"너 좀 멋있어졌다. 그때 중학생 땐 빌빌대더니…. 나한테 말도 잘 못 걸었으면서…."

"나 이제 너 없으면 안 돼, 니가 있어야 돼, 니가 없으면 아무것도 못 할 것 같아."

대산이는 정이에 자그만한 어깨를 감싸 안고 둑길로 나오며 연신 좋아한다고 그랬다. 세상을 다 얻은 것 같이 좋아하는 대산이를 보며 정이는 대관령 집에 삼촌을 생각했다. 설아가 온 후로 막내 삼촌은 거의 날마다 입이 귀에 걸렸다. 틈만 나면 뒤에 가서 끌어안고 앞에 가서 얼굴을 디밀고 키스해달라고 보챘다. 설아는 또 그러는 걸 싫은 내색 하나 않고 다 받아준다.

"우리 시내로 맛있는 거 먹으러 가자."

"응 신나게 달려왔더니 배고프다."

"구경할 것도 많아."

대산이는 정이를 데리고 가까운 곳에 있는 박정희 생가를 관람시켜주러 갔다. 생가에 전시된 고인에 앉은뱅이 책상이랑 책꽂이를 보고 정이가 웃었다.

"너무 귀엽다."

"지금 애들은 유치원생도 저기 못 앉아."

"저 뒤꼍에는 더 앙증맞은 게 있어, 뽐뿌 샘."

신기해하는 정이를 위해 대산이는 물을 퍼 올려서 보여줬다. 우물가에 배롱나무를 배경으로 사진을 찍어주며 대산이는 영철 아저씨에게 들은 고인의 발자취를 정이에게 간략하게 설명도 했다. 기념품 판매장에서 커플시계를 사며 대산이는 주위에 사람들을 웃기기도 했다.

"정이 씨, 나와 결혼해 주십시오."

무릎을 꿇고 간절한 눈빛으로 올려다보는 대산이. 정이는 짐짓 감격스런 목소리로 화답을 했다.

"당신이라면 몇 번이라도 하겠어요."

"하하하."

"후후후."

둘은 커플시계를 서로 채워주며 가볍게 키스까지 했다. 매점직원은 장난인 줄 알면서도 기념품을 챙겨줬다. 대산이는 정이를 기념관 전시실까지 구경시키고 보리고개 체험장으로 갔다. 보리개떡과 감주甘酒를 앞에 놓고 물끄러미 내려다보기만 하는 정이에게 대산이는 짐짓 엄숙하게 조상님들의 발자취에 한편인 걸 장황하게 설명했다. 설명이라기보단 그때 영철 아저씨에게 들었던 걸 그대로 정이에게 얘기해주는 거였다. 영철 아저씨는 보리개떡을 억지로 먹는 자신에게 뜻밖에 얘기도 해 줬었다.

"맛이 없지?"

"예"

"이건 그래도 보릿가루로 만든 거라서 괜찮은 거야, 옛날엔 보릿겨로 만들어서 진짜 맛 없었어, 그 시절에는 보리개떡도 보리죽도 없어서 못 먹는 사람들이 많았단다."

"할아버지께서 얘기해 주셔서 잘 알고 있어요."

"지금도 마찬가지야, 없어서 라면도 못 먹고 사는 사람들이 있을 거야."

"예, 내 친구 중에도 알바 다니는 애들이 많아요. 그 애들 때로 방세 내느라 라면 살 돈도 없을 때가 있대요. 그 애들이 직접 얘기는 잘 안 하지만 친구들은 다 알고 있어요."

"대산아?"

"예?"

"니 이름에 뜻이 큰 산이라는 건 알고 있지?"

"예, 큰 대자에 메 산의 대산大山이요."

"그래 큰사람이 되라고 주지스님이 지어주신 이름이라고 어머니가 그러시더라. 대산이는 어떻게 큰사람 될 건데?"

"아이 아저씨, 저는 정치인 같은 거 기업인 되는 거 그런 쪽은 아예 관심 없어요."

"그럼, 뭐하며 살고 싶은데?"

"그냥 조그만한 커피숍이나 식당 같은 거요."

"알바 친구들 모아서 같이 하게?"

"예"

"그것도 괜찮은 생각이다. 그럼 앞으로 널 소산小山이라고 불러야겠다. 아주 작은 산."

"아버지께서도 가끔 저보고 소심한 건 좋은데 기죽어 살진 말라고 하시곤 해요."

"그래, 남자는 약간에 배짱도 있어야 돼. 아버지처럼. 니 아버지는 보통 배짱이 아니셨다. 상주 땅에 소작농으로 어렵게 사는 친구나 동생들을 다 불러 모아서 농산회사를 설립해 지금은 그들이 모두 부농들이 되었다고 한다. 그때 라면 살 돈도 넉넉하지 않은 빈농貧農들인 그 사람들이 지금 강변문화마을 새집에서 살며 연간 농가 수입 일억 원 이상의 부농들이 되도록 만든 니 아버지야말로 대산大山이신 거다."

"……."

"큰 사람은 큰일을 해서 큰 사람이 아냐. 아무나 할 수 없는 일을 한 사람이지. 여기 박정희 대통령은 후진국을 선진국으로 만드는 기틀을 마련하셨으니 큰 사람이고 니 아버지는 몇백 명의 빈농을 부농富農으로 만들었으니 똑같이 큰사람이야. 난 대산이 니가 아버지보다 더 큰 사람이 될 거라고 본다. 넌 훌륭한 아버지의 아들이니까."

"맛있다."

대산이의 얘기를 가만히 들으며 고개를 끄덕이든 정이가 얼른 보리 개떡을 한입 베어 물고 웃었다.

"여긴 체험장이야, 식당이 아니니까 억지로 먹지 마."

"니 얘기 듣다 보니 배가 고파, 배가 고프니 다 맛있네, 후후."

"정이야 우리 아저씨한테 가서 맛있는 거 사달라고 할까?"

"바쁘신 일이 있다고들 하셨는데…."

"바보야, 설아 데리고 안동으로 놀러 가신 거야. 우리 떼어 놓고. 나보고 널 잘 데리고 놀라면서 가셨어."

"씨! 아저씨…."

"하하하. 사실은 아저씨가 너 꼭 붙잡고 키스해주라고 했는데 니가 겁나서 아까 못했어. 다행이도 니가 먼저 해서 신났지만, 하하."

"씨! 아저씨 죽었어…."

생초生草의 길

1

<상략>

<운명적 관념의 삶과 계획적 삶의 관념에 대한 고찰考察.>

사람이 운명적運命的 관념觀念을 가지고 사느냐 계획적計劃的 관념을 가지고 사느냐의 그 차이는 자기 삶을 영위하는 데 있어 별것도 아닐 수 있다. 다만 후손後孫에게 어떤 영향을 주고 후손들이 살아가는 데 있어 어떤 결과로 파생派生되느냐에 있어서는 아주 지대至大하다는 거다.

– 사람은 태어나면서 자기 먹고 살 것을 가지고 태어난다.

즉 운명적 관념이다.

– 아이에 인생은 태어나는 환경에 의하여 결정된다.

계획적 관념의 필요성이다.

부자富者집에 귀한 아이로 태어났느냐 귀족의 집안에 아이로 태어났느냐. 아니면 노비의 아들로 태어났느냐 하는 것이 환경이고 또 어떤 사회에서 살게 됐느냐 하는 것도 결정적 요인이 된다.

자유와 인권이 보장된 사회에 태어났다면 그 아이는 행운이다. 그 가혹한 억압과 차별이 무차별 가해지는 사회주의국가나 종파적 종교사회에 태어났다면 그 아이는 행복한 일생을 보장받을 수도 있고 고통스러운 생을 견디며 살아갈 수도 있는 거다. 당원黨員이 아니어서 불이익을 받으며 살아야 하는 인민人民은 똑같은 사회의 구성원이지만 불이익과 차별을 받는다. 이단異端 종교인의 박해는 생명까지 경시輕視된다.

– 자유가 아니면 죽음을 달라.

패트릭 헨리의 말이다. 지배를 받으며 사느니 차라리 죽음을 택하겠다는 각오로 당시 영국의 식민지 체제에서 독립투쟁을 한 미국인들의 자유의 외침이다. 우리의 대한제국을 일본 식민지화하려고 했던 조선총독부를 거부한 독립운동과 맥을 같이하는 투쟁이다.

우리 민중民衆에 있어 왕정王政도 총독부 하에 억압도 모두 타도의 대상이었던 건 자유를 염원念願한 민중의 생각이고 투쟁이다. 노비사회의 왕정사회도 타국의 지배도 민중은 용납하지 못할 불의不義의 체제다.

그러한 민중의 적敵 사회주의 체제를 선호選好하는 이 시대의 민족주의는 지금 그 힘들게 쟁취한 자유를 무가치한 것으로 치부하는 데 그치지 않고 노비사회의 왕정을 추종한다.

– 자유보단 민족이 우선優先이다.

세습왕정의 조선을 추종하는 민족주의자들은 사회주의 조선이 인민들을 아주 행복하게 살도록 해준다고 선전도 한다. 자유가 없어도 행복한 삶을 영위 한다는 건 감옥에 있어도 행복하다는 괘변이다.

민족통일은 칠천만의 민족이 꿈에도 그리는 바람이지만 자유를 포기한 사회주의는 아니다. 조선의 인민들이 자유 한국의 국민들보다 행복한 삶을 영위한다면 모르겠지만 그런 것도 아닌데 그런 사회를 추종한다면 그것이 바로 운명적 관념이다.

<중략>

후손은 현재現在에 대한 결정권도 미래未來에 대한 결정권도 없다.

부모들이 어떤 사회를 만들어 가느냐에 따라 후손은 살게 된다.

부모들이 사회주의 체제를 추종해서 그런 사회를 만들면 후손은 싫든 좋든 그런 사회에 살 수밖에 없다.

또 세계가 그 비인권 체제의 왕정사회를 벗어나 자유롭게 살아가는데 유독 우리만 그 옛 시대로 회귀하려 한다. 이 얼마나 후손에게 큰 죄악인가.

이李 왕조 시대 조정朝廷의 오판으로 임진왜란은 일어났고, 그 피해는 백성들을 죽음으로 내몰았다. 붕당朋黨정치라고도 할 수 있는 당파싸움은 백성의 안위安危는 안중에도 없는 치졸한 치세治世다. 다행히도 이순신 장군과 권율 장군 등 많은 의병 승병들의 활약으로 국난이 극복되었지만 임금의 잘못된 판단과 조정 대신들의 반목으로 정유재란을 불러들였다. 그 결과는 너무도 참혹했다. 왜군은 가는 곳마다 양민들을 도륙하고 코를 베고 귀를 베어 가져갔다고 했다. 당시 경상도와 전라도의 백성들이 얼마나 많이 죽임을 당하고 부녀자들이 겁탈을 당했을까를 생각해본다면 우리 후손은 치가 떨릴 일이다.

당시 전승全勝을 올리고 있는 장수를 치하致賀하기는커녕 소환召喚하여 문책하고 참하려 하였으니 왜군은 마음 놓고 다시 이 땅을 유린할 수 있었던 거다.

당시 백성의 안위安危 같은 것은 관심조차 없는 선조의 무능과 재상들의 안일한 위국衛國은 죄 없는 백성들을 죽음으로 몰아넣었다.

계획적 대처對處가 없는 치국治國의 결과는 이와 같이 참혹하다. 그것을 알고 있는 지금에 우리는 그럼 어떤가.

우리는 지금 후손들의 안위를 걱정하고 있는가 하는 거다.

혹시 나라에 운명이라고 생각하고 민족에 갈 길이라고 생각해서 안보문제를 중요시 안 하고 방관하며 등한 시 하는 건 아닌지 다시 한번 곱씹어 볼 일이다.

이 땅이 공산화되면 오천만 인의 국민 생명이 위태롭고 사회주의체제가 되면 전 국민의 안위가 불안不安해지는 건 불을 보듯 뻔한 사실이다.

그런데도 우리는 보수니 진보니 하며 다투기만 한다. 자유체제가 보수면 사회주의 체제는 진보라고 한다. 해방 후 좌익과 우익은 분명해서 차라리 좋다. 지금에 보수 진보 사상들은 아주 웃기는 가면을 쓴 위정僞政 위민僞民이다. 정상正常과 비정상非正常이고 매국賣國과 수국守國이다.

일본의 조선총독부 치하治下를 우리가 일본의 강점기 시대라고 하는 것도 사실을 왜곡歪曲하는 거다. 대한제국은 분명히 멸망했다. 없어진 나라는 다시 건국을 하기 전에는 없는 나라다. 지배를 받는 나라는 국가로의 존재가치가 없다. 만약 우리 한국이 조선 사회주의로 흡수통일된다면 한국은 지구상에서 사라진 나라다. 우리 자유 한국인들이 조선이 강점하고 있다고 말할 수 없는 거다. 왕정이든 국가든 타국의 지배를 받는 순간부터 그 나라는 없는 거다.

사회주의국가를 이 땅에다 세우겠다고 하면서 구차하게 민족을 팔고 통일로 포장할 필요는 없다. 단군의 단기檀紀도 모르면서 민족을 운운하고 공산화의 과정에는 수백만 명의 지식인이 처형되고 수십만 명의 종교인이 학살된다는 사실을 알면서도 사회주의를 추종하는 세력들이 있다면 그들이 바로 학살 수행자들이다.

동인 서인 당파 정쟁으로 임란을 자초한 선조시대 재상들이나 지금의 친북 친중 인사들이 다를 것 하나 없다. 왜군을 막지 못하면 죄 없는 백성들이 다 죽어나가는 걸 몰라서 대비 안 한 것도 아니고 공산화 과정에 국민 대다수가 생존을 위협받게 된다는 걸 모르는 친북인사도 아니다. 분명히 한다면 통일과정에 다수에 희생은 불가피한 것이라고 하는 것이 타당하다.

전 국민이 그래도 통일을 원한다면 당연히 사회주의의 체제가 정당성을 가진다. 왜 얼토당토않은 진보라는 탈을 쓰고 조선왕정을 추종하는가 하는 거다. 진보란 악습을 타파打破할 때 적용하는 거다. 악습을 추종하면서 하는 건 진보가 아닌 폐보弊步다.

자유는 인류의 꽃이다.

자유를 포기하는 민족이 갈 곳은 하나다. 인간이기를 포기하는 세상이다.

<중략>

다음으로 경제방면의 운명적 관념이 야기惹起하는 사태事態다.

– 인간은 환경의 지배를 받는다.

그렇다면 그 환경을 바람직한 사회 환경으로 조성해야 한다.

국민 모두가 평안하고 안락한 환경을 마련하기 위해 국가는 계획적 경영을 하게 된다. 그기에는 치산治山 치수治水 외에 인구人口조절 정책도 있다. 미래사회를 위해 과잉인구過剩人口를 억제하고 또 감소減少하는 인구의 증가增加 정책도 시행한다.

적정適正 인구를 설정하기도 한다.

우리나라는 과밀인구다. 농지는 물론 주택지도 부족한 편이다. 평방킬로미터 당 400명은 도시국가를 제외하곤 최고로 조밀한 상태의 나라다.

60년대부터 폭발적으로 증가한 인구는 지금에 와서 많은 문제를 야기하고 있다.

당시 정부의 계획인구 정책이 확실히 성공했다면 지금의 혼란은 생기지 않았을 수도 있었다.

현재現在 청년 실업失業 인구가 이백만 명을 초과하고 주택지 조성을 위해 농지는 물론 산림山林지까지 훼손하게 되었다.

우리의 눈부신 경제발전이 과잉인구로 잠식蠶蝕되었다고도 볼 수 있는 현상이다.

이제 우리는 청년 실업 인구 문제 해결에 총력을 쏟아야 한다. 어쩔 수 없다고 방임放任하면 사회적으로 큰 위기에 봉착하게 될 수도 있다. 그들이 경제적으로 어려움에 처하게 되는 문제도 크지만 정상적 삶을 영위하지 못한 그들이 삶을 포기하고 자포자기로의 군상화群像化된다면 사회에 어떤 영향을 주게 될지 모른다는 거다.

자녀들의 미래를 생각지 않은 부모의 운명적 자녀관은 자녀들의 인생은 물론 사회적으로 수습 불가능한 문제를 발생하게도 한다.

– 사흘 굶고 담 안 넘을 놈 없다.

옛말에 있는 거지만 그런 처지를 당하면 누구나 이성理性을 잃는다. 아무리 선량한 백성이라도 흉년이 계속 되어 기근饑饉이 들면 도적떼로 돌변할 수 있다.

하늘은 한없이 자비롭고 땅 위에 자연은 품속 같이 아늑해도 굶주린 생물들은 그걸 느낄 수 없을 거다. 배고픔은 순하고 순한 똥강아지도 발광發狂케 한다.

<하략>

– 서영묵의 논문 중에서

산청 가는 길.

남명 조식의 유적지 덕천서원은 남강의 상류지역 시천면에 있다. 일남은 서원 앞에 닿아서야 서영묵의 논문집을 내려놓았다. 영철은 주차장에 차를 세우고 생각에 잠겨있는 일남거사 옆구리를 쿡 찔렀다.

"산림처사님께 문안인사 드려야지?"

"남명 조식 선생은 벼슬을 거부한 대 학사이시니 생초生草 같은 소승의 방문도 그냥 반가워하실 거야.

목백일홍 나무가 뜰 안밖으로 잘 가꾸어진 서원으로 들어서며 일남이 짐짓 옷매무새를 고쳤다.

"선생의 많은 수제자들 중 특히 곽재우 의병장이 임진왜란 때 대단한 활약을 했다고 하지. 정기룡 장군과 홍의장군이 나타났다고 하면 왜군들이 겁먹고 도망쳤다니까."

"나중에 이순신 장군처럼 선조의 박해를 받은 건 똑같아. 곡기를 끊고 솔잎으로 연명하다 돌아가신 홍의장군의 그 마음을 누가 알까. 조정의 엉뚱한 모함들이 판치는 세상, 살고 싶은 마음이 안 생기는 세상이었겠지, 오직 세상을 걱정하는 마음의 장군이었을 테니."

"충성이고 애족愛族이지 사익私益은 아냐. 그 많은 명사名士 무사武士 학사學士들이 당쟁으로 삶을 잃고 유배를 가야 했던 조선왕조는 더 많은 변란變亂에 휩싸였고 백성들은 고초를 겪어야 했어. 왜란을 막을 수 있었는데도 못 막은 건 당쟁과 왕의 무능이 원인이라 보는 게 맞아."

세심정洗心亭으로 나와 앉아서 일남은 서영묵의 논문 속에 있는 운명론을 생각해 봤다. 왜군의 조선침략을 알면서도 대책을 세우지 않은 신조와 재상宰相들은 침략 당하는 건 운명적이라고 생각해서일까? 그래서 대비 할 계획을 세우지 않은 것이고 대책을 강구하지 않은 건가. 알 수 없지만 결과는 너무도 참혹했다. 그냥 농사만 짓고 살아가던 수많은 백성들이 왜군들에게 처참하게 죽임을 당했을 거다. 점령지에서 승리한 군사들은 양민들을 다 죽이고 가진 재산 보물들을 다 빼앗는다. 부녀자들을 겁간劫姦하고 죽이는 건 그들의 권리다. 조선 땅 곳곳에 고을마다 그 만행이 자행될 때 과연 하늘에 뜻은 있었을까. 부처님의 자비로운 살핌은 있었을까 하는 거다. 보살펴 줄 것이라 믿고 있던 강산江山도 임금님도 그들의 죽음을 바라만 보고 있었을 당시의 나날들. 그 지옥의 세상.

"마음을 씻고 하늘을 바라보노니…. 유월에 따사로운 햇볕이 나를 졸리웁게 하노라."

"태평성대로군, 남 속 타는 줄은 모르고?"

"왜? 서영묵이 논문에 또 뭔 위기설이라도 있남?"

먼 산을 바라보며 기지개를 키다 말고 영철은 짐짓 모르는 척 딴전을 쳤다. 안 봐도 비디오다. 서영묵의 논문은 문제점의 나열이다. 해야만 되는 일이 하나둘이 아니다. 일남거사는 지금 사서 고생이다. 그냥 산천구경이나 다니자고 나온 길에 안동에 후배는 왜 찾아가서 그 마음을 혼란케 하는지.

"지금의 현실은 그 임란 때와 다를 거 하나 없어, 타민족의 침략은 점령지 위협을 제거하기 위해 양민을 학살하지만 동족의 체제변혁은 체제에 걸림돌을 제거하기 위해 반대편의 민간인까지 학살해, 수십만 명이 바다에 수장되거나 처형된 베트남의 통일과정이 그렇고 이백만 명의 국민이 학살된 캄보디아 공산화도 그래, 러시아의 공산화 과정도 마찬가지였어, 자유사회가 공산화되는 건 곧 죽음이야."

"부처님의 법력法力으로 자비慈悲로 구원하면 되지."

"도살장에 끌려간 소나 돼지에게 자비는 없어, 히틀러로 인해 6천만 명이 희생된 이차 세계대전에도 성론聖論 성교聖教의 종교는 있었고 날이면 날마다 몇만 명이 전장戰場에서 싸우다 죽어간 춘추전국시대도 유교의 공자사상 노자사상이 있었지. 충효사상을 떠받들고 살아가며 당시 옛 중국인들은 걸핏하면 나라를 뒤엎고 새로 세웠어. 그 과정에서 백성들의 목숨은 이리저리 군사로 모집되어 죽어갔을 테고."

"인간세상의 필연必然이라?"

"유목민들은 귀한 손님이 오면 기르는 소나 양을 잡아서 대접을 한다고 하는데 승려가 손님으로 찾아오면 물만 멕이나? 인간세상은 마음은 성스러우나 행동은 자연적이야. 먹지 않으면 생불生佛이 되겠지만 먹으면 생물生物이야."

"또 인간은 그렇게 대단한 것도 그렇지 않은 것도 아니라는 철학적 논리?"

"귀여운 유대인 여자 이이들을 가스실로 집어넣어서 죽이면서 아이히만은 자기에 딸아이는 귀여워서 죽지. 직책을 수행한다지만 죄의식은 없었을까?"

"바람이나 피고 다니는 나 같은 놈은 뭐 같은 인간이고 사돈같이 법어를 펴고 다니면 꽃 같은 인간이지."

"개 같이 살면 개 같은 인간이고 인의예지 잘 지키며 살면 도덕인이야. 사둔이나 나나 사흘만 굶으면 도적떼 되는 거지, 뭐 용빼는 재주라도 있는데?"

"지금 당장 배고픈 거 해결 안 하면 난 개가 아닌 늑대가 될 거야. 빨리 식당이나 찾아 가자고, 먹어야 성인聖人이지."

"이 사람아 왜곡하지 마, 먹어야 양반이야."

"굶으면 양반도 상놈 되나?"

2

유평마을 가는 길.

지리산 대원사 계곡. 대원사에 혼자 들어갔다 나온 일남은 대원사 절 앞 식당에서 점심을 먹으며 영철에게 윤정 님에 대해서, 서영묵 교수에 대해서 궁금한 걸 물었다.

"다 잊혀진 옛날얘기야."

"끝난 얘기는 아닌 거 같은데?"

"설법하는 데 도움 될 거 하나 없어, 우리의 지난날."

"우리…? 오천년을 위한 모임이 관련 있는 일들이겠지?"

"그냥 아이들 앞날을 쬐꼼 생각해서 했던 일들, 성과는 별거 없었지만."

"결과론은 관심 없어, 동기가 뭘까…? 서영묵 선배가 국회의원 때 하였던 그 국민 대 고발 사건은 용기勇氣일까 만용蠻勇일까?"

"지극히 현실이지, 자녀를 위해 자녀를 낳는 부모는 없다는 거지, 운명적으로 그냥 낳아서 키웠든 계획적 생각으로 낳아서 키웠든 아이는 태어나면 이유理由, 사정事情 상관없이 살아가야 하는데 사회가 바람직한 환경이든 불합리不合理한 상태든 헤쳐나가야 한다는 거야. 그 아이들에겐 미래에 대한 아무런 결정권도 없는데 과연 누가 그들을 생각해서 챙기느냐 뭐 그런 거."

"아이들을 대신代身 챙기는 과정에서 생긴 사건이다?"

"누구는 후진국을 선진국으로 도약시키기도 하고 누구들은 선진국을 최후진국으로 끌어 내리기도 한다지. 그것이 국민 자신들이라면 어쩌겠나?"

"어렵군, 육천만 명의 죽음이 히틀러의 잘못이냐 독일 국민들 잘못이냐 묻는 건데… 그에 대한 답은 단순하지 않아."

"우리의 6·25 동란이 누구의 탓이냐 아니면 단순히 국민들 잘못이냐 묻는다면 답이 어려워, 국민 수십만 명이 희생된 건 분명한 사실인데."

"이 지리산 기슭에 주민들이 그때 피해를 많이 봤다고 했어."

"그걸 알아보겠다고 여기 유평마을을 온 거군?"

"음, 대학 때 같이 철학하던 놈이 하나 있어."

"쓸 대 없이 쯧쯧."

"왜?"

"모나리자 그림은 이미 그려져 있어, 일남거사가 지금 부처님의 미소가 모나리자 미소를 닮았다고 해도 그렇고 안 닮았다고 해도 그래. 다 의미 없는 일이야. 신비스럽다고 모두가 그러면 그런 거잖아. 지난 일은 지난 일로 끝난 건데. 왜 좀 더 고운 미소의 얼굴 모습을 안 그렸느냐 하는 것도 우습고 불상의 미소가 자애롭기만 하냐고 하는 것도 이상하지. 중생들을 생각하는 부처님은 때로 슬픈 모습이었을 텐데."

"그때를 겪어보지 않은 우리는 당시 상황을 들어보기라도 해야잖아."

"설법하는 데 무슨 도움이 될까?"

"상황에 따라 변하는 인간의 심리를 알게 될까 하고…."

"그놈에 개똥철학, 많고 많은 세상사 알아보다가 죽고 말걸."

"누구처럼…?"

"나? 난 어제 있었던 일은 까맣게 잊어. 내일 비가 올까 안 올까만 생각하며 살지. 그냥 편하게."

식당에서 후식으로 타주는 커피까지 마시고 둘은 자리에서 일어났다. 그때 옆에서 창밖을 내다보던 노인장이 그들을 보고 손짓을 했다.

"젊은이들 잠깐 얘기 좀 할 수 있겠나?"

그들은 노인장이 권하는 대로 다시 자리에 앉았다. 맑은 물이 흐르는 물가에 식당은, 식당에 폐가 안 된다면 하루 종일이라도 앉아서 계곡 전경을 감상하고 싶도록 좋았다. 산수화를 그려놓은 것 같은 등 굽은 소나무들. 바위 돌들. 지리산 계곡엔 숲이 가득해서 좋다.

"스님께서는 유평마을이 첨인가?"

"예 어르신, 그동안 얘기만 많이 들었습니다."

"두 젊은이가 하는 얘기를 옆에서 들어보자니까 사변 때 얘기를 하던데?"

"네 어르신, 우리는 막연히 사변 때 빨치산 때문에 지리산 주변 마을 사람들이 시달렸다고만 알고 있습니다만…."

"스님이면 경전이나 읽고 참선이나 하면 되제, 왜 속세에 일들을 알려고 하나?"

"소승은 재가在家 수행자입니다. 때로 아이들을 데리고 강론講論을 하기도 합니다. 사문 밖에 일들이 저에게 많은 가르침을 주고 있습니다."

"여기 대원사 절에서는 성철스님이 가르침을 절 안에서 구했는데…."

"대사님은 속세를 떠나서 사셨지만 소승은 속세를 못 버리고 있습니다."

"미련이 하 많아서?"

"그렇습니다."

"솔직한 스님을 만나보기는 참 오랜만이네."

"무슨 말씀이신지?"

"머리만 깎았다고 다 승려인가, 마음이 달라야지."

"……?"

"아 길가며 지나친 사람이 여인이라는 걸 알았어도 누가 물으면 안 쳐다봐서 누가 지나갔는지 모른다고 하는 거지. 주막에서 막걸리 한잔 얻어먹으며 곡차 맛이 참 좋다고 하고."

"아직 해탈解脫을 못했습니다."

“재가在家승이라고 하니 하는 말이네. 사람들은 때로 남만 속이능기 아니더라고. 눈 하나 깜짝 않고 자기도 속여. 구차하게 출가 못 하는 걸 변명하지는 안능기 참 좋아 보이네.”

“어르신 말씀에 소승 부끄러움을 느낍니다. 소승 여직 출가出家 못한 걸 못났다고만 생각하고 있었는데.”

노인장은 묻지도 않았는데 자신이 겪었든 사변 때 일들을 차분히 얘기해 줬다. 마침 식당엔 손님이 없어 한동안 노인에 얘기를 들을 수 있었다. 새삼스러울 것도 없는 얘기들이었지만. 화전민들이 밤에는 빨치산들에게 핍박을 받고 낮에는 토벌군들에게 많이 시달렸다고 했다. 여기 대원사골 뿐이 아니고 지리산 주위 뱀사골 피아골은 물론 읍내까지 빨치산에 습격을 받았다고 했다. 군경軍警 가족이 몰살당하는 일은 비일비재고 토벌군들에게 부역자나 협력자로 몰려 붙들려 가 고초를 당하고 학살당하는 주민들도 많았다고 했다.

“가만히 있으면 중간이나 가지, 라는 말이 있지. 난리통에 누구나 숨죽이고 가만히 있는 게 신상에 좋다고 생각해서 하는 말인데 거기 그렇게 안 돼. 한밤중에 산사람들이 총을 들이대고 먹을 걸 내놓으라고 하면 안 내줄 사람 없어. 다음 날 아침 군경 토벌군들이 들이닥쳐 닦달하면 빼앗긴 양식도 준 것으로 돼.”

“서로 밀고 하기도 했다는데요?”

“시작이 편을 갈랐어. 사변 직전 보도연맹에 가입한 사람들을 군경이 처단했는데 그 피해를 본 쪽에서 인민군이 밀고 내려와 마을을 점령하자, 그들은 군경 가족들을 인민군에게 고발한 거야. 마을마다 적위대가 조직되어 활동하던 그 무법천지에서 수많은 사람들이 죽어나갔지. 그때 16살인 내가 지서에 전달부로 산청군 읍내에 있는 본서로 공문을 전달하고 있었는데 개전開戰 직후 관공서는 폐쇄되고 모두 피난을 갔어. 난 피난을 가지 않고 이곳 유평마을 일가一家 친척집으로 숨었지. 다행히 나를 고발한 사람이 없어서 한동안 개골 바위굴 속에서 잘 숨어 지냈는데 다시 국군이 반격해서 들어오자 일이 벌어졌어. 적위대 활동을 한 마을 젊은이들을 색출해서 끌어다 처형하면서 많은 청년들이 산속으로 피한 거야. 그들은 전쟁이 끝나도록 산에서 내려올 수 없었어. 나는 평소에 같이 까불며 놀던 친구들에게도 형들에게도 미움의 대상이 되었지. 산으로 피한 마을 친구들이나 형들은 가만히 있는 나를 의심했어. 나는 집에서 도망쳐 다시 이곳 유평마을로 숨었는데 끝까지 나를 숨겨준 친구가 있어서 살았지. 이제 죽을 날이 얼마 남지 않은 내가 죽어도 잊지 못하는 그 친구를 마지막으로 한번 찾아보려고 나왔다네. 참 슬픈 일들이 많았던 그 난리 통이었어…."

"그 친구 분이 많이 반가워하시겠어요."

"이제 머잖아 보게 되겠지…."

"어서 가서 만나 보셔야지요, 우리도 마을로 올라가는 길이니 태워다 드리겠습니다."

"그럴 거 없네, 무덤 속에 있는 친구여 천천히 가서 만나보면 돼."

"아…. 죄송합니다. 어르신…. 몰랐습니다."

"나를 끝내 지켜주다 빨치산들에게 죽었어, 그때 내가 숨은 곳을 알려줬으면 목숨은 부지할 수 있었을 텐데."

"그런 일이…."

"앞날에는 그런 난리 통 없어야 하는데…. 그런 일들이 일어나면 사람들이 사람이 아냐, 개들도 안 하는 짓을 사람이 한다네, 입으로 그 일들을 어떻게 다 얘기하겠나."

3

막골 산장.

조용한 산촌마을. 산역꾼들과 등산 인들이 쉬고 있는 산장들 앞 공터에서 일남과 함께 영철은 주민들을 위해 연주회를 펼쳤다. 일남이 찾은 유평마을 친구는 산장을 운영하고 있었다.

"제수씨는 아직도 너 같이 재미없는 놈 안 버리고 뭐한다니?"

"승려한테 하는 말버릇 하곤, 인마! 바람 안 피우고 사는 남편이야, 여인으론 그냥 감지덕지지. 영원한 룸메이트론."

"여자애들이 하자는 건 다 해주고 다닌 놈이 무슨 씨 나락 까먹는 소리."

"청춘 때 누리는 자유였어, 너처럼 자子왈만 찾고 사는 놈이 멋대가리 없는 세상을 만드는 거다."

"파계승 아니랄까봐."

"승적僧籍도 없는 놈이 다 무슨 파계."

"불자佛子 아닌 불자佛者다? 그래도 물은 흐리지는 않을 놈이라 오늘 하룻밤 재워 준다. 대신 마을 사람들에게 봉사해라."

"염불로 감동을 주긴 어려운데…."

"하던 짓이나 해."

"탁발托鉢 대신이다.

"보시布施는 없어."

"중이 농사짓나?"

"굶기진 않을게."

지리산의 밤은 어두워서 평화롭다. 산 중턱에 막골 마을은 가로등 불빛만 없다면 그냥 하늘 굴 속이다. 아늑했다. 원시인들의 동굴 속은 무서운 산짐승들을 막아줘서 아늑했겠지만 오늘날에 문명 세상엔 그런 동굴이 없다. 언제나 위험에 노출된 사방이 탁 트인 공간이다. 길에서 언제 로드킬 될지 모르며 사는 고라니처럼 사냥개들에게 쫓기다 몰살당하는 멧돼지 떼들처럼 불안을 안고 살아간다. 이제 다시 민족을 위한 민족에 의한 그러한 사태가 벌어진다면 이 지리산 계곡에는 예전처럼 숨을 곳이 없을 거다. 순리적 민족통일이 아닌 억지적인 민족통일은 민족의 멸망까지도 갈 수 있다는 군사 전문가들 얘기는 무시당하기도 한다. 이제는 어디에도 숨을 동굴은 없다. 중간으로 가만히 있는 것도 용납이 안 된다.

– 운명은 재천在天이라지만 재세在世이기도 하다.

지난 수천 년의 봉건시대는 삼족을 멸하는 법이 있었다고 한다. 심지어는 구족까지 멸했다고 한다. 어느 종족 그 일가一家는 어디에 살았든지 어떻게 살고 있든지 이유 불문 몰살하는 제도制度 아닌 재도裁度다. 권력자 마음대로 정하고 결정해서 처리하는 거다. 어느 씨족이라는 이유로 또는 어느 지역에 살고 있다는 이유만으로 죽임을 당해야 하는 제왕帝王의 법.

– 현시대는 제왕의 권리權利로 인간청소도 한다.

민족이 다르다고 종교가 다르다고 또는 율법을 어겼다고 난도질해서 죽이기도 한다.

– 사람이. 사람이 아니다.

세상은 언제든 어느 누구에 의해 수천만 명이 죽을 수도 있다. 개인은 그 상황狀況에서 아무 권리도 없다. 숨을 곳도 막을 수도 없다. 그런 상태狀態로 가지 않는 방법뿐이다.

살다 보면 알게 돼 알고 싶지 않아도
우리 모두 얼마나 바보처럼 사는지
살다 보면 알게 돼 버린다는 의미를
띠~띠리~ 리리~리리 ~ ~ 띠리~리리 리리 ~

– 나훈아에 공空

영철은 색소폰으로 신명 나게 곡을 연주하다 재담을 엮어가다 했다. 일남은 맞장구를 치다 때론 가볍게 강론도 이어갔다.

"소승이 대학 다닐 때 아주 잘나가는 선배가 하나 있었는데, 이 선배가 부산에서 서울까지 걸어서 완주를 하겠다는 생각으로 한번 시도를 했든 적이 있었습니다. 여기 천왕봉을 오르시겠다는 각오로 오신 산악인 여러분과 같은 비장한 각오가 있었겠지요. 천왕봉은 천구백 고지여서 누구에게나 쉬운 코스는 아닙니다. 물론 부산에서 서울까지 걷는다는 건 보통 각오가 아니면 안 됩니다."

– 사흘 굶고 담 안 넘을 놈 없다.

도중에 엉뚱하게도 이 선배가 그 말을 시험 한 겁니다.

"……?"

"여러분들은 지금 그 친구가 중도에서 그냥 나가떨어졌을 거라고 다들 생각하시겠지요, 그것도 여름이 아닌 동계방학 때인데."

"……?"

"그런데 이 돈키호테 선배는 완주를 했습니다. 무전취식을 하면서 돌아온 그 선배의 몰골은 처참하다 못해 원시인 같이 깜장 얼굴의 반 동물이었어요. 그런 모습의 그 선배가 도착해서 하는 말이 과관이었습니다."

— 내 인생에는 이제 앞날이 날마다 천당이야.

"얼마나 지옥 같은 그 나날들이었으면 그랬을까요. 그 선배가 겪은 일들을 다 얘기해 드릴 수는 없지만 이 말은 꼭 해드리고 싶습니다. 사흘 전에 이틀을 못 넘기고 길가에 남의 집 부엌을 뒤져서 찬밥을 훔쳐 먹었다는 겁니다."

"구걸을 안 한 이유라도 있었나요?"

"사랑은 아무나 하나라는 노래도 있지요, 구걸도 아무나 못 한다고 합니다. 차라리 죽고 말지요. 차고 있던 시계를 잡혀서 빵을 바꿔 먹기도 하고 식당에 들어가 청소해주고 한 끼를 때우기도 했었다고 그랬습니다. 등반할 때 생소한 코스로 등산을 하다 보면 아주 어려운 암벽 코스도 있고 때론 비바람의 악천후를 만나 더 이상 진행할 수 없는 난관에 봉착하기도 할 겁니다. 그럴 때 등산인들이 등산을 포기하고 안 하는 건 각자의 판단이겠지요. 다만 아주 지독한 등산광은 끝까지 정상을 고집하기도 합니다."

"스님, 그 대단한 선배는 지금 뭘 하는지 모르지만 아주 크게 성공했겠어요?"

"성공하기는요. 아주 쫄딱 망했어요."

"……?"

"아 국회의원으로 잘 나가다 말고 짤려서 지금 대학에서 강의하며 밥 벌어먹고 있지요. 여기 젊은 친구는 잘 알겠네, 서영묵 교수."

"예……?"

"요즘 그 선배 논문을 많이 쓰고 있는데 혹 반찬값이 아쉬워서 그런가 모르겠어."

"재벌가 아들인데요?"

"경영에도 밀려나서 별 볼 일 없는 지 오래여."

"혹 스님께서 지어내서 하는 악플요?"

"왜? 서영묵 교수의 논문을 읽어보니 공감되는 게 있어서?"

"정치학박사로서는 지금 최고의 권위자예요."

"어떤 면에서?"

"오래전 발표했든 자연론은 현재의 환경론의 기초도 되고 있어요. 미래학 방면의 계획인구론은 당시엔 불필요했는지 모르지만 지금의 사회 상태는 그때 확실히 실행되었더라면 하는 아쉬움이 있다고 하잖아요. 실업인구가 갈수록 늘어가는 사회는 정상적이 아닙니다."

"귀군은 서영묵 교수의 논문에 꽤 공감을 하고 있군. 견해 차이는 있지만 나도 그렇다네. 고행苦行을 안 해보고는 나올 수 없는 논리지. 귀군은 요즘 정치인들이 몇백만 개의 청년 일자리를 창출創出하겠다는 주장에는 어떤 견해를 가지고 있나?"

"하하하."

"하하하."

"우문인가?"

"스님, 웅덩이를 파놓아야 고기가 생겨요."

"절을 지어놔야 신도가 생긴다?"

"쯧쯧……."

두 사람에 대화를 듣고 있던 초로의 산역꾼이 어이없어 했다.

"이 사람들아, 일자리는 기업이 공장을 지어야 생기지. 말로 일자리를 만들어, 말로 떡을 하면 조선 사람이 다 먹고 남지."

"감사합니다. 소승이 또 진리를 깨우치는 자리가 되었습니다."

"하하하."

"허허허."

산촌에 밤은 깊어가고 재담과 연주는 늦도록 이어졌다. 산장 친구는 모두에게 차와 과일 대접 하는 걸로 산촌에 연주회는 끝이 났다.

"마스터님의 연주는 일품입니다. 여인들 많이 울리시겠어."

"어데요, 이 몸 이제 고물이 다 됐습니다.

"허허허, 아직 천왕봉쯤이야 하겠는 걸요."

"동내 산이 제격이지요, 하하하."

영철은 산장 친구의 칭찬에 자리를 마련해준 걸 고마워했다. 일남은 오랜만에 만난 친구와 늦도록 회포를 풀고 영철은 마을 사람들에게 탁주를 얻어먹으며 밤이 깊도록 산촌 생활의 얘기를 들었다.

그들이 그냥 하는 얘기 속에는 그 옛날의 슬프고 참혹했던 일들이 많았다. 실제로 겪진 않았지만 할아버지 할머니에게 전해들은 얘기들이었다.

4

– 인간사人間事 지나고 생각해보면 한 장에 얼룩진 도화지圖畵紙나 같은 것.

누구나 나름대로 그리고 채색하였지만 가만히 혼자 돌이켜 보면 그렇게 만족스럽진 못하리라. 영철은 일남이와 같이 남도南道 여러 곳을 여행하며 지난날들을 생각해 봤다.

– 난세亂世에 영웅들은 나라를 도모한다. 평화시대는 그래서 모두에게 나라는 잊혀진다.

빈곤貧困의 시대는 부富를 숭상崇尙 하나 풍요의 시대는 빈곤 같은 건 잊어버린다. 부채負債도 자산이라고 하는 관념의 시대다. 부자富者집 아이들은 부자병에 걸리고 세도가의 아이는 왕자병에 걸린다고도 한다. 평화시대가 오래면 안보安保는 거치장스러운 제도制度로 인식되고 배부른 사람들에게 초근목피의 적빈赤貧을 얘기하면 핀잔만 돌아온다.

서영묵 교수는 스승 김지한 박사의 미래학을 추종追從해서 국회를 나갔었고 지금도 대학에서 열심히 학생들을 계도啓導하고 있다. 그 모든 것들이 현장을 접하고 얻은 지식이고 결론들이라는 걸 영철은 잘 알고 있었다.

– 짜식, 인생을 즐길 줄 알게 하네. 영철이 네놈은 끝내 내 연구대상

이다. 어디가 끝이냐?"

그 오랫동안 전국을 돌아보며 알게 된 민심民心들을 요약해서 보내준 영철에게 그때마다 칭찬을 하다 악담을 퍼붓다 한다. 최근에 보내준 문제점 파일의 해결식 답이 너무 황당해 영철은 한동안 웃었다. 도무지 어려운 걸 어려워하지를 않는다. 암벽을 타다가 하강 중에 자일이 짧으면 어찌하느냐는 말에 대뜸 엄마한테 가야지다. 뛰어내리겠다는 거다. 병사兵士는 싸우다 죽고 선장은 파도와 싸우다 죽는단다. 이것저것 다 겁나서 못하는 인생이라면 뭔 재미로 살겠냐고 한다. 최소한 사는 재미는 있어야 사는 것 아니냐는 서영묵 교수는 요즘 아내와 너무 좋아 죽는단다.

"청년 실업失業자 이백만을 해결하지 않으면 안 돼, 이대로는 그들에게 인생이 없는 거야."

"뭔 걱정, 부모님들 정년을 줄여 이백만 명을 조기 퇴직시키면 되지."

"맞아 죽을 소리만."

"그때도 안 맞아 죽고 살았는데 뭔 걱정."

그때란 딸 아들 구별 말고 하나만 키우며 살자는 법을 제정制定해서 미래 자녀들 삶을 도모하자는 주장을 폈던 그때 전 국민에게 공격을 받았던 서영묵의 의정議政 생활을 말함이다.

"군軍에 사병들은 핵문제로 이미 진 전쟁이라 싸울 필요가 없다고 하는데?"

"우리도 가지면 돼, 임진왜란 때 조총이 무서워 도망가게 한 군사들을 만들어서는 안 돼."

"국가부채 개인부채는 위험수위인데."

"국토를 한쪽 팔아서 못 갚겠다면 전 국민이 가진 재산 중 절반을 내놓으면 되지 뭘."

"청년층이 아이를 안 낳겠다는데?"

"아이를 낳아야 된다는 법을 만들면 돼."

"국가를 위해서 아이를 낳고 안 낳는 건 개인의 권리를 박탈하는 건데?"

"국가가 남에 건가 자기 껀 데."

"세상이 그렇게 우스워?"

"소중하지, 아주, 아주 소중해."

방관傍觀은 비겁이고 포기는 범죄란다. 정치가에게 있어 현상現狀에 대한 책임의식이 없다면 그렇단다. 성을 지키지 못한 장수는 살아서 치욕이라는 논리다. 멋대가리 없는 세상 얘기는 누구에게나 하나 재미없는 거다. 사적인 안부에서 정情을 가져본다.

"내 수제자를 외롭게 하지는 않겠지요?"

"정이는 요즘 시간만 쳐다보고 살아.

"고학苦學생 뭐가 좋아서 기다리며 사누…."

아내 정이를 꼬드일 때 서영묵은 고학생 행세를 했었다. 기타리스터로 활동을 하던 정이를 붙든 남자는 누가 됐든 행운이다. 미모도 몸매도 성격도 모두 남자들이 좋아하는 것만 가졌다.

"신나게 살아요, 인생초보님."

"죽기 전에 한번 봐야지?"

“내 형님 볼일 없소.”

“지나가 멋있는 여고생이 됐는데?”

“날 옆길로 빠지게 하지 마슈, 나 안 그래도 요즘 지나 보고 싶어 죽겠는데.”

“보고 가면 안 돼?”

“녀석이 아빠하고 매달리면 내 인생 포기요.”

지나는 정이가 키우다 데리고 재혼해서 지금은 서영묵 교수의 딸이다. 사별한 전 남편의 딸이지만 서영묵 교수에겐 끔찍한 아이이다.

집안에서 아내는 달이고 딸은 별이란다. 지나는 엄마를 닮아서 너무 귀엽다. 어릴 때 가짜 아빠로 돌봐줘서 지나는 영철을 끝내 지 아빠 하겠단다.

다음 날 아침 일찍 지리산 유평마을을 나온 일남은 진주로 가는 국도를 달렸다. 영철은 느긋하게 조수석에서 단잠에 빠졌다. 어젯밤 늦게까지 마신 동동주가 아침까지 정신을 몽롱하게 하고 있다.

“진주성은 언제 봐도 성벽이 얕아, 방어가 어려웠을 건데 그 여러 날을 버틴 건 기적이야.”

진주성에 도착한 일남은 귀찮아하는 영철을 어거지로 차에서 끌어내렸다. 영철은 성 아래 남강 강물을 바라보며 기지개를 켰다.

“김시민 장군의 사死 즉 생生이지.”

“충효사상의 선비의식이기도 해.”

“쓸데없는 소리, 성안에 백성들을 지키는 마음뿐이라고 봐야 돼. 그 금방 몰살될 전투상황에서 무슨 왕조에 대한 충성?”

일남거사는 허리 아래 도는 성벽을 살펴보며 아쉬워했다. 허나 성벽만 높다고 전투에 이길 상황은 아니었다. 사방에 왜군으로 포위된 상태로 하루 아닌 한 식경도 버티기 어려웠을 거다. 지금 괴산 충민사에 잠들어 있는 장군. 장군이 끝까지 지키려 했던 건 나라인지 백성인지 장군만 알 일이다. 촉석루와 논개사당을 둘러보고 시내로 나와 점심을 먹으며 일남은 다시 한번 서영묵의 논문집을 꺼내들었다.

"대비對備를 안 한 죄 죽어 마땅하나 그 잘못은 물을 수 없고 대책對策을 세우려 하나 당정黨政의 세력들이 방해만 하는구나. 강산은 왜군에 짓밟히고 착한 백성들이 도륙屠戮당하는 저 일을 어떡한다는 말이냐."

"누가 한 말?"

"선조가."

"사후 약방문?"

"김성일의 방해만 아니었어도."

"율곡의 십만양병설을 무시한 건 선조야?"

"기회는 많았으나 실행은 안 했어."

"서영묵 교수는 그 김성일일까 율곡일까?"

"오천만이 다 죽을 수도 있다는 얘기는 미리 포기하지는 말자는 얘기겠지."

"그 말짱한 선배를 찾아가 한바탕 해야 되겠어."

"일남거사님의 달변達辯 쯤은 서영묵이가 농담으로 까부실 걸."

"지금 추구하는 민족통일이 백년 후엔 죄악일까 진리일까?"

"오천 년을 이어온 한족韓族이야 한족漢族으로 흡수 되는 길은 언제라도 열려있어, 서두는 이유가 뭘까?"

"순리順理?"

"지금으로서는 강산은 하나지만 마음은 상반相反이야. 70년 전 통일을 위해 수백만 명이 죽었어, 그때 삼천만 한반도 인이 그렇게 통일을 염원한 탓으로 죽었다고는 하지 말아야지. 지금도 마찬가지야. 국민들은 지금도 우리 오천만이 다 죽는 한이 있더라도 통일은 해야 된다고 하지는 않아. 그렇지만 공산 사회주의와의 통일은 많은 국민이 희생될 거야. 일남거사도 예외는 아닐 걸."

"어느 산 구렁에 그냥 매장된다?"

"볼 포트 정권의 비닐봉지도 있지. 불교의 나라 캄보디아에 승려들은 지금 안녕 하시려나…."

"놀고먹는 딴따라들은 말짱 몰아다 집단농장으로 보내면 황영철이 신세도 처량하겠다."

"변신變身이라도 할까?"

"목숨 연장은 가능하겠지만 최후에 결과는 같을걸. 한신과 번쾌로 대업을 이룬 유방도 대업을 완성한 후에 그 공신들을 다 처리했잖아 냇가에서 같이 물고기 잡고 놀던 동무도 권력을 다투게 되면 인정사정없는 비정非情에 목숨을 잃지."

"만약 보트피플 신세가 되면 갈 곳은 있으려나."

"지옥이란 나라라도 있기를 바라야지."

"그러기 전에 서영묵 선배라도 한번 만나 봐야겠어. 온갖 문제점은 다 제시하면서 대책은 없어."

"점심 먹고 만나러 가 보자고. 지금 해남 땅 끝 마을에 가 있어."

"휴가여행?"

"붙들려 갔어 우리 오천년 모임 회원들한테."

"토론회라도 여나?"

"오정식 고문이 주최한 특별모임이지."

"농산사업 지도고문인 오정식?"

"오천 년 모임의 고문이기도 해, 중동 건설현장에서 잔뼈가 굵은 능력자야.

"왜 하필 해남이야, 해수욕장을 겸한 세미나장으론 동해안이 제격인데?"

"익산에 고향농산 사업체가 있어 도움이 되겠지."

5

– 한산섬 달 밝은 밤에 수루에 홀로 앉아.

– 큰 칼 옆에 차고 깊은 시름 하는 차에.

– 어디서 일성호가는 나의 애를 끊나니.

한산도를 돌아보고 해남으로 가는 길에 순천에 낙안읍성에 들렀다. 낙안읍성을 돌아보고 나왔을 땐 어둠이 깔리는 저녁때가 되었다. 민속촌 마을을 살펴보며 일남은 자꾸 고개를 갸웃거렸다.

"왜구는 참 끈질기게 남쪽 지방 양민들을 괴롭혔어. 세종 때 대마도 정벌 계획설이 있었다는 걸 보면 그 피해가 짐작이 돼."

"삭풍은 나무 끝에 불고 달빛은 눈 속에 찬데…."

"그래 북방도 그랬어. 김종서 장군의 마음이 시 한 편에 다 담겨져 있어."

"맛있는 거 먹으러 가자고. 모든 사람들이 다 평온하게 즐거운데 우리만 오버야 오버."

"경찰한텐 모든 사람들이 잠정 범죄자고 전략가한텐 주위 모든 나라가 예비 침략국이지, 그래. 우리만 쓸 대 없이 심각한 거야. 우리도 잠시 즐거운 여행으로만 고."

해남에 고향농산

땅끝마을까지 관광한 오천 년 회원들이 하나둘씩 고향농산 회의실로 모여들었다. 왕눈이 대표는 이미 다 준비를 마쳤지만 껌투리와 함께 다시 한번 시설을 점검했다. 평소에도 농산 회원들 모임의 장소로 활용되고 있어서 새롭게 준비할 건 없었다. 오천 년 회원들 일박이일의 숙박을 위해 숙소를 예약하고 식당에다 준비를 시키면 되었다.

"시설비 장난이 아니게 많이 들여서 세웠겠어? 규모가 상당해."

껌투리가 어마어마하게 넓은 면적의 유리온실 시설을 돌아보고 혀를 내둘렀다.

"10만 평에 총예산 400억."

"농협 대출?"

"전액 농산 자비."

"그동안 많이 벌었네."

"형아가 줬어."

"익산 형아가?"

"우리 꼴통 형아가."

"빈털털이 형아한테 그런 돈이 어디 있어?"

"익산 형아가 부동산 처분해서 줬는데 꼴통 형아가 안 가진다고 내팽개친 걸 고문님이 주워다가 나한테 줬어. 해남에다 최첨단 유리온실 단지 하나 지어보라고."

"정말 못 말리는 꼴통 형아야, 그냥 못이기는 체 받아서 쓰지. 어차피 꿔준 돈 언제 돌려받아도 받을 건데."

"나한테 나중에 원금에 이자까지 받아 낼 테니까 많이 벌어놓으랬어."

"참내… 형아도 꼴통이지만 고문님은 웬 유리온실에다 그 큰 돈을 투자하래대?"

"예측 불가능한 미래의 기후에 대비하는 거야, 오정식 고문님은 이미 오십 년 전에 지금에 대규모 농업시대를 예지豫知 하신 분이야, 미래에는 농작물이 이상기후로 생산량이 불규칙한 상태가 될 수도 있다고 해. 그것보다 어느 작물은 아예 생장하지 못하는 기후변화도 생길 수 있다고 대비하랬어."

"하! 그런 예상까지."

"불완전 시대에 불안정 기후…."

"유리온실 농사는 생산비가 너무 많이 든다고 막내가 그러든데, 유지비도 그렇고…."

"짜식, 누가 농대교수 아니랄까봐. 눈 내리는 겨울에 딸기를 수경재배하고 온실 상추를 키우는 건 이미 성공한 영농방식이야. 아직은 실험단계인데 저온작물을 여름에 생산하고 고온작물을 겨울에도 생산하는 거야. 즉 고랭지 배추를 계절에 상관없이 지역에 상관없이 아무 때나 생산하는 거야, 또 여름작물들인 양배추나 토마토 같은 작물을 겨울철에 키울 수 있게 하는 전천후 농업."

"생산이 아닌 실험장?"

"농업계 원예학과 대학생들의 현장학습장으로도 활용하게 될 거야. 그 애들 졸업 후 원한다면 직원으로 채용해서 연구를 계속하도록 할 생각."

"채산採算성이 없는 농사 삼 년 못 가서 망한다고 대관령 막내는 고수익 작물만 심는다고 하던데."

"대관령의 고랭지 고수익 농사는 감자농사보다 무 배추 농사지. 수익 면으로 봤을 땐, 여기 유리온실 농사도 고수익 작물을 심게 될 거야. 직원들이 연봉을 많이 받을 수 있는 농업경영을 하려고 할 테니까."

"니 말대로라면 우선 돈벌이보단 미래 투자라는 거네, 훌륭해."

첨단 유리온실로 잘 갖추어진 고향농산시설은 전국 각지의 농업인들이 견학을 많이 와서 지역경제에 도움이 된다고 왕눈이 대표는 지역단체에서 감사패까지 받았다.

"그런데 형아는 뭘 하느라 아직 안 와?"

"어디서 또 놀고 있겠지 약속은 까맣게 잊고."

"헤헤, 어디서 또 예쁜 여인 하나 만나기라도 했나?"

"그러면 뭘 해, 만년 솔로인생인데."

"그 속을 알 수가 없어 정이가 그렇게 기다렸는데 이제 와서 아주 좋은 삼촌이 되겠다고 했대."

"히히, 정이는 다행이도 요즘 상주에서 대산이 녀석하고 잘 놀고 있어, 걱정을 많이 했는데."

"하하하, 애들은 애들이야."

"짜식들, 일전에 상주 사무실 갔을 때 봤는데 아주 신나, 상주 형아는 정이가 귀여워 죽어, 아들놈 마음을 잡아줬다며 정이가 하고 싶어 하는 거 있으면 다 해 주고 싶대."

"대관령 형아도 그래, 설아가 온 후로 주문진으로 와서 살아, 일만 알던 형아가 웬일로 설아 데리고 바닷가로 놀러 나와서 맛있는 걸 사주기도 한다니까. 나한텐 막내하고 설아가 살 집 지어준다며 집터자리 하나 달래."

"형아들 요즘 다들 살 판 났어. 대관령 형아도 상주 형아도 다 며느리 사랑에 아주 정신 줄 놨어."

일남과 함께 영철이가 해남에 도착했을 땐 오천 년 회원들이 서영묵 교수의 강론을 듣기 위해 자리를 잡고 앉아있었고 주최자 측 오정식 고문이 신입 회원들을 위해 모임의 취지를 설명하고 있었다.

"우리 오천 년을 위한 모임이 발족된 지도 30년이 다 됐습니다. 그동안 우리 회원들은 바람직한 사회를 위한 자기관리를 해 왔습니다. 나름대로 최선을 다해 자기관리를 하며 살고 있는 회원 여러분들에게 오늘은 특별한 분을 모셔 향후向後 미래사회에 대한 고견高見을 들을 수 있는 기회를 만들고자 이 자리를 마련했습니다. 회원 여러분이 익히 알고 계신 서영묵 교수님입니다. 우리 다 같이 환영합시다."

회원들의 환영인사와 함께 강단에 나와 선 서영묵 교수는 간단한 자기소개를 했다.

"초대를 해주신 오천 년 모임의 오정식 고문님에게 감사드립니다. 이렇게 회원 여러분을 뵙게 되도록 해주셨으니 저로서는 무한한 영광입니다. 이미 최고로 자기관리를 하고 계신 회원 여러분에게 저의 소견所見이 어떤 도움이 될지 모르겠으나 여러분의 물음에 진리를 향해가는 답이 되도록 노력하겠습니다. 강론이 아닌 토론으로 우리는 생각을 정립定立할 수 있습니다. 우리는 당면한 그 어떤 사안私案도, 사안事案도 거리낌 없이 토론討論할 수 있습니다. 행복하게도 우리는 언론의 자유가 보장된 자유사회에 살고 있으니…."

"교수님에게 꼭 문의하고 싶었습니다. 조선 사회주의는 우리에게 무조건 적입니까?"

맨 먼저 질문에 나선 젊은 회원의 질문에 서영묵 교수는 잠시 눈을 감고 침묵을 했다. 적이라고 해도 맞고 적은 아니라고 해도 맞다. 저마다의 견해見解는 민족을 염두에 두고 하느냐 아니냐에 따라서 바뀐다.

"아주 곤란한 질문에 감사드립니다. 답하기 전에 회원님에게 묻겠습니다. 군에는 다녀오셨습니까?"

"네, 육군으로 필했습니다."

"존경합니다. 저에 끔찍한 후배가 되겠습니다. 회원님의 물음에 답을 저의 지난 일을 가지고 답하겠습니다. 오래전 지금 회원님보다 제가 어렸던 대학 때 있었던 일입니다. 졸업을 앞둔 하기 방학 때였습니다. 우리는 후배 애들을 데리고 농촌으로 봉사 활동을 나갔는데 금강 강변에 아주 작은 산촌마을이었다고 기억됩니다. 당시에는 보리베기와 모내기가 겹치는 재래식 농업시대라 일손이 많이 부족해서 지방 군, 면의 지원요청이 있으면 각 대학에서 일손 돕기를 많이 나갈 때입니다. 더위와 보리 밀 까래기는 견디기가 어려워 우리는 강변에다 텐트를 치고 수시로 강물로 뛰어들곤 했습니다. 집에서는 먼지 나는 거 싫다고 빗자루 들고 제 방 청소도 안 하는 놈들이 일손 돕는다는 보람으로 열심히 농사일을 거들었습니다. 그런데 뜻하지 않은 일이 일어났습니다."

"……?"

"우리가 녹초가 되어서 곤히 잠든 한밤중에 근동에 애들이 떼로 몰려와 여자애들 텐트를 들치고 장난을 치기 시작한 겁니다. 그 애들은 우리 남자애들 텐트를 둘러싸고 나오면 죽여 버린다고 위협을 하고 일부는 여자애들을 끌어내서 추행을 하는가 여자애들의 비명이 점점 더 심해졌습니다. 여기서 회원님에게 묻겠습니다. 그 애들은 우리에 적입니까? 친구입니까?"

"……."

"물론 그 애들 중에는 우리가 일손 돕는 농가에 애들도 있다고 봐야겠지요."

"……."

"문제는 그 애들은 장난이고 우리에겐 명예가 걸린 아주 중요한 사건이 됩니다. 학교의 명예는 물론 우리는 여자애들에게 아주 똥이 되는 겁니다. 그 이름도 찬란한 비겁자들로 학보學報에 실리기라도 하면 우린 얼굴 들고 못 다닐 겁니다."

"적이 맞습니다."

"적이라면 어떻게 해야 합니까."

"때려잡아야지요."

“정답입니다. 적은 정해져 있지 않습니다. 상황에 따라서 친구도 적이 되고 이미 적이었지만 상황에 따라서 동지도 됩니다. 정답을 제시한 회원님에게 존경을 표합니다.”

박수와 함께 질문자는 손을 들어 동의를 표했다.

“다음은 어떤 문제가 우리에게 있습니까?”

“교수님, 그 사건에 대한 결과까지 듣고 싶습니다.”

은근슬쩍 넘어가려는 강론講論자를 난감하게 하는 또 다른 질문자. 그런 상황에서 결말은 거의가 상처만 남는 비참한 결과다.

“잔인하십니다. 그냥 넘어가면 안 됩니까?”

“교수님의 커 온 과정도 우리에겐 중요합니다. 우리가 신뢰할 수 있는 분인지 아닌지를 판단 할 수 있거든요.”

“교수의 자격은 학문의 실력이지 인품은 아니지 않습니까?”

“호기심만은 아닙니다.”

“말 잘하면 변호사라고 합니다. 변호사에게 성인군자의 인품까지 갖추라고 하면 좀 힘들어 할 겁니다. 목적은 단 하나 승소勝訴지 도덕관 유무는 아닌데. 아무튼 밝히고 싶지 않은 그때의 비참했던 결말을 실토하겠습니다.”

“……?”

“우리는 망설이지 않았습니다. 텐트 출입구 쪽을 피해 텐트 옆구리를 면도칼로 찢고 튀어나가 텐트 안에 가지고 놀든 야구방망이로 놈들의 종아리를 깠습니다. 어두워서 사물이 분간이 잘 안 되는 캄캄한 상황에서 땅바닥에 모래를 움켜서 놈들의 얼굴에다 뿌려서 놈들을 일단 제압한 게 주효했습니다. 그들의 싸움 실력이 보통이 아닐 거라는 우리의 판단이 맞았어요. 그들은 읍내서 노는 망나니들이었습니다. 시골 장터에서 장 보러 나오는 농가 주민들을 괴롭히고 또 술을 빼앗아 먹곤 하는 땡깡쟁이 일종의 깡패지요. 우리의 신속한 대처가 아니었다면 큰 사고가 터졌을 겁니다."

"……."

"왜 믿어지지 않으십니까?"

"네, 지어내는 활약상입니다. 그런 상황에선 대부분 당하지요, 경중輕重은 있겠지만……."

"직업이 혹 수사관 쪽……?

"경찰입니다."

"정확하십니다. 그들은 우리보다 숫자도 많았고 실력 있는 쌈꾼들이었어요. 아주 불리한 상황이었습니다. 그런데…."

"…?"

"우리를 위기에서 구해준 수호신들이 있었습니다. 근처에서 밤낚시를 하던 남녀 연인 애들이 둘 있었는데, 그 애들이 여학생 애들의 비명소리를 듣고 달려와 단 번에 제압을 해 버린 거였어요. 우리와 십 미터는 넘게 떨어져 있던 여자애들의 텐트였는데 우리가 달려갔을 땐 그들은 이미 사방으로 나가떨어져 버둥대고 있었고 여자애들은 밖으로 나와 달려오는 우리를 멀뚱히 지켜보고 있는 겁니다."

"……?"

"우리는 나중에야 예상 못 한 그 상황들을 알고 휴 하고 가슴을 쓸어내렸습니다. 그 애들은 서울에서도 유명한 체육관 사범들이었고 상황은 이미 다 끝난 상태에서 쫄아 있는 그들을 우린 마구 구타한 것이었지요. 만약 우리가 겁먹고 텐트에서 나오지 않았다면 여자애들이 우리를 어떻게 보았을까 생각해보면 지금도 어찔합니다. 우리가 피를 보지 않고 위기를 모면했던 그때를 돌이켜보며 우리는 지금도 기죽곤 합니다. 여자애들에게 비웃음의 대상이 되지 않토록 해준 그 애들은 놀랍게도 우리보다 한참 어린 애들이었어요, 어찌 결말이 마음에 드셨나요?"

"쪼금요."

"감사합니다. 비난하시지 않는 거…. 다음 질문 받겠습니다."

"교수님 국회의원이실 때 국가를 위해 자녀 수를 법적으로 제한하시자고 하면서 국민들이 호응 안 한다고 국민을 고발하기도 하셨는데 지금은 또 아이를 꼭 낳아야 한다는 법을 제정해야 한다고 주장하십니다. 왜 국민은 국가를 위해 개인이 희생해야 되는지를 묻고 싶습니다."

"참 우스운 질문이십니다. 그래서 저도 우습게 답하겠습니다. 그놈에 국가라는 물건이 누구 것입니까? 미국 것입니까? 아니면 중국? 일본?"

"……?"

"우리 것이니까 우리는 국가를 위해 희생하는 거지요. 국가란 축소하면 가정입니다. 가정을 위해서는 무조건 절제도 하고 하기 싫은 청소도 하고 힘든 직장 일도 즐겁게 합니다. 여행 가고 싶은 것도 참으며 집안일에 매달리기도 합니다. 국가를 위해서 사는 걸 우리는 너무 억울해하지 맙시다. 다 우리가 앞날에 잘 살 수 있는 길인데 열심히 노력해야지요."

"저마다 이유가 있지 않습니까? 삼대독자한테 아이를 하나만 낳아서 키우라는 법도 그렇고 경제적 이유로 도저히 아이를 낳아서 키울 형편이 아닌데 낳아야 한다는 법이 있다면?"

"미국이나 캐나다 같은 나라에서는 강 낚시를 할 때 한사람이 하루에 세 마리 이상은 잡지 말라는 법이 있다고 합니다. 강에는 고기가 무진장으로 많은데, 그들은 세 마리 이상을 잡으면 강에다 도로 놓아줍니다. 그들 나라 법은 낚시꾼의 권리를 침해하는 거지요, 누구를 위해서?"

"……."

"그냥 국가를 위해서라고 보면 됩니다. 환경을 위했든 생태계를 위했든 법은 국가를 위해서만 그 정당성을 가집니다. 어느 개인을 위한 법은 악법이지요. 만약 무제한으로 고기를 잡아 강에 고기들 씨가 마른다면 나중에 아이들은 어디에서 낚시를 하며 즐기겠습니까?"

"…."

"또 경제적으로 어려워서 아이를 낳아서 못 키우겠다고 하는 건데, 그렇다면 국가에서는 경제적인 문제를 해결해줘야 되겠지요."

"원인이 일자리가 없어서이고 자영업의 여건이 어려워서 창업을 못 해 돈을 벌지 못하는 겁니다."

"일자리를 늘릴 수 없다면 정년을 줄여서 아빠들이 퇴직을 빨리 하는 겁니다. 청년 일자리 이백만 개가 필요하면 이백만 명의 아빠들이 조기 퇴직을 하면 되고 돈을 많이 벌어둔 아빠 자영업자들은 그 업체를 자녀들에게 빨리 물려주는 거지요."

"교수님께선 모든 사안들을 너무 쉽게 보고 있는 겁니다. 시행되기엔 너무 많은 문제점이 발생될 겁니다."

"그렇다면 안 하면 되지요."

"네……?"

"자연환경엔 자연정화가 있고 인간사회는 인위적이 아닌 자연 순리적 사회환경이 조성되기도 한다고 할 수 있습니다. 장마에 흙탕물은 시간이 지나면 맑은 물이 됩니다. 또 강물 속에 고기들은 우리가 잡아먹지 않는다고 숨을 못 쉴 정도로 개체가 무한정 늘어나서 넘쳐나지는 않을 거라 봅니다. 우리나라가 지금 출생아 수가 줄어 인구가 감소한다면 분명 노령사회가 됩니다. 늙은 나라가 된다고 걱정도 합니다. 그 원인이 경제적인 것이라면 해결하는 것이 당연한 것입니다. 해결하는 방법은 다양합니다. 하지 않고 걱정만 하는 건, 비가 많이 오면 우리 집이 떠내려 간다는 걱정만 하고 있는 거와 같습니다. 방천防川을 쌓지도 집터를 옮길 생각도 않고 물가에다 집을 지은 할아버지만 탓하면 뭘 합니까? 할아버지 아버지 세대가 자녀를 너무 많이 낳아서 청년실업이 생겼다면 지금에 청년들이 아이를 덜 낳는 것도 당연하고 필연입니다. 일자리 만들 기업들을 옥죄고 노조 천국으로 만들어 기업 활동 어렵게 하면서 청년실업문제를 왜 걱정합니까? 문제가 발생할 걸 예상하고 대책을 세워두는 건 우리가 할 일입니다. 아이들의 취업을 위해 조기 퇴직 않으면서 우리 아이들이 결혼을 안 하고 아이도 안 낳는 걸 탓해서는 안 됩니다. 차라리 헤엄도 못 치는 아이 강물에 밀어 넣고 물에 빠져죽지 말라고 하는 것이 낫습니다. 어쩌면 아이를 안 낳는 인구감소減少적인 생활이 나중에 젊은 나라를 만들 수도 있습니다. 3000만 명의 인구는 각박한 사회를 여유롭게 할 수도 있습니다. 그 자연 순리적 사회가 조성되고 있는 것까지 막겠다는 우리의 생각은 어쩌면 우리에겐 우리를 위해 일할 애들이 많이 필요하다고 하는 걸 말하는 건 아닌가 그렇게도 생각됩니다.

"……."

서영묵 교수는 예나 지금이나 그 복잡한 논리論理를 다루면서 언제나 순리적이고 합리적이다. 그것은 모든 기초적 논리가 미래사회적이어서 공감을 얻고 있었다. 오늘에 청년 실업문제도 따져본다면 부모들에 운명적 자녀관에 기인한 것이라고 할 수 있다. 또 지금의 인구절벽이 꼭 잘못된 것이라고만 하는 것도 어쩌면 또 다른 문제점을 관과하는 것일 수 있다. 미래는 이 땅에 오천만 명의 생존을 꼭 약속한 것도 아닌데 우리는 오천만 인구를 유지해야 한다고 떠든다. 미래적인 국가정책은 제시도 않으면서…. 어차피 좁은 땅 건물값보다 택지 값이 비싼 건 당연한 것이고 곡물의 절반 이상을 수입해다 충당하는 건 어쩔 수 없다는 생각들이다. 아주 위험한 무대책의 발상이다. 미래는 쌀 한 톨도 사올 수 없는 국제상황도 있을 수 있고 경제문제에 의해 원자재도 확보 못 하는 어려움에 처 할 수 있다. 예측 불가능한 자연 기후변화로 농산물의 생산이 감소될 수도 있다. 칠년대한七年大旱에 대기근饑饉으로 아이를 잡아먹었다는 그 실상實狀들을 우리는 상상 할 필요는 없다. 다만 아이들이 살아갈 미래사회는 심각하게 생각해야 한다. 지금 이 시대 청년세대가 겪는 경제적 어려움은 부모세대가 조성했다고도 할 수 있다. 그런데 그 결과는 자녀들의 어려움보다 부모세대가 그 어려움을 먼저 겪을 판이다. 노인생활 안정을 위한 정부의 정책. 노령연금제도의 혜택을 받아야 살아갈 수 있는 부모세대. 그 부모세대는 자녀들은 물론 손자세대까지 빚더미에 올려놓고 있는 건 아닌지 생각해 봐야 한다. 국가부채는 후손이 책임져야 한다면 그렇다. 그러한데도 현 정책자들은 후손들에게 부담이 되는 국가부채 늘리는 걸 망설이지 않는다. 이를 때 쓰는 말이 갈수록 태산이다라는 말일 거다.

"또 다른 문제점을 풀어 볼까요? 이번엔 어르신 회원분들께 제가 가르침을 좀 받을까 합니다. 좋은 주제 있으시면?"

"교수님은 대학에서 학술 강의보다 현실적 실상實狀 쪽 강의를 많이 하신다고 들었습니다. 우리나라 미래사회를 어떻게 전망하고 계신지요?"

연로하신 회원이 자기는 고위 공무원을 역임했었다고 자기소개를 하고 간략하게 질문의 요점만 추려서 질문을 했다.

"최악이 될 거라고 생각합니다. 경제생활 쪽이든 정신생활 방면이든 어느 쪽이든 낙관적이지 않을 거라 봅니다. 국가 안보安保 상태도 핵 문제로 늘 불안한 상태가 계속 될 겁니다."

"다각적으로 자세한 설명을 부탁드립니다."

"오천 년을 생각하며 살아오신 인생 대선배님에게 저의 의견을 말씀드릴 수 있어서 우선 감사드립니다."

"……?"

"경제적 측면으로는 여러분들이 다 아시고 계시듯 어려운 시대가 도래할 겁니다. 국제적으로 원자재 난은 심화되고 최악에 경우 구입불능 상태의 무역시대도 예상해야 합니다. 그렇게 되었을 경우 기업 활동이 원활하지 못하게 되니 일자리도 따라서 줄어들게 되겠지요. 이 모든 현상들이 일시적이 아닌 상시적이라는 겁니다. 분명히 한다면 자원 수출국이 아닌 수입국들은 가격폭등과 수급불능의 이중적 난제難題에 직면하게 될 거라 예상합니다. 다음으로 국민 정신생활상은 불안과 불만으로 인내의 한계에 달할 겁니다. 젊은 세대는 빈곤한 상태에서도 왕자 병病을 떨쳐내지 못할까 염려됩니다. 그들은 먹기 위해 살든 그 시대 상황에 처해보지 않아서 힘든 일을 기피합니다. 3d 업종은 외국노동자들이나 하는 것으로 알고 있습니다. 부자富者집 아이는 망해도 소꼴은 베러 안 가는 꼴입니다."

"……."

"부모세대는 가난하면 부잣집 머슴으로 일해서 먹고살기도 하고 소작농으로 근근이 먹고살기만 하는 걸 감사하며 살기도 했습니다. 지금은 즐기며 사는 시대입니다. 평생을 일만 하다가 죽는 그런 인생도 거부합니다. 취업을 못한 지금의 청년세대들에게는 인생이 없습니다. 그들이 열심히 일하고 신나게 즐기며 살도록 해주지 못하는 사회는 그들에게 무가치한 것으로 치부될 위험성도 있습니다. 자동차 만드는 기계공학을 연구했는데 엉뚱하게도 자전거 빵구나 때우며 살아가라 하면 그들은 어떻게 성취감을 느끼고 만족감은 어디서 찾습니까? 굶어 죽을 형편이면 건설업 잡부라도 하겠지. 농사일 일용직 일이라도 하면서 살겠지, 하는 건 먹고 살기만 하라는 것인데 우리가 여태껏 노력해서 일군 사회가 그런 사회라면 한심한 결과입니다. 우리가 그 청년세대를 돌볼 생각도 안 하니 국민들의 정신생활이 만족스럽지도 행복하지도 못 할 거라 봅니다. 끝으로 평화시대가 정착되어 국민 모두가 평안하게 사는 것인데 우리는 과연 소중한 자유를 민족보다 중요하게 생각하느냐 입니다. 종교도 노조도 개인에 권익도 인정이 안 되는 사회주의와 합치겠다는 생각을 하면서 평화로운 세상을 꿈꾸는 사회관은 최악에 혼란을 야기할 수도 있습니다. 부富를 중오하면서 가난을 탈출하는 건 높은 산을 혐오 하는 사람이 최고의 산악인이 되려 하는 것과 같습니다. 평범한 보통산악인도 산을 미치도록 사랑해서 산을 오릅니다. 아이들 모두가 똑같은 집에 똑같은 빵을 먹고 사는 세상을 만들 생각이라면 아이들을 그렇게 키웠어야 합니다."

– 돈 많이 벌어 좋은 차 타고 다닐 생각을 하면 절대 안 된다.

– 신앙도 인권도 다 필요 없다. 오직 민족만 생각하고 민족을 위해 희생해라. 민족통일을 위해 죽는 건 영광이다.

"오천만 국민이 오천 년을 살아가는 길은 험난하겠지만 비겁하게 포기하지는 않는 국민이 되는 건 우리가 아이들의 앞날을 지켜주는 자랑스러운 길입니다. 현재의 우리 자유사회는 오천 년을 이어갈 가치가 있는 체제라고 생각합니다."

"좋은 말씀 감사합니다."

질문자가 자리에서 일어나 감사인사를 하며 박수를 쳤다. 회원들도 따라서 박수로 호응을 했다.

"저는 오천 년 회원 여러분을 진심으로 존경합니다. 저의 많은 지인知人들이 함께 하고 계셔서가 아니고 긴 시간 동안 회원들 모두가 올바른 신념信念을 가지고 살아왔다는 걸 알고 있어서입니다. 그래서 저는 항상 여러분을 본받으려 애씁니다. 특히 저에게 세상의 모든 소문所聞을 전해주시는 황영철 회원에게 감사드립니다. 지금 어디에 계십니까?"

영철은 한참 강론이 진행되고 있는 상태서 회의장에 입장을 했다. 그래서 맨 뒷좌석에 몰래 앉아 있다가 느닷없는 서영묵의 호명에 당황해서 일어났다.

"이 상황은 또 뭐야?"

옆에 앉았던 일남거사 눈이 뚱그래진다. 곧이어 회원들이 알고 법석을 피웠다.

“회장님!”

“회장님!

영철은 할 수 없이 앞으로 나가 회원들을 마주 보고 섰다.

“반갑습니다. 회원여러분!”

“반갑습니다. 회장님!”

“회장님!”

영철은 두 손을 높이 쳐들고 회원들의 환영에 답하고 비어 있는 앞자리에 앉았다. 서영묵이 알 수 없이 빙그레 웃으며 영철을 잠시 바라봤다.

“좀 전에 제가 얘기했든 금강 강변의 사건이 있었죠, 그때 우리를 구해준 애들이 있었다고 했는데….”

“……?”

“얼마 전에야 그때 그 아이들이 누군지 알게 됐습니다. 황영철 회장님 그때 그 당돌한 여자애하고 하던 연애는 잘 되어가고 있습니까?”

“하! 그때 그 대학생들 중에 하나가 교수님이었습니까?”

“그때 체육관 사범끼리 연애질하다가 관장님한테 들켜서 도망친 애들이 갈 곳이 없어 헤매다가 금강 강변에서 낚시질하며 놀았다지요?”

“하필 그 여자애가 관장님 누이동생이어서….”

“그 여자 친구 지금 기다리는 건 알고 있습니까?”

“…….”

"황영철 회원님은 그 많은 날을 저와 같이 지나면서 그때 일을 단 한 번도 얘길 안 했는데 이유가 있습니까?"

"여자 친구와 있었던 일을 얘기하면 나쁜 놈이지요."

"의리감 참 좋습니다."

서영묵 교수는 최근에 그때 일을 알게 된 사연을 소상히 얘길 했다. 누이동생과 한집에 살고 있어 누이동생의 운전기사와도 한 식구로 같이 지나는데 태권도장을 다니는 딸아이에게 호신술을 가르쳐주는 그 여자기사가 알고 보니 그 도장 사범이었다고 했다.

한강이 내려다보이는 집.

아직까지 고가古家 그대로의 부모님 집을 벗어나지 못한 영묵은 오늘도 아침 일찍 일어나 정원으로 나갔다. 정원이라기보단 공원이다. 근처 아파트에 살고 있는 주민들과 함께 이용하고 있는 공간이다. 식물원이나 같이 잘 가꾸어진 숲에는 산책하는 사람들이 많다. 영묵은 천천히 걸으며 오늘 있을 학교 강의 주제主題를 정리 해 봤다.

– 교육으로 학생들을 성인成仁으로 만들 수는 없다. 다만 비인非人이 되는 걸 막을 수는 있다.

환경에 의해 비인간화 되고 있는 이 시대라고도 할 수 있다. 그 옛날에도 없었든 아동 학대가 이젠 놀랄 일도 아닌 게 됐다. 간난아이를 돌보지 않고 방치하는 부모는 그 무지無知한 원시시대에도 없었을 거다. 모든 생물生物의 본능은 자손 번식이다. 길고양이들도 새끼들이 젖을 뗄 때까진 악착같이 보호한다. 그 무지막지한 들개들한테도 맞서면서.

– 민심民心은 천심天心이라지요 형님. 그 민심이 격앙激昻되어 도道

를 넘치네요. 세상을 사랑하는 마음들이 없어진 곳에 증오가 가득 차요. 너도나도 사회애社會 愛 정신으로 살아가지 못하네요. 백약百藥이 무효無效인데 형님은 영양식營養食만 찾습니까?

영철이는 전국순회 중이다. 십 년이 넘게. 팔도유람인지 전국공연인지 알 수 없는 무작정 여행 중에 생기는 부수입이란다. 많은 시장 민심 정보를 보내준다.

– 실천 않는 논리는 시골장터 목로 전 술꾼의 주정酒酊만도 못하지요.

"영철이의 세상으로 나오라는 부추김인 줄 안다. 영철은 친구 현성훈이 놈의 동네 아우지만 때론 친구로 지낸다. 옛날에 벌써 자동차 사고로 죽어서 이 세상에 없을 동네 형의 친구를 살려놓고 끝까지 보상을 받으려 한다.

– 재벌가 아들이라는 굴레를 벗어던졌으면 확실한 서민庶民이 돼야지요. 서민들은 온갖 인생 참사慘事 다 하고 살아요. 형님의 반듯한 인생사는 우리 오천만의 국민들에 귀감貴感입니다.

영철의 세상 애世上愛는 연유緣由가 있다. 그에겐 알 수 없는 사회 애 정신도 있다. 막연하지만 그건 그냥 첫사랑 같은 것인지도 모른다. 한 번 몰입하면 빠져나오지 못하는 일명 주사파 같은 것인지도 모른다. 돌아가신 선친은 그런 영철을 아들처럼 사랑했다. 하고 싶은 걸 하고 사는 아이라서 그렇단다. 선친도 하고 싶은 걸 다 하고 사셨다. 그래서 돌아가신 선친의 유훈遺訓은 딱 하나다.

– 하고 싶은 것을 하고 사는 게 인생이다.

영묵은 때로 회사를 이끌어 가고 있는 누이동생에게 물어본다. 만족

하냐고?

– 응. 수십만 명의 회사 식구들을 위한다는 게 그냥 좋아. 내 인생 세계 일주만 하며 사는 것보단 가치도 있잖아.

가난한 서민의 딸로 산다면 라면 하나 끓여놓고 오순도순 정답게 살 수도 있을 녀석이다. 치열한 기업세계 속에서 살면서도 인간미는 있다. 대기업의 대표이지만 식사는 구내식당에서 직원들과 똑같이 한다. 집에서도 마찬가지다. 진수성찬을 원하지 않는다. 예전 그대로 된장국도 즐겁게 먹는다. 아내 진이는 그런 시뉘를 늘 놀라워하지만 즐길 줄 아는 인생을 부러워도 한다. 서민으로 살아온 아내 진이는 재벌들의 아침식사는 무조건 소고기국에 온갖 희귀한 고기반찬인 줄 알았단다.

"얍!"

"돌려차기!"

"야!"

"앞발 차기!"

현관 앞마당 한쪽에서 딸아이 지나가 천 사범한테 호신술을 배우고 있다. 딸아이 지나는 태권도장을 다니면서 집에서는 늘 누이동생의 운전기사 천 사범한테 위기탈출 기술을 배운다. 경호원의 경력까지 있는 천 사범은 누이동생의 운전기사이면서 경호원이다. 영묵은 교습이 끝나기를 기다려 천 사범의 화려한 발차기를 흉내 내 봤다.

"아빠! 그렇게 해서는 골목에 뛰어노는 강아지도 퇴치 못 해."

"그래! 그럼 지나야, 한번 아빠한테 들어 와봐,

"아빠, 다칠라고?"

"인마! 아빠도 학생 땐 불량배들을 혼 내켜 주곤 했어."

"그럼 아빠, 들어간다."

"좋아!."

"얍!"

"악!"

영묵은 딸아이의 앞차기를 피한다며 뒤로 빼다 스텝이 꼬여 모양 없이 뒤로 나뒹굴었다.

"아빠! 눈을 감았잖아?"

영묵은 지나 에 손을 잡고 일어나며 딸아이에게 꿀밤을 하나 먹였다. 천 사범이 웃으며 옷을 털라고 수건을 건넸다.

"지나가 많이 늘었어요."

"사범님은 학생 때 남자애들께나 패 줬을 거야?"

"여학생들을 가지고 노는 꼴갑들은 죽여 줬지요."

"우리 지나가 사범님 닮을까 겁나네."

"삼십육계가 제일이라는 건 알아요."

"그런데 사범님 그 반지 예쁘네, 영철이 사범하고의 커플반지?"

"아녜요, 어릴 때 도장에서 어린애들 지도할 때 황 사범하고 금강으로 놀러 간 적이 있었는데 여대생 언니들 구해주고 얻은 거예요."

"금강?"

"네, 후훗."

"왜 웃어?"

"그때 도장에서 황 사범하고 사귀다가 오빠한테 들켜서 도망치고 있을 때였거든요. 그때 언니들이 우리 사정을 알고 용돈까지 줬어요."

"천 사범님도 일찍부터 연애질…."

"황 사범 그때 완전 짱이었거든요. 뺏길까봐 그냥 새끼손가락 걸었어요."

"손가락만?"

"후훗…."

"둘이 재미있을 때였네, 그때 일 재미있었겠는데 한번 들려줘봐."

"재미없어요."

"그래도…."

"그때 우린 낚시한다면서 손장난 하고 놀고 있었어요. 그런데 깜깜한 한밤중에 시커먼 애들이 한패 지나가면서 속닥이는 소리를 들었어요. 얘기 중엔 간간이 재미 본다는 소리도 있었어요. 황 사범하고 난 눈치를 챘지요, 어떤 일이 일어난다는 걸."

"……?"

"우린 그 패거리들이 일을 벌이는 걸 기다렸다 텐트 바깥에 대기하는 놈들부터 깠어요. 그리고 텐트 속에서 기어 나오는 쪽쪽 인정사정없이 돌려 깠어요. 그리고 남자들 텐트 쪽을 쳐다보니까 조용한 거예요."

"…."

"한참을 보고 있는데도 남학생들이 텐트에서 안 나오고 있는 거예요."

"…."

"얼마가 지났을까, 내가 막 일부러 비명을 질러대고 하니까 남자애들이 튀어나와서 텐트 문 앞을 막고 선 놈들을 제압했어요, 만약 끝까지 남자애들이 안 나왔으면 우린 그 겁쟁이들 가만 안 내뒀을 걸요."

"하! 대단한 활약이네."

"와! 사범님 멋있다. 최고…."

영묵은 아침을 먹으러 식당으로 가면서 자꾸 가슴을 쓸어내렸다.

"휴, 하마터면 맞아 죽을 뻔 했네…."

6

서영묵 교수의 강론은 오천 년이 아닌 향후 오십 년으로 한정한 미래관未來觀으로 끝을 맺었다.

"지속적으로 추진되어야 할 70년대의 국가 미래정책은 80년대 이후에 대부분 파기되거나 축소되었다고 볼 수 있습니다. 그렇게 된 원인은 상관없이 그 결과물들은 2000년 이후에 현상現狀입니다. 또 오늘의 당면한 경제적 어려움 우리가 방기放棄한다면 우리 사회는 더 악화될 거라고 봅니다. 보채는 아이 사탕만 줘서 달래면 우선은 시달리지 않아서 좋겠지만 나중에 아이의 신체건강은 만신창이가 되어버릴 겁니다. 여러분의 오천 년 꿈은 망상妄想이 아닌 이상理想입니다. 우리에게 남은 시간은 오십 년이겠지만 아이들에겐 오백 년입니다. 여러분의 오천 년을 위한모임 존경 합니다. 그리고 사랑합니다."

"사랑합니다! 서영묵 교수님!"

"최고의 강론 감사합니다."

언제나 그렇듯 오천 년의 모임은 저마다에 생각을 개진開陳하는 시간이 있다. 그 다양하고 다각적인 의견의 토론이 있기 전 오늘의 모임을 주최한 오정식 고문이 잠시 시간을 할애해서 상징적 회장 황영철의 격려사 시간을 마련했다. 영철은 늘 그러듯 단상에 오르며 색소폰 연주를 시작했다. 이선희의 아름다운 강산.

하늘은 파랗게 구름은 하얗게
실바람도 불어와 부풀은 내 마음
나뭇잎 푸르게 강물도 푸르게
아름다운 이곳에 내가 있고 네가 있네
손잡고 가보자 달려보자 저 광야로

회원들이 모두 일어나 흥에 겨워 연주에 맞춰 회의실이 터져나가도록 소리쳐 합창을 했다. 일남도 기타를 치며 흥을 돋웠다.

우리는 이 땅위에 우리는 태어나고
아름다운 이곳에 자랑스런 이곳에 살리라
찬란하게 빛나는 붉은 태양이 비추고
파란물결 넘치는 저 바다와 함께 있네
그 얼마나 좋은가 우리 사는 이곳에
사랑하는 그대와 노래하리

봄여름이 지나면 가을 겨울이 온다네
너에 마음은 나의 마음 나의 마음은 너의 마음
너와 나는 한마음 너와 나 우리 영원히 영원히
사랑 영원히 영원히 우리 모두 다 모두 다

끝없이 다정해

끝없이 다정해

회원들은 한바탕 몸까지 흔들며 소리 지르고 또 질렀다. 음악은 마음에 보약이다. 마음에 와닿는 가사의 좋은 노래는 서로의 마음을 소통하게도 한다. 장내는 한 참 만에 진정이 되었다. 영철은 간단히 일남을 회원들에게 소개했다.

"일명 철학 승려로 알려진 일남거사입니다. 오늘 회원여러분에게 좋은 철학인생론 들려주시리라 봅니다. 거사님 강론에 앞서 제가 신입회원 여러분에게 우리 오천 년을 위한 모임의 취지趣旨를 간략하게 말씀드리겠습니다.

"……."

"우리에겐 4·19, 5·16, 5·18, 그리고 6·29 선언까지 격동의 시대 혼란의 시대가 있었습니다. 이제 선진국으로 진입하는 이 시대, 우리는 계속 미래로 나아가야 합니다. 오천 년 모임은 처음 몇 사람의 뜻이 합쳐져서 시작되었는데 지금은 전 국민의 마음이 되었습니다. 너와나 모두 한마음으로 미래를 향해 가는 길에서 한결같은 합리적 생각이 필요하다 하겠습니다.

– 너들 언제 사람이 될래?

"우리는 자라면서 친구들과 많이 싸웠습니다. 그럴 때 어른들이 우리를 걱정해서 하신 말씀입니다. 사랑하는 우리 회원 여러분, 우리는 사랑하며 사는 사람이 되도록 합시다. 회원 여러분, 사랑합니다!"

"회장님! 사랑합니다."

"사랑합니다."

일남거사는 특유의 그 지긋이 좌중을 살피는 모습으로 단상을 한참 배회했다. 회원들은 어떤 설법일까 궁금해하지도 않았다. 익히 들어온 불교의 교리다. 무욕無慾하고 무상無相하라는 진리眞理의 말씀은 치열한 경쟁에 상태狀態에 놓인 사람들을 위안할 수는 있어도 계도啓導할 수는 없다. 경제적 측면으로도 혼자 몸이라면 그냥 다 양보할 일도 부양가족이 있으면 절대 포기 못 한다. 라면값이라도 더 벌겠다고 잔업을 하는 생산직 일꾼들은 동료 직원과 서로 내가 하겠다고 경쟁도 한다.

"헐……. 아무리 둘러봐도 조는 사람이 없네. 어디 전쟁이라도 하러 나가시려나? 눈들을 보니 초롱초롱 하니 각오가 대단하십니다 그려."

"……?"

"마음을 편히 가지세요, 편한 마음을 가지면 세상도 편하지요. 인생이란 아무것도 아닌 거여. 배부르면 졸리고 졸리면 자고 자고 나서 배고프면 또 일하러 가야 돈을 벌지요. 일 안 하면 굶어죽으니까 싫어도 꾸물대는 기여, 그러다 보면 세월은 가고 세월이 가다 보면 그냥 편한 마음으로 가면 되는 거고."

"……."

"세상에 나와서 세상을 하직하는 우리 삶은 길어야 백 년. 뭐 한 맺힌 거라도 있는 감요? 왜 이리 야단법석일고?"

"……."

"당장 코앞에 벌어질 일도 모르고 사는 세상사, 한치 앞도 장담 못 하고 사는 허망한 인생사 아닙니까? 그런데 여러분은 오천 년을 꿈꾸시네, 참 대단하십니다 그려…. 어느 세상 어느 곳에 사는 사람들에겐 지옥이나 같은 사바세상이고 어느 곳에 사는 사람들에겐 천국이고 극락이지요. 여러분은 참으로 대단하십니다. 이미 다 꾸려진 세상들인데, 그 세상을 바꿔 보시겠다고? 하늘도 부처님도 못 하는 그 일을 하시겠다는 건데?

"……."

"세상은 자연세상이 만드는 지옥도 있고 인간세상이 만드는 지옥도 있지요. 인간은 때로 포악한 악마의 떼거리도 되고 부처 같은 인간으로 신선神仙의 세상도 만들지요. 그 모든 세상사는 인간의 힘으론 막을 수 없는 불가不可역적 상황이 있다고 봐야 되요, 몇백만 명의 자국 젊은이들을 태평양 바다 속이나 생면부지의 타국 밀림지역에다 옥쇄시킨 일본의 군국주의자들. 혹한酷寒의 동토凍土에다 병사들을 몰아넣어 몰살당하게 한 히틀러의 만용蠻勇, 그 병사들에게 선택은 없었다고 봐야지요, 우리는 지금 당장 이 순간 조선의 핵미사일이 날아오면 그대로 모두 숯꺼멍으로 재가 되어버려요, 욕망에 가득 찬 악마 같은 한 인간에 의해 세상은 늘 수백만 수천만 명의 선량한 중생衆生들이 죽어나가지요, 오천만 국민이 이유 없이 모두 개죽음을 당할 수도 있는데도 그걸 오천만 국민들이 다 나선다고 막을 수 없다는 겁니다."

"……."

"또 서영묵 교수님은 청년실업자 구제방법을 논하시는데…. 신 고려장을 막아보겠다 하는 거겠지요? 선배님……."

"……."

"선배님…. 소승의 대 선배이신 서영묵 교수님이십니다."

“일남 후배, 아직도 그 장삼인가? 예전에 승적은 박탈당했을 텐데 승복은 여전히 못 벗으시네, 그려.”

서영묵 교수는 일남의 말투를 흉내 내며 웃었다. 그때도 교내에서 모르는 학생이 없었던 가짜 승이었다. 룸메이트가 여자 친구였어도 하나 개의치 않는 친구였다.

“어차피 하루도 못 가서 제적될 승적은 뭘 합니까? 할 말 다 하지 못하는 승려는 해서 또 뭐합니까?”

“허허허”

“나중에 정중히 뵙겠습니다. 선배님,

“하하하”

“하하하”

“예전에 일곱 날을 먹을 양식만 넣어두고 못 나오게 문을 막아버린 무덤을 우리는 고려장으로 알고 있습니다. 이미 늙어 거동도 잘 못하는 노인들을 모아서 산체로 무덤에 모신 풍습이지요, 살아도 살은 것도 아닌 노인들의 삶은 무가치했을까요?

“……”

“현제의 청년 실업인구는 인생이 없는 거 맞습니다. 밥만 먹고 지내다 죽는 삶은 한마디로 무의미 하지요. 생生이란 글자 그대로 살아있는 걸 말함입니다. 그냥 생물生物의 인생이라면 일곱 날의 선고를 받고 고려장에 갇힌 거와 다를 거 하나 없다고 할 수 있어요. 사회란 그 큰 고려장, 그 고려장에 칠십 년의 선고를 받은 우리의 아이들. 그 고려장에 갇힌 아이들이 하나 둘이라도 안 되지요. 이백만 명의 고려장은 우리의 큰 죄악이겠지요.”

"……?"

"소승이 보기엔 너무도 터무니없는 오천 년의 모임입니다. 세상사 무탈 무난하기를 바라지만 지난 오천 년은 곡절도 많았겠지요, 앞날에는 극락세상을 치성致誠한다는 오천 년 회원님들의 자유토론이 많이 기대됩니다. 남미아비타불 관세음보살…."

"감사합니다. 스님의 질책叱責."

회원늘의 감사에 일남거사는 합장으로 답했다. 연단에서 내려온 일남거사를 서영묵 교수는 두 손을 벌려 맞이했다. 이어서 회원들의 자유토론이 시작됐다. 토론은 사회 각 방면의 문제점이나 개선점을 가지고 어떤 자세로 임 할 건가를 논한다. 자라나는 아이들에게 짐을 지우는 노령연금을 수령하는 건 안 된다는 주장도 있고 축적된 부富를 사회에다 환원하지 않고 세계일주 여행이나 해외 반출을 도모하는 건 개인적 권리만은 정당화 하는 걸 수 있다는 것 등.

– 사회를 위하지 않고 사는 건 개인에 자유이나 그 사회가 모두를 보호하지 못하는 건 또 개인들이 아닌 국민의 책임이다. 망한 집구석을 두고 남에 탓을 하는 건 자유겠지만 망한 집구석에서 고통 받는 건 남이 아닌 자신이다.

– 남의 것처럼 생각한 사회가 망가졌는데 내가 아쉬워할 건 없다. 다만 그 사회가 나를 보호하지 못하면 나는 누가 사회를 망쳤다고 탓한다. 망가진 사회를 원망도 한다.

귀가 닳도록 듣는 사회지도층 인사들의 외침이다. 마지막으로 군 전략戰略실에 근무 중인 회원의 사회주의와 자유사회가 합의 통합 된다면 어떤 사회상태가 되는 가에 대한 연구 발표가 있었다. 발표자는 단상에 올라 토론을 개진開陳했다.

"국가사회 위기는 외적外的에 의한 것과 내적內的인 것이 있습니다. 외적인 것은 우리 국민들이 어찌 할 수 없는 것이라 제외하겠습니다. 내적 혼란 시 사회는 어떤 상태가 될 것인가를 연구했습니다. 만약을 전제로 한 예상적 결과물이라는 걸 먼저 밝힙니다. 우리 군 전략 실에서는 다방면으로 연구에 임했습니다. 그 연구 결과를 말씀드리기 전에 회원 여러분의 생각은 어떤지 알아보겠습니다.

단상에 발표자와 객석에 토론자는 회의장에 구비된 최신 장치로 소통한다. 토론자는 앉은 자리에서 무선 핀 마이크로 자리에 비치된 좌석번호를 누르면 발표자는 ok 표시를 해서 서로 소통하는 시스템이다. 객석에서는 둘의 대화를 중앙스피카로 동시에 청취할 수 있다. 음향시설 전문가 껌투리의 작품이다. 해남에 유리온실도 첨단시설이지만 직원들이 이용하는 회의장의 최신 음향시스템을 구비한 건 모두 껌투리의 생각이다. 시설견학을 오는 각지의 농업인들은 국회의사당 급이라고 놀라워한단다.

"우리나라는 가까운 장래에 통일이 되기는 어렵다고 봅니다. 먼 훗날 중국의 사회주의 공화국이 자유사회화 되고 조선사회주의공화국이 따라서 변화 할 때 우리는 평화적 합의통일을 이룰 수 있으리라 기대합니다. 그때는 그 어떤 혼란도 없이 우리 민족은 통일에 기쁨을 만끽하게 되겠지요, 다만 그러기 전 우리가 억지로 통일을 하려고 했을 때 생기는 문제점은 어떤 것일까 하는 것입니다."

"……?"

"무력으로의 민족통일은 다 아시고 계시듯 무의미 하겠지요, 민족의 파멸은 물론 세계의 평화를 위험에 빠트릴 수 있으니…. 우리는 절대 반대 할 수밖에 없는 것입니다. 그런데 우리가 공산체제의 조선사회주의 공화국하고의 평화적 합의통일을 했을 때 일어나는 일입니다. 그럴 때 국민의 한사람으로서 어떤 예상을 하고 계시는지 말씀해 주실 분 있으시면 손을 들어주십시오."

서슴없이 손을 들어 의사를 표하는 많은 회원들. 발표자는 놀랐다는 듯 한참을 객석을 응시하다 105번에 ok를 보냈다.

"생각해 두신 거라도 있으신 겁니까? 많은 분들의 의견이 있으신데, 우선 105번 회원님 생각을 들어보겠습니다."

"만약 그렇게 남북이 통합된다면 우리만 피해를 볼 겁니다."

"어떤 면입니까?"

"우리는 북쪽 땅을 들어 갈 수 없으니 그들을 개방화시킬 순 없을 테고요. 그들은 남쪽 땅을 점령하겠지요, 점령하면 남쪽을 사회주의 체제로 만들기 위해 전 국민에 자유사상을 말살하려 할 겁니다."

"그러면?"

"우선 사회주의 사상에 반하는 종교를 말살하겠지요."

"다음은?"

"그들의 정책시행에 반발하는 세력들을 무자비하게 탄압할 겁니다. 본보기로 거부세력은 공개 학살되겠지요."

"아주 정확한 예상이십니다. 그 논리에 동의합니다."

"다음 10번 분."

"공산세력은 확장 일변도의 전략이 있습니다. 빠른 기간 내에 현 점령지를 제압하고 또 다른 목표를 설정할 겁니다. 통제가 원활하게 수행되지 못하면 점령지 주민은 몰살될 수 도 있습니다."

"같은 민족끼리 인종청소도 합니까?"

"공산사회는 따르는 자와 거부하는 자로 모든 게 결정됩니다. 민족이라는 건 애초에도 없었고 앞날에도 없을 겁니다. 지침이 법이고 시행이 정의지요."

"10번 회원님의 직업이 궁금합니다."

"외교관이었습니다."

"잘 알겠습니다. 10번 회원님에 의해 민족관념이라는 것이 우리에게만 있다는 걸 알게 됐습니다."

더 많은 회원들의 의견이 있었지만 희망적 견해는 없었다. 한마디로 이대로가 좋다는 거고 통일은 필요 없다는 거다. 발표자는 토론이 끝나자 연구 자료를 한 장씩 넘기며 설명에 들어갔다.

"그동안 통일을 위한 우리의 노력은 기쁨보단 아픔만 주어왔습니다. 6·25 동란에 이백만 명 이상에 인명을 희생시킨 통일노력은 차라리 없어야 했습니다. 지금에 통일노력은 그보다 더한 이천만 명 이상의 국민생명이 희생 될 수 도 있다는 겁니다. 연구원들의 연구 중 하나를 먼저 말씀드리겠습니다.

"……?"

"강아지 길들이기라는 것인데, 새끼가 아닌 다 자란 강아지를 데려다 길을 들일 땐 묶어놓고 무작정 팬다는 겁니다. 왜 그렇게 하느냐 하면 그것은 주인을 무서워하도록 만드는 방법이라 합니다. 그러면 아무리 사나운 개도 무조건 슬슬 기며 복종을 하고 짖지도 않는다는 거지요."

"……."

"자유사회는 멋대로 산다는 것입니다. 법에 저촉되지 않는 한 어떤 행동이든 다 할 수 있습니다. 자기의견을 소리 높여 외칠 수도 있습니다. 사회주의 사회는 통제사회입니다. 무조건 복종입니다. 우리의 합의적 평화통일은 그 사회주의를 수용한다는 겁니다. 한반도의 자유사회화는 절대 불가능 합니다. 우리의 합의통일은 무조건 사회주의화를 전제로 하는 것입니다. 그렇게 했을 때 자유인들을 사회주의 인으로 길들이는 방법이 바로 강아지 길들이기라는 거지요."

"……."

"좀 끔찍한 상황입니다. 또 다른 연구원에 연구 결과입니다. 합의통일은 조선 사회주의 공화국에 어떤 이익을 주느냐 하는 방면입니다. 사회주의는 절대 손해가 되는 일을 두고 협상도 합의도 안 한다는 걸 아는데 우리와 통일에 합의했다면 분명 이득이 있다는 걸 확신했다는 겁니다. 그것은 아주 간단하게 말한다면 자유 한국이 가진 걸 다 차지한다는 것이지요, 땅도 재산도 거기다 최고의 기술 인력까지."

"……."

"우리 자유 한국은 그럼 무었을 얻나 하는 겁니다. 어떤 이득이 있는지 회원 여러분의 의견을 듣겠습니다."

발표자는 객석을 잠시 둘러보다 뒤쪽에 젊은이 하나를 지목했다.

"71번 회원님, 어떤 이득이 있습니까?"

"민족통일입니다."

"또 있습니까?"

"백두산 금강산을 등산 할 수 있습니다."

"하하하."

"하하하"

객석에서 웃음이 터졌다. 젊은이들의 마음은 가볍고 밝을수록 좋다. 발표자는 간단히 맺음말로 마무리를 했다.

"우리에게 통일에 문은 언제라도 열려있습니다. 다만 단 한 사람의 국민도 희생되지 않는 통일이어야 합니다. 신중하고 또 신중히 지향해야 할 통일 문제입니다. 감사합니다."

그 많은 관심사들을 토론하며 회원들은 즐겁게 자기의견을 제시했다. 오늘의 토론은 이제 녹화되어 인터넷을 통해 참석하지 못한 회원들에게 전달될 거다. 오정식 고문은 오늘의 모임을 마무리하며 다시 한번 서영묵 교수의 참여를 고마워했다.

"우리 오천 년을 위한 모임은 한마디로 하면 아름다운 모임입니다. 우리 인류의 오천 년이고 인간의 오천 년입니다. 우리 오천 년이 터무니없다고 하신 일남 스님께서도 불교의 오천 년을 기원하고 계실 겁니다. 우리는 이 세상에 오천을 위하는 마음으로 살도록 합시다. 이제 펼쳐질 연회宴會의 시간 즐겁게 즐기시고 오천 년의 그 과정過程 속에 있는 내일에 일상日常을 준비합시다. 끝으로 밴드마스트의 색소폰 연주는 팁에 따라 달라진다는 걸 생각하시고 많은 성원 부탁드립니다. 우리의 상징적象徵的 회장님은 언제나 빈털터리랍니다."

"회장님! 1번 신청곡 <해남에 살고 싶네> 부탁합니다."

"이 친구야, 그런 곡은 없어. 오천 년에 살고 싶네는 있어도."

7

익산의 고향농산.

일남은 오정식 고문의 부탁으로 고향농산에서 강론을 하기로 했다. 작목 반원들에게 좋은 철학 강연을 해달라는 오 고문은 도착하자 바로 일남이 익산평야를 돌아보게 했다. 익산은 금강 유역이다. 국내 최대의 쌀 생산지 호남평야에 속한 익산은 북부 쪽으론 야산을 낀 밭이 많다. 그 밭에다 호박고구마 농사를 짓는 작목 반원들이 이젠 수백 명이 넘는다고 했다. 황등, 낭산 함열 지역이 호박고구마의 주 생산지라고 했다. 평야 속에 더 넓은 밭들. 예전에는 보리밀의 주 생산지였단다.

"고향농산의 밭들이 어마어마하게 많은데 오 고문님 떼 부자여."

"다 황영철이 껍니다."

"영철이? 빈털털이 그 친구가 여기 농산하고 무슨 상관?"

"영철이 친구한테 속지 마시오, 스님도. 그 친구 악독한 고리대금업자요. 이 땅 모두 예전에 그 친구 돈으로 구입한 거요."

"영철이 친구는 충주 땅 빈농 출신인데?"

"서영묵이란 재벌 아들 교통사고로 죽을 뻔한 거 살려주고 그 아버지한테 뜯어낸 돈이라지 아마."

"헐…. 저런 못된 깡패 같은 놈."

"지 꺼 누가 팔아먹을까봐 지가 데려다 키우던 고아원 애 여기 고향농산 대표로 다 심어 놨잖아요. 아주 용의주도해요. 머리가 천재요 천재."

"헐…"

"참, 스님의 사돈집 대관령농장도 마찬가지요. 그 예비 사위깜 막내란 애도 영철이 친구가 거기다 짱박은 애요. 지금 그 대관령농장 모두 스님의 사위깜 막내란 애 앞으로 등기 되어있을 걸요."

"헐…. 난 상주에 강변농산만 영철이 친구 도움으로 만든 건 줄 알고 있었는데."

"주문진에 관광사업도 있어요. 영철이 친구가 소유권 주장하면 그 재산들 수천억이 넘을 걸요."

"와! 이런 사기꾼, 그런 놈이 점심값 숙박비는 꼭 나보고 내라지."

"미안한 걸 모르는 친구요, 이해 하슈."

"그건 그렇고 영철이 이 친구 서영묵 교수와는 아주 친형제같이 지내던데 목숨 구해준 그 인연으로? 또 오천 년의 모임하고는 또 무슨 관련?"

"아, 별거 아니요, 우리 오천 년 모임은 쓸 만한 인재를 지원하는데, 이번에 우리 오천 년은 서영묵 교수를 찍었어요. 영철이 그 친구가 서영묵 교수와 친하니까 막후협상 중이요."

"대권재목?"

"네"

"정윤정 전 대통령도 오천 년의 작품이었군요?"

"네, 우리의 도움이 크지는 못했지만."

"헐, 대단해요, 안동에 한 농가의 출신을 국회로 보내서 대권에까지…."

"박정희 대통령도 농촌 아이였지요. 출신이 문제가 아니고 뜻이 대범해야 되요. 큰마음이 없으면 국민 전체의 지지를 못 받아요."

"서영묵 교수는 이미 오래전부터 사회에 인물로 부각되고 있었는데 이젠 오천 년에게 필요하다?"

"지금 우리 사회는 위기에 직면할 겁니다. 모두가 그걸 예감하고 있어요."

"정윤정 전 대통령이 임기 중 항상 경제위기를 타개할 준비를 해야 된다고 했었지요."

"지하경제를 표면表面화하도록 하자고 했지요. 종교재단의 수익사업에 과세課稅를 거론하고요. 노령연금 재원을 충당한다고 담배값 인상을 단행했고요. 그 정책으로 국민 절반이 돌아섰지요. 이제 닥치는 경제난국은 그때 무산된 미래정책의 산물입니다. 민심은 천심이라고요? 스님은 하늘은 언제나 생물生物 편이라고 하시겠지만 하늘은 때로 무자비無慈悲해요. 이 익산평야도 한때는 황무지였어요. 가뭄에 타들어 간 벼농사 나중엔 홍수로 한꺼번에 쓸어가곤 했지요. 박정희 전 대통령의 국토개발정책이 없었으면 이곳은 그 황무지의 버린 땅을 벗어나지 못했어요."

"어릴 때 남부지방의 가뭄으로 쌀이 모자란다고 밀국수를 많이 해 먹자고 한 건 기억이 납니다."

"지금은 경제의 황무지를 염려해야 되요. 국민 모두가 경제적 어려움에 인생을 잃어가고 있어요. 옛날엔 먹을 양식만 걱정했지만 지금은 어떻게 살아가느냐를 걱정해요. 돈을 벌지 못하는데 빚은 늘어가요. 그들에겐 세상이 뒤집어지든지 자기들이 사라지든지 해야 될 막판이 임박함을 느낄 겁니다. 부잣집 아이는 굶게 되면 돈을 벌기 위해 일터를 찾기 전에 세상을 먼저 원망해요."

"부모는 아이가 나를 왜 낳았느냐 하는 그 말을 가장 뼈아파 한다지요. 사회란 아이에게 있어 제 이에 엄마 품 아닙니까? 사회는 어차피 어른들 책임입니다."

"서영묵 교수는 재목입니다. 노동판을 알아본다고 대학 다닐 때는 여기 호남평야를 헤매고 다닌 엉뚱한 학생이었어요. 손수 체험을 해야 직성이 풀리는…."

"맞아요, 그 선배 사흘 굶어 담 안 넘을 놈 없다는 말 알아본다고 부산에서 서울까지 무전無錢여행을 했어요, 대학 때요."

"스님은 철학을 어떻게 합니까?"

"산사山寺에서 눈을 감고 앉아 마냥 명상冥想을 하지요."

"영철이 친구는 그럼 십여 년이 넘게 전국 시장 바닥을 헤매며 뭘 할까요? 그 친구는 바람피우러 다닌다고 말은 하지만…."

"세상 민심 살펴서 서영묵 교수한테 주겠지요."

"그 건 보너스지요. 아마도 우리가 모르는 원대遠大한 목적이 있을 겁니다."

"인생을 즐기는 방법은 저마다 다르지요. 그 친구 공연을 할 때 보면 그냥 마냥 즐기고 있어요. 재담才談은 타고난 소질입니다."

"만약 서영묵 교수가 대권유세를 할 때 옆에 서 있는다면 청중은 누굴 더 알아볼까요?"

"이런 도둑놈! 바람피우러 다닌다며 시장 민심을 훔쳐?"

"서영묵 교수 마음을 알기 때문일 겁니다. 서영묵이 그 친구 국회의원 나설 때 선거자금이 영철이 친구가 여자 친구와 놀러 다니라고 준 달랑 삼백만 원이었다 하잖아요."

“자기가 공사판에서 번 돈하고요.”

“또 그 여자 친구에겐 또 고학생 행세를 해서 여자 친구의 전 재산 오백만 원을 뜯어내서 보탠 서영묵 아닙니까.”

“아무튼 재미있는 친구들입니다.”

“인생을 멋있게 살 줄 아는 친구들이지요. 돈으로 선거운동을 하지 않을 서영묵이란 인간입니다. 영철이 친구는 그걸 알고 있었고요. 우리 농산대표들은 그것도 모르고 영철이 친구가 선거자금을 부탁할 걸 대비해서 자금을 마련할 준비를 다 했지요.”

“헐…. 십년 후를 생각하고 살아왔다는 거네.”

“영철이 친구를 다 알기는 어려워요.”

“하긴 무엇을 하던 억지가 없어요. 그 많은 사람들을 즐겁게 해주고 다니는 영철이 그 친구에 기행奇行에는 무언가 있긴 있어요. 우리가 다 알 수는 없겠지만…. 그 친구 멘트 속엔 때로 세상사를 공감케 하는 것들이 있어요, 아주 자연스러운 인생에 진리 같은 것들이.”

“인생에 진리라?”

일남은 서천으로 가는 다리 아래 하구河口둑을 오정식 고문과 천천히 걸으며 많은 얘기를 나눴다. 그 누구든 자신이 세상에 태어난 건 알 수 없는 자연의 섭리라고 하겠지만 살아가며 누구는 자신에 삶을 마음껏 누리기도 하고 누구는 왜 태어났나 원망의 마음을 가지며 살아갈 수도 있다… 라면 하나의 점심을 먹으며 웃을 수도 있고 진수성찬의 비싼 점심을 먹으며 뜻대로 안 되는 세상을 미워하며 한恨 서럽게 살기도 한다. 인생을 감사感謝할 줄 모르면 세상을 다 가져도 불만이리라.

익산 고향농산은 낭산에 있다. 영철은 작목반 회의실에서 일남거사의 강연과 함께 공연을 할 생각으로 준비를 했다. 마침 대관령 막내까지 설아를 데리고 인사를 와서 농산 문화마을에 왕눈이는 신났다.

"형아야, 우리 삼총사 다 모였어, 이참에 우리 근사한 데로 다 함께 여행가자."

"달나라로?"

"형아는 맨 날 장난만, 진짜로 가자, 어디든."

"그래 너들 이제 다 짝 지웠으니 됐다. 그래 가자 별나라든 해나라든 어딜 못 가겠니."

"내 참, 쉭…."

왕눈이는 김샜다면서 형아와 더 이상 상대 않고 저희들끼리 제주도를 가내 흑산도를 가내 하고 속닥인다. 주문진에 껌투리 아내 안 예쁜이는 대관령의 설아를 데리고 와서 무안으로 인사를 갔다. 가는 길에 새만금을 들려 설아에게 바다 구경을 시켜준단다. 길 안내는 왕눈이 짝꿍 이슬이가 하고 있을 거다. 설아는 상주도 여기 익산도 처음이다. 무안에 고구마 완수는 설아가 한해 이백 가마니의 쌀을 극빈 노인 점심 대접하는데 무료 제공한다는 걸 듣고 고구마 한 트럭을 보내주겠단다. 가락동 시장가격으로 천만 원에 가까운 거액의 농산물이다. 무안 고구마는 설아가 그 옛날의 노가다 동패 하나인 송아지의 아이라는 얘기를 듣고 좋아서 난리다. 저도 아빠가 돼 주겠단다.

"짜식들 눈 코 뜰 새 없이 바쁜 눔들이 가긴 어딜 간다고? 까불지 말고 짝꿍들한테 잘할 생각들이나 해. 왕눈이 넌 여직 뭐 하고 있어 식 올릴 준비 안 하고?"

"그런 거 꼭 해야 돼?"

"짜식 봐라, 인마! 여자가 왜 남자가 주는 꽃다발을 좋아하니, 다 형식을 좋아해서야, 면사포 쓰는 그 순간부터 여인은 승리에 미소를 짓는 거야 알아?"

"우린 올개미에 올켰다야?"

"그래, 맞아. 친구들에게 자랑하는 거지. 나 이제 한 놈 완전히 잡았어. 까불지 마!지."

"알았어, 난 이슬이가 암말 없어서 그냥…."

"막내도 빨리 준비하고."

"응."

"짜식들, 누구든 짝꿍 눈물 흘리게 하면 가만 안 둬. 특히 막내 너, 설아 아직 어려, 작은 거에도 상처받아."

"후후…."

"껌투리 너 왜 웃어?"

껌투리가 막내 목을 가서 꼭 움켜쥐고 조였다.

"아마추어 때가 좋은 기다. 요렇게 목사리 채워진다. 알아?"

"짜식들…. 며칠만 떼어놓으면 죽겠다고 찾고 난리 칠 놈들이."

"그런데 형아는 약돌이 누나 보고 싶지도 않아?"

"형아는 인마 예전에 짤렸어, 까불다가."

"에이."

"정말…."

"우리가 다 알아봤는데, 누나 기다리는 중이라던데?"

"시끄러!"

모내기 고구마 싹 심기도 끝나는 계절의 하지. 본격적으로 더위가 시작됐다. 왕눈이 대표는 그동안 고생한 작목반원들을 위해 회식을 준비했다. 회식은 삼겹살구이로 늦게까지 이어졌다. 회식을 끝낸 농산 식구들은 하나둘씩 휴게실로 입장을 했다. 그런데 강연을 할 일남거사는 강연할 준비는 않고 영철과 흘러간 옛 노래 연주만 하고 있었다.

"모두 입장 하셨습니다."

왕눈이 대표의 말은 들은 체도 않고 둘은 계속 연주만 이어갔다. <찔레 꽃>, <대전부르스>, <비내리는 호남선> 등 주로 옛 노래여서 젊은 세대는 잘 모르는 노래다. 하지만 색소폰과 대금의 연주 소리는 곡을 몰라도 듣기 좋다. 농산 식구들은 오히려 지루한 강연보다 박수 치며 음악 듣는 게 더 좋다.

"여러분! 좋지요?"

"예, 좋아요."

한참을 더 연주를 하고서야 일남거사는 연단으로 나섰다.

"소승은 소백산 아래 영주에서 태어나 울진에 살고 있는 철학하는 재가在家승입니다. 오늘 어떤 인연으로 여러분을 만나 너무 반갑습니다. 모두 모두 사랑합니다."

"반갑습니다. 스님."

"아무리 좋은 얘기도 듣는 사람의 마음이 평화로워야 합니다. 쌀독이 비었는데 원님 행차 나팔 소리가 뭐 신납니까? 지금 우리의 옛 노래 연주가 즐거웠으면 여러분 집에 쌀독이 그득하다는 건데 혹 비어 있는 분 있으신가?"

"없어라요."

"헐, 이 동네는 부자 동내구먼. 그럼 되얐어. 그냥 막 놀아부리더라고. 어이 사돈 신나는 걸로 하나 해봐."

"스님이 어찌 사돈이 있남요?"

"아, 이 친구 동생하고 내 딸이 짝 맺기로 해얏어. 뭐 쫌 거시기하지만 좋은 기 좋은 기여."

"스님이 또 우짠 딸이여요?"

"어허! 남에 족보 다 들치네, 다 들쳐."

"바람난 스님이네."

"스님도 사람이여, 살다 보면 옆길로 새기도 하는 기여. 뭐 좀 거시기하지만 여러분이 궁금해 하닝께 얘길 하것소."

"…?"

"울 아버지는 딸아이를 디기 예뻐했는데 결혼도 안 한 딸아이가 연애를 해서 아이를 낳았네, 그러니 어쩌? 오빠인 나를 강제 결혼시켜서 그 외손녀를 아들 호적에 올린 거지. 그렇다고 승려에 길을 가겠다고 결심한 이 몸이 깎은 머리를 다시 기를 수는 없잖어. 자전거 타기 좋아하는 아이가 한쪽 팔을 다쳐서 못써도 한 팔로 자전거를 타고 노는 격이지 뭐……."

"부처 같은 스님이요."

재담으로 음악연주로 농산식구들의 회식시간은 즐겁게 늦게까지 이어졌다. 모두가 행복한 농산식구들이다. 일남은 강연보다 즐거운 분위기를 위했다. 오정식 고문을 불러올려 노래를 부르게 하고 직원들이 나와서 놀게 했다. 일남은 익산을 떠나오며 다시 한번 영철이의 참 인생을 느꼈다. 그 여러 날 무안으로 광주로 목포로 다니며 여러 친지들을 만나는 데서 많은 걸 알게 됐다. 시장 민심을 모르면 세상을 모르는 거다. 시장바닥엔 의외로 현명한 지성인도 많았다. 세상에 나타나 있지 않은 오천 년 모임의 사람들. 그들은 생활하는 사회인들이었다.

8

성공한 자식 농사는 자식들의 출세란다. 고등고시에 패스한 집안에서는 잔치를 벌이기도 한다. 또 지역의 경사라며 현수막까지 내걸어 세상에 알리고 축하한다. 그래서인지 농사꾼 집이든 장사꾼 집이든 가업을 이어받는 자식들을 원치 않는다. 그런데 상주에 강변농산 대표 땡감은 하나뿐인 아이 대산이가 가업을 이어받지 않으려 한다고 늘 불만이었다.

“막동 씨, 애들은 애들대로 생각이 있어요, 똥개 길 드리듯 다구치지 마셔.”

“그눔들은 아직 세상을 몰라. 백중 날씨 맨 날 맑은 줄만 알지 태풍에 둑 넘칠 건 몰라. 세상 천지가 다 장사꾼 천지라, 거기 뛰어드는 건 죽으라고 날아드는 불나방이야 불나방.”

“호떡 장사도 지 잘 하면 아들 대학 보낼티고 지 못하면 쪽박 찬다고 하대. 겪어 봐야 부모 맘 알아예.”

“누님은 참…. 코앞이 능청陵菁이요, 벼랑 끝에서 띔박질하는 망아지 신세 뻔한 기라, 꼭 빠져봐야 늪인 줄 알끼라.”

“당신은 겁을 모르는 대장부라 큰 농산살림을 꾸려왔지예, 대산이는 소심해서 감당 못 해 예.”

"익산에 왕눈이한테 보내서 배우라고 하든지 해야지 안 되겠어. 강변농산 까닥 잘못해 무너지는 날엔 수백 명의 집구석이 파탄 나능기라."

농산 직원들은 지금 적잖은 쌀농사 수입으로 살림을 잘 꾸려가고 있다. 또 다양한 작물 농사로 부수입도 얻어 조금씩은 저축도 한다고 했다. 그런 직원들에게 농산운영에 차질이 생기면 안 된다. 분별없이 축산사업에 뛰어들고 강변관광지 조성을 한다고 담보대출을 받고 하다가는 언제 위기에 닥칠지 모른다. 우선은 그 많은 유혹 다 뿌리치고 하는 농사 견실하게 경영해야 한다. 오정식 고문도 부화내동은 안 된다고 했다. 포화상태의 3차산업이라고 했다. 1차 산업은 수익은 별로지만 안정적이고 또 사회에 기여하는 가치도 있다며 현재의 경영방침을 고수하라고 충고하고 있다.

"아부지 나 농사일 하겠어요."

"왜?"

"아부지가 좋아 하게요."

"뭐?"

"사실은 아부지 사업을 이어받아야 나중에 제가 하고 싶은 걸 할 수 있잖아요."

"뭐야? 치아라 인마! 머슴애 놈이 무슨 포부가 없고 뒷바라지나 할 생각, 차라리 왕눈이 삼촌한테 맡길 기다."

"아부지, 포부는 뭐해? 그냥 아부지처럼 하면 되잖아요?"

"쯧쯧…. 한심한 놈."

"정이가 시내에 나가 사업체 차리는 거 보다 아부지 일 배우는 게 더 좋대."

"야 인마! 겨우 맘 바꾼 게 색시 맘에 드는 놈 되겠다는 기라? 망할 놈 같으니라고."

"아부지, 나 영철 아저씨 말 따라서 진짜 대산大山이가 될 거야."

"영철 아저씨가 뭐락 했는데?"

"음…. 남자라면 작아도 꿈을 가져야 한대."

"그래, 니 꿈이 뭔데?"

"대 농산사업을 할 거야. 아부지의 농산 열 배는 크게."

"미친눔."

막둥이는 코웃음을 치면서도 아들에 마음을 잡아준 정이가 대견해서 정이를 데리고 과수원 길을 산책하며 하고 싶은 것이 있으면 다 들어주겠노라고 했다. 허나 정이는 좋아만 할 뿐 말을 안 했다.

"아저씨는 왜 아직도 아내를 누님이라 불러요?"

"아내가 좋아하거든."

"에이, 좋아는 하지만 감동은 안 해요."

"우리에겐 그럴 사연이 좀 있단다. 아주 어릴 때 난 막내라 여러 형들 누나들한테 구박덩어리였어. 그럴 때 앞집에 살고 있던 누나는 나를 말려주고 감싸줬어. 어떨 땐 부모님들이 집을 비울 때 집에 누나 형들이 하도 괴롭혀서 밖에 나와 있으면 앞집 누나가 데려다 재워주곤 했단다. 지금 생각해보면 그게 막둥이라고 나를 부모님들이 너무 귀여워한 탓이었어,

"후후후, 그래서 누나를 사랑하게 됐나 봐요?"

"지금도 쑥스러워 당신이라고 못 불러."

"그래도 이젠 사랑하는 기순 씨 하고 부르세요."

"그래, 그러는 기 좋겠다."

막둥이는 팔에 매달려 깡충대는 아이 정이와 한동안 과수원 길을 걸었다. 야산 둘레길 안에 배나무 과수원은 끝이 안 보이도록 넓다. 일꾼들이 배나무 관리에 여념이 없다. 적과가 끝나면 봉지 씌우기다.

"정이 산책 나왔네."

농장직원들이 반긴다. 일과 끝나고 휴게실에서 늘 정이에 기타연주를 듣고 놀다 돌아가는 직원들이다. 농장직원들은 정이가 대관령 집으로 돌아갈까 봐 걱정들이다. 공짜 노래 선생이 생겼다고 여자 직원들은 좋아 죽는다.

"정이 아빠 엄마가 집에서 많이 기다리실 기다."

"대산이가 나 집으로 돌아가면 낙동강 다리에 가 뛰어내린대요."

"걱정 마라, 그 녀석 헤엄은 칠 줄 아니까."

"그리곤 또 뭐랜 줄 아세요, 여기 과수원 뒤 언덕에다 천사의 집을 지어놓고 할머니들을 사시 게 한대요, 언제나 따뜻한 물이 가득한 목욕탕이 있는 전원 주택단지요. 심심 할 때 소일 할 수 있는 채마전도 만든대요. 나 보군 할머니들 외로워하실 거라며 모셔놓고 노래 불러주래요."

"대산이가 주택단지 만들겠다고 한 게 그거냐?"

"처음엔 택지 조성해서 팔면 돈이 된다고 생각했는데 생각이 바뀌었대요."

"왜?"

"남자는 원대한 꿈이 있어야 한 대요, 큰 사업도 하고 가치 있는 일도 하는 멋있는 사람이요. 거기에 제가 꼭 필요하다나요."

“망할 놈, 지가 뭔데….”

“대산이는 아무래도 아빠 닮았나 봐요, 아저씨처럼 좀 멋있을 때가 있어요.”

“흠”

막둥이는 아이의 칭찬에 괜히 속으로 우쭐해서 팔짱 낀 아이에 손을 꼭 잡고 흔들며 집으로 돌아왔다. 그새를 못 참고 조바심을 치며 기다리고 있는 대산이. 막둥이는 아들의 가슴팍을 한 대 쥐어박고 점심 준비를 하고 있는 아내에게로 달려갔다.

“누님! 아니 사랑하는 기순 씨.”

“……?”

“애들 식 올릴 준비해요.”

“이 아저씨가 대낮 술에 취했나? 삼복더위에 뜬검 없이 무슨 식을? 그리고 징그럽게 사랑하는 기순 씨는 뭐야?”

“정이가 그렇게 부르라고 해서….”

“이그……! 애들이라면 그냥 정신 줄을 놔요 정신 줄 놔.”

“정이 놓치면 안 되겠어.”

“왜?”

“대산이가 맘을 잡으려면 정이가 있어야 돼.”

“당신이 애들 맘을 어떻게 알고 난리라?”

“안 되겠어, 대산이 데리고 오늘 당장 대관령으로 가서 감자를 만나 단판을 지어야지.”

“쯧쯧…. 땡감님, 애들 좀 가만둬요. 요즘 둘이 깨 쏟아지는구만, 연애할 때가 생애 최고 행복할 때라는 것도 모르남.”

"저러다 정이 달아나면?"

"지들 맘이지예."

"안 돼."

"정이는 지금 안 그래도 지 좋아하던 아저씨 잊느라 힘들어 예, 좀 가만 넵둬요."

9

백두대간에서도 소백산은 소백산맥의 시작점에서는 그중 높다. 소백산 등산은 남쪽에서는 희방사를 경유해서 오르는 코스가 좋고 북쪽 단양에서는 고수동굴을 경유한 다리안 계곡길이 좋다.

"아하! 산은 산이로다."

"음, 소백산은 역시 연화봉이야."

영철은 제법 선선한 바람이 시원스럽게 느껴지는 정상 풀밭에 앉아 멀리 영주 안동까지 이어진 야산들을 바라봤다. 낙동강의 남쪽 분지 돌아서면 남한강의 북쪽으로 이어진 산봉우리들이다. 일남은 누이동생이 배낭에 넣어준 커피를 꺼내서 영철에게 줬다. 둘은 말없이 그대로 먼 하늘에 눈을 준 체 잠자코 커피만 마셨다.

– 길은 멀다.

먼 길이었다. 그냥 가는 길이 길이었다. 그 먼 길을 돌아서 온 집. 일남은 초가을이 다 되어서야 영철 친구에게 돌아가자고 했다. 그동안 세상을 한 바퀴 돌아보면서 느낀 것도 알게 된 것도 많았다. 돌아오는 길로 답답한 마음도 풀 겸 지금 소백산에 올라와 있는 거다. 일남은 생각에 잠겨있는 영철을 돌아봤다. 텁수룩한 수염. 무표정한 얼굴. 그에게는 알 수 없는 생각들이 느껴지고 또 느껴졌다.

"누구를 위한 책사策士는 아닐 거고…. 국민을 위한 책사?"

"……."

"세상도 기울어졌고 인성人性도 꼬였는데 뭘 어찌 해 볼라고?"

"……."

"애비는 재산을 거덜낸 지 오래고 애들은 못자리 할 줄도 몰라, 장리쌀 땡겨다 먹은 건 손자들이 품 팔아서 갚나?"

"……."

"다 거덜난 집구석이야, 오천 년 모임으로 뭘?"

"길가는 나그네……. 비바람 친다고 가던 길 안 갈 순 없잖아."

"백제가 망할 땐 사비성 안 민심이 흉흉했다고 하지. 충신 성충의 나라 위한 충언을 내박친 의자왕이 귀신에 홀려서 그랬겠나, 간신에 놀아난 거지."

"…………"

"세계의 지도자들이 인정한 박정희 대통령의 개발정책이었어. 최단기간에 최빈국에서 선진국으로 가는 발판을 마련한 정치를 했는데도 국민들은 인정하기보다 반노동자 반인권 정치만 거론해, 정윤정 님의 아이들을 위한 미래정책 같은 건 정치 만능사상에 빠진 국민들에게 혐오감으로만 각인 돼. 지금의 왜곡된 세상은 천재들의 바보세상이야. 오천 년의 정신으로 뭘 어떻게 바꾸겠나?"

"침몰하는 배에서 뛰어내리면 또 뭐 할 건데?"

“그건 그렇고 우리가 닥칠 위기는 뭐야? 공산화?”

“한마디로 단정하긴 어렵지.”

“알기는 안다는 거군.”

“우리는 국내 문제로도 힘들 거야, 집단 도시화된 사회에서 경제 불황은 스스로 만들고 자기가 빠지는 늪이잖아.”

“그렇다고 봐야지, 오천만 과잉인구를 만든 것도 국민이고 아이를 안 낳는 세상을 만든 것도 국민이지. 이제 노인 세상을 위해 아이들이 많이 필요하다는 걸 말하면서 아이들을 위한 세상을 만드는 건 반대하지.”

“윤정 님은 한 푼의 돈도 축재를 안 했어, 붕당朋黨정치도 안 했고. 그런데 세상에 추악한 짓은 다한 정치인을 만들었어. 그들은 정권에 욕망으로 악마를 만들었지. 그래서 또 국민들은 한마디도 그의 소명疏明을 들을 수 없었어. 오직 아이들의 미래만 생각한 정치도 여론으로 악정惡政이 돼, 세상이 망해도 국민들은 자신 때문이라는 걸 결코 끝내 인정 안 해.”

“박정희 대통령이 검소한 건 서거逝去 시 다 닳아서 헤진 가죽혁대로 느끼지. 허나 소문은 스위스 은행으로 빼돌린 외화였어, 진심眞心의 정치도 진심이 아닌 국민들에겐 먹혀들어, 윤정 님의 아이들 사랑의 국정國政도 국민들은 다 알고 있어. 그런데 억지로 외면하려 들어.”

“이순신과 원균이 군, 어릴 때 선생님한테 배운 훌륭한 장수 무능한 장수는 영원한 인식認識이지, 나중에 원균도 똑같이 나라를 위해 열심히 싸운 장수라 밝혀져도 그 인식은 변하지 않아.”

“김성일에 잘못된 정보 탓이든 선조의 판단 미스든 상관없이 고초를 겪고 죽음을 당하는 건 백성들이야. 국민의 잘못이든 정부에 잘못이든 당하는 건 국민들이고 미래를 살아갈 아이들이이야. 이제 가정도 아이도 없이 살아가야 하는 아이들. 그 아이들에게 불심佛心으로 위로나 해 줘, 철학대사."

"흉년에 탁발 다니느니 떡갈나무 아래서 도토리나 줍지, 배부른 양반 댁에서 염불을 하면 보리쌀이 한 사발이지만 때 꺼리 걱정하는 움막집에서 염불하면 욕이 한 바가지여, 세상이 망하는데 명산대찰의 독경이 무슨 소용."

"어다가 쓰는 독경讀經이여, 망자亡者 축문祝文에나 쓴대?"

"장사치라 욕하지만 그 소금장수 없으면 소금도 못 구하지. 정치하는 꼴 보지 말고 나라 잘되는 걸 생각해야 것제, 오천 년의 꼴깝들이 그래도 위안이겠지."

"그라지 말거라, 살기 싫다고 목 달아 매냐? 일단은 사는 데까지 살아보고…."

"하는 데까지 해본다?"

"서영묵이가 몇십 년 전에 지를 보고 갔는데도 그것도 모르는 무각無覺 스님 하고 백날 성불成佛 법불法佛하면 무슨 소용, 그만 내려가세 사둔."

"무슨 소리? 대학 때 보고는 이번이 첨인데?"

"정훈이 그 친구 죽었을 때 왔었잖아, 한심한 사둔아."

"……?"

"형사란 눔이 그 눔이지 누구여. 형사를 가장하고 왔던 거지만."

"헐…. 그 까만 색안경 끼고 왔던 친구가 영묵 선배?"

"역사는 하루 이틀에 이루어진 게 아녀 무각 스님아. 밑바닥까지 다 알고 있는 서영묵 의원이야, 오죽하면 국민고발을 했을까."

"어허! 영 정리가 안 되는데 어떤? 딴 세상 사람인 서영묵인데 왜? 농촌아이들 일을 살펴?"

"무각 스님 아예 철학은 폼 잡으려고 한 거네, 재벌 아들이기 전에 정치학에 빠져 사는 엉뚱한 친구였어. 그 친구 진짜 고학생이 되어서 건설 공사장에 찾아가 학비도 벌고 농촌으로 다니며 품팔이도 하며 세상을 알려고 했는지 살피려고 했는지 모르지만, 그렇게 다녔었어. 정훈이 같은 애들에게 특히 관심이 많았고."

"헐…. 가장 높은 곳을 올라가려면 가장 낮은 곳부터 시작하라는 푸블릴리우스 시루스의 가르침을 받았나…."

"김지한 교수님의 실천교육."

"모를 일이야, 그 선배의 기행奇行."

"서영묵은 그때 정훈이가 가지고 있던 유품들을 다 챙겨 갔었잖아. 그런데 나중에 나한테 뭐랜 줄 알아."

"……?"

– 머지않은 앞날에 정훈이 같은 애들이 수백만 명이 생길 거야. 그들이 어떤 마음으로 살까?

"정훈이의 마음은 항상 인생은 사는 거지 연명은 아니야 이였는데."

"연명만 하는 인생들이 나중에 수백만 명이 생긴다는 걸 그때 서영묵 의원은 확신하고 있었어, 그래서 대大국민고발 사건을 일으켰다 봐야지."

"그런데 영묵 선배가 정훈이 사건에 왜 오게 된 건데?"

"애기 못 해줘, 해주기도 싫고."

"나 참 철학해서 알 수 있는 일들도 아니고…."

"그때 그냥 정훈이 짝꿍 연이하고 뭐가 쫌 있었어. 내가 정훈이 죽음에 책임을 느끼라고 얼토당토않은 협박을 했었고."

"실화야?"

"사실."

"흔한 뭐 그런 일?"

"인생을 좀 가꾸고 사시오! 무각 스님, 철학에다 성학聖學까지 한 선배를 막 잡쫄로 보는겨?"

"알 수 없어, 알 수 없는 일이야."

"세상에 알 수 없는 일은 너무 많아"

산을 내려오면서 영철은 진이를 생각했다. 그 사람에 알 수 없는 행동은 나중에 알게도 되지만 그 마음은 영원히 모를 수도 있다.

진이는 그때 서영묵이를 진짜 사랑해서 그 긴 세월 혼자 살고 있었는지 모를 일이다. 여자들 속은 때로 이상하고 이상했다.

10

해남에서 오천 년 모임이 끝나고 돌아가려는 서영묵 교수를 영철은 붙들었다.

"형님은 뭐가 그리 바빠? 관광이나 다니면서 좀 놀다 가지."

"내가 영철이 놈처럼 그렇게 한가한 사람이 아냐."

"좀 솔직하지, 그새 진이 보고 싶어 그라지?"

"알면서 뭘 물어봐."

"집에 가봐야 없을걸."

"왜?"

"내가 진이 내려오라고 했어. 해남 관광시켜준다고."

"짜식 봐, 너 왜 형수를 함부로 불러내고 그래?"

"형님은 아내의 이름을 뺐지 마, 진이라는 여인은 최고에 기타리스트에 최고에 싱어야, 가족끼리 모일 때만 아내고 엄마고 형수지."

"아무리 그래도 이젠 세상에 못 내놔."

"음반도 내라고 부추길 건데, 그냥 두기엔 진이에 고운 목소리는 너무 아까워."

"안 돼!"

"이제 세상 사람들이 서영묵이는 몰라도 한진이는 알도록 할 건데."

"사랑하는 아우야 부탁이다. 새장에 갇힌 새로 살게 가만둬라."

"걱정 마슈 형님, 아주 날아가버릴 새는 아니요, 마음까지 다 빼앗은 못된 머슴애 아니요 형님은."

"내 청춘 보상하라는 청구권 발행하기 전에 까불지 말고."

"알았우…. 대신 진도로 가서 맛있는 회 먹읍시다."

"일남거사도 같이 가자고 해, 이 친구 스님 안 됐으면 완전 난봉꾼이 됐을거야. 하는 말마다 허허실실이야."

"일법백해一法百解 하는 형님이 허허실실이지요."

"일법백악一法百惡을 말하는 너는?"

"모르겠습니다. 적정 인구 위한 법 하나는 만 개의 법을 해소할 수 있다는 형님의 지론至論이 과연 성립되는 건지….”

“자유사회가 공산화되는 절대 민족법 하나가 백 개의 악법보다 더 한 악법이 될 거라는 영철이의 생각도 맞는지 두고 보자고.”

“노예법 하나는 인류를 파멸한다고 하잖아요, 목숨 부지하자고 집단노동형을 감수하나요?”

“차라리 죽겠다?”

“인생을 욕되게 하는 사회에서 살면 또 뭘 합니까? 밭갈이하는 농부도 쟁기 끄는 소를 다구치진 않습니다. 채찍을 맞아가며 중노동판에서 목숨을 부지합니까?”

“자유한국의 오천 년이라…? 참 황당하기도 해, 일남 후배 철학론으로도 이해가 안 된다니.”

“사랑없는 사회는 물도 없는 사막이라지요. 당국의 허락하에 연애도 하고 결혼도 하는 사회에서 무슨 낙을 찾습니까? 차라리 말지요.”

“선장 맘이야.”

“천황폐하를 위해 죽든 조선민족을 위해 죽든 다 선장 맘이겠지요, 자기 자신이 선장이라는 것을 모른 체 수백만 명이 등신처럼 죽어 간 대동아 전쟁이고 또 누구들은 멍청이같이 백두산만 노래하다 죽어가겠지요. 다 천재들의 바보행렬 아닙니까.”

“…….”

“이 아름다운 강산. 바보들이 살기엔 강산이 아깝지요.”

아름다운 강산은 하늘이 준 선물이란다. 그 천혜의 자연 속에 살고지고는 너와 내가 있어서 더 행복하고….

진이는 점심 때가 돼서야 도착했다. 진도항으로 가는 길. 영철은 오랜만에 밴드 후배 진이와 만나 신났다.

"우리 반가운 인사할까?"

"응…. 마스터 오빠."

진이가 좋아서 영철이의 포옹을 반겼다. 영철은 일부러 진이의 어깨를 감쌌다. 영묵이가 둘을 떼어놓았다.

"캇! 연기가 오버잖아, 그만 떨어져."

"하하하."

"후후후."

포옹을 풀고도 진이는 영철의 손을 놓지 않았다. 그 오랜 날을 친오빠보다 더 돌봐주고 지켜줬던 마스터 오빠다. 아무런 실력도 없는 자신을 밴드팀에 일원一員이 되도록 해준 사람이고 실력을 쌓도록 키워준 밴드 마스터다. 고맙고 고마운 사람이지만 자신에게 단 한 번도 장난을 치지 않았다. 그래서 곁에만 있으면 그냥 편했다. 가족이나 같이 의지할 수 있었다.

"우리 음반 낼까?"

"엉? 오빠…."

"음, 우리 <진이와 철이> 밴드를 기념으로 남기는 거야."

"진짜?"

"이제 세상에도 나와 봐야지, 그동안 답답했을 텐데."

"언제는 나보고 집에만 살라며?"

"그럼 그동안은 신혼인데 집에만 있어야지 밖으로 나돌아?"

"지나도 안 보고 싶어, 마스터 오빠는 왜 안 찾아 오는데?"

"나도 눈치는 있어, 지나 보고 싶다는 핑계로 남 깨 쏟아지는 신혼 해

방놓기는 싫커던."

"칫!"

"진이 생각은 어때?"

"취입만 하는 거라면 좋지 뭐."

"나중에 활동도 하게 되면 하고."

"엥……?"

"나중에 콘서트도 할까?"

"우리가 다시 진짜 <진이와 철이>의 밴드를 하는 거야?"

"형님도 동의했어. 최고에 싱어 한진이가 되는 걸. 이제 형님 대학에서 짤리면 진이 형수님이 벌어서 살아야 되잖아."

"후훗, 신나겠다."

영철은 천연덕스럽게 거짓말을 했다. 진이의 세상 나들이를 영묵 형님은 절대 반대할 걸 알기에 일부러 어깃장을 놓는 거다. 둘은 차에 타서도 뒷좌석에 나란히 앉아 장난을 쳤다. 차는 해변도로를 시원하게 달렸다. 남해의 바닷길. 멀리 가까이에 낚시꾼들이 한가롭다. 영철은 진이와 뒷좌석에 앉아 가며 손으로 발로 리듬을 맞춰보며 오랜만에 만남을 즐겼다.

"진이 형수야?"

"응, 마스터 오빠."

"세상에 젤 재미없는 사람들이 뭐 하는 사람인지 알아?"

"도덕 선생."

"또?"

"목사님 신부님 스님……."

"맞아, 그래서 우리는 저 앞에 두 사람하곤 따로 놀기."

"오라이…. "

차에서 내린 둘은 백사장 모래톱을 걸으면서도 계속 리듬을 이어갔다. 한참 허공에다 손짓을 하던 진이가 수평선을 손짓했다.

"오빠…."

"응?"

"저 끝에는 아무것도 없을 거야?"

"마음들이 없지, 무인도에는 지나는 바람만 있겠지."

"오빠에 강산江山에는 누가 있을까?"

"내 마음에 강산? 우리 지나가 있지."

"진이는?"

"아마…. 없을 걸."

"눈곱만큼도?"

"응"

진이는 영철 오빠의 말에 새삼 무언가 알 수 없는 마음이 있음을 또 느꼈다. 영철 오빠의 첫사랑을 향한 마음을.

"사범님, 커피 한잔."

진이는 지나와 정원에서 운동을 하고 있는 약돌 사범을 불렀다. 요즘은 지나가 엄마하고 놀기보단 사범하고 노는 시간이 많다.

"지나야, 너도 와, 당근 주스 타왔어."

진이는 집 안으로 들어가려는 딸아이를 불렀다.

"엄마 나 다이어트 중."

“적게 먹기지 아예 안 먹기는 안 돼.”

영양부족은 체력불량이다. 그래도 애들은 1킬로의 체중과 전쟁을 벌이기도 한다. 안 되면 아예 굶는다.

“약돌 사범님 영철님은 아직…….”

“그 친구 마음속에 내가 어디 있나요, 세상이나 있지.”

“지금 해남에 있다면서 나보고 내려오라는데, 아마 지나 아빠도 같이 있나봐.”

“그 친구는 강산江山하고만 살아요, 때로 강산이 싫증나면 찾아와요.”

“부럽다. 사범님 자유연애.”

“저는 진이님이 부러워요, 마음속에 하루 종일 교수님을 안고 사시는 게, 저는 잘 안 돼요, 눈앞에 없으면 생각도 안 해요.”

“약돌 님은 참 멋지다. 사랑하는 사람을 잊고도 살 수 있으니.”

“영철이 친구의 강산엔 아마도 나는 없을 거예요. 지나는 있겠다. 우리 지나가 이렇게 예쁘니….”

약돌이는 지나에 작은 볼을 꼬집었다.

“사범님 강산엔 누가 있어요?”

“난 강산이 없어.

“그럼 엄마 강산엔?”

“엄마도 강산이 없어, 마음은 있지, 내가 아는 모든 사람들을 생각하고 있는 마음.”

“응, 강산은 아빠나 영철 아저씨가 가지는 그런 거네. 난 강산을 가지게 되면 맨 먼저 우리 깡충이를 넣어야지.”

지나는 매달리는 치와와를 번쩍 안고 집 안으로 들어갔다.

"저 녀석 벌써부터 엄마 아빠는 뒷전이네."

"나보구는 맨날 사범님이 최고라고 하더니 뭐야?"

"오빠는 죽을 때 강산하고 헤어지는 게 젤 슬프겠다."

"내 마음과 헤어지는 게 더 슬프겠지."

"난 오빠하고 헤어지는 게 젤 슬플 거야."

"거짓말."

"후훗……."

"진이는 그때 멋대가리 없는 고학생이 왜 그렇게 좋았는데?"

"마음이 느껴졌어, 뭔지 모르지만."

"떠벌이 짓은 다 했는데?"

"귀엽기만 했어."

"그만두자, 멋대가리 없이 계속 그렇게 살아."

"우리 <진이와 철이>가 영묵 오빠를 곤란하게 하는 건 싫어."

"남편을 위하는 거라면?"

"콜이지."

"알았어."

"마스트 오빠하고 있으니 왜 이렇게 좋누?"

"나두……."

팔짱을 끼고 깡충대는 진이. 영철은 마냥 행복한 진이가 예뻐서 어깨를 토닥여줬다. 서영묵이의 강산엔 세상이 다 있지만, 그것은 아무리 따져봐도 일일 뿐 행복은 아내와의 사랑이다. 서영묵이의 세상 사랑이 처절하지도 절망스럽지도 않은 건 아마도 아내 사랑이 있어서일 거다. 다 필요 없이 아내와 꿈속에서 마냥 살고픈데 <오천 년 모임>은 그를 가만두지 못한다.

11

초가을에 접어들며 일남의 본가는 추석 때 따낼 올사과들이 주렁주렁 탐스럽게 익어가는 사과나무 숲속에 파묻혀 갔다. 온통 사방천지의 능금밭. 익어가는 빨간 사과들이 풍기 땅을 다 덮었다.

"땀 흘렸는데 씻으시지요, 오라버님들."

"등목 좀 해 줄래? 등짝이 좀 근지러운 게 껍껍하다."

"욕실에 가 샤워하면 되지."

웃통을 벗어던지고 수돗가로 가는 일남에게 이남은 핀잔을 줬다. 환갑이 가까운 중늙은이가 다 된 지금도 오빠는 맨 날 어린애다.

"정훈이 놈은 싫다는 데도 끌어다 해 줘 놓곤."

투덜대는 오빠를 어쩔 수 없어 이남은 등목을 해주며 애꿎은 등짝만 찰싹찰싹 두드려 팼다. 등목을 끝낸 일남은 등산양말을 벗어서 세숫대야에다 담구고 있는 영철에게 등목을 하라고 했다.

"해봐, 엄청 시원해."

"괜찮아. 나중에 샤워하지 뭐."

"하세요, 지하수물이라 시원할 거라요."

이남은 주저하는 영철에게 엎드리기를 권했다. 영철은 이남이 앞에서는 제수씨를 대하듯 조심스러워 했다. 영철은 등목을 하는 내내 부드러운 여인의 손결 대신 여인에 마음을 생각했다. 그 어렸던 시절 갓 여고생이었든 이남이는 너무 당돌했었다.

제천역. 영철은 오랜만에 고향을 찾았다. 정훈이도 떠나고 연이도 떠난 고향 삼탄마을. 영진이만 마을을 지키고 있다. 목장을 하겠다며 어딘가에 가 있는 동원이 놈은 아직 돌아오지 않았다. 하지만 보고 싶은 건 마을에 있을 친구 놈들이 아닌 정훈이와 연이 문제다. 그렇게 좋아하면서 연이를 떠나서 살아갈 결심을 하고 고향을 떠나 서울로 간 정훈이다. 어쨌든 결론은 하나다. 연이가 정훈이를 포기하도록 만드는 거다. 지금 안동에 가서 일꾼인지 양아들 놈인지 모르지만 잘 지내고 있다. 헤어져야 다 잘살아 갈 수 있는 녀석들에 사랑. 그것이 가난 탓이라는 게 서글프다. 영철은 플랫폼에서 멍하니 얄밉도록 파란 먼 산 위에 하늘을 쳐다봤다. 하늘은 저렇게 맑고 파란데 마음은 자꾸 어두웠다. 너도나도 고향 떠나 서울로 가는 시골아이들. 그들에겐 아주 못된 세상도 기다리고 있다. 식모살이 간 어린 여자애들 그들은 때론 몹쓸 일도 당하고 지낸다.

"저…. 조치원 가는 열차 여기서 타요?"

"응 그래."

하얀 교복에 여고생이 옆에 와 서서 같이 하늘을 바라본다. 치마 색갈이 파란 걸 보면 제천학교 애는 아니다. 그런데 아이는 바짝 곁으로 다가붙었다. 영철이 물러난 만큼 다시 다가서는 아이. 영철이가 이상하게 생각하는 걸 눈치 챈 학생이 이번엔 팔짱을 꼈다.

“저…. 애들이 자꾸 따라와서 그래요.

저쪽 켠에서 이쪽을 쳐다보며 히득거리는 한 무리의 남학생들.

“응…. 걱정 마, 날 오빠라고 불러 그러면 괜찮아.”

“알았어! 오빠!.

연기도 잘하는 애다. 얼굴은 그냥 평범한 여고생이나 당돌하긴 머슴애다.

“어디까지 가니?”

“삼탄.”

“삼탄? 그기는 왜?”

“나 오빠네 집에 가.”

“오빠? 어디서 왔는데?”

“영주.”

“그래…. 교복이 제천여고 교복이 아니라서 저 애들이 귀찮게 했구나.”

“내가 좀 예뻤나 봐 후훗.”

“그래, 좀 귀엽다.”

“후후후.”

“삼탄에 누구?”

“현정훈 오빠.”

“뭐……! 정훈이?”

“응 정훈 오빠.”

“너 그럼 소백산 목장에 애?”

“오빠가 어떻게 알아?”

"인마! 정훈이 그 새끼 내 단짝이야."

"정말?"

"짜식 오나 가나 인기는 있어가지고…."

"잘됐어 오빠! 같이 가."

열차에 올라서도 녀석은 쉼 없이 재잘댔다. 묻지도 않았는데 목장에 와서 목장일 배우는 오빠들 중에 젤이라 아빠가 젤 좋아했다는 둥 학교 마치면 목장에 일꾼으로 오라고 아빠가 그랬다는 둥. 그러면서도 끝내 지가 좋아한다고는 말하지 않았다.

"그런데 정훈이 오빠는 지금 집에 없는데."

"알아."

"그런데 왜?"

"그냥…. 오빠 소식이나 알아볼라구."

"왜?"

"그냥…."

"너 정훈이 오빠 좋아하는구나?"

"헤헤"

"인마! 정훈이 걔 짝꿍 있어."

"알아."

"뭐? 알면서 왜?"

"그냥…."

"보고 싶니?"

"헤헤."

영철은 어두워지는 애 얼굴을 보며 엉뚱하게 딴생각을 했다. 정훈이 녀석에 하는 꼴을 봐서는 안동에서 아주 짱박을 놈이 아니었다. 꿈 많은 안동에 부잣집 딸. 그 애하고 잘 됐으면 더할 나위 없이 좋겠지만….

"안됐다. 정훈이 오빠는 벌써 안동 누구네 집에 일꾼으로 들어갔는데, 그 집에도 아주 예쁜 딸이 있다고 하지 아마."

"그래요?"

금방 울어버릴 것처럼 울먹대는 애. 영철은 일부러 자꾸 약을 올렸다. 역에 도착해서 개찰구로 나갈 생각도 안 하고 벤치에 앉아 얼굴을 무릎에 묻고 있는 애. 영영 이별이라는 걸 예감 했나 녀석은 힘이 하나 없이 그냥 앉아있다. 누가 와서 건드리기만 해도 나뒹굴어질 것 같았다. 영철은 역 대합실로 가서 되돌아가는 표를 끊어서 나왔다. 녀석은 그때까지 그 자리에 꼼짝 않고 있었다.

"돌아가는 차표 끊어왔다. 가지고 돌아가."

"……."

"인마, 누가 아니, 안동서 찍 싸고 너희 집으로 올지"

"그 오빠를 누가 싫어서 내보낸대요. 치!"

"짜식, 세상일 안 되면 되게 해보라 하잖아. 그 오빠 짝꿍하고 헤어지게 하고 안동에서 쫓겨나게 하는 비법이 나한테 있기는 있는데…."

"응? 정말?"

언제 그랬느냔 듯 금방 까만 두 눈을 깜빡이는 애.

"그런데 너 이름이 뭐니?"

"이남이. 권이남."

"난 황영철."

"뭔데 영철 오빠, 어떡함 되는데?"

"우선 차에 타, 돌아가면서 얘기하자."

제천행 열차에 다시 올라서 영철은 여고생 애와 많은 얘기를 했다. 소낙비 홈빡 맞은 애 무지개라도 본 모양 녀석은 다시 재잘대기 시작했다. 안 듣고 안 봤어도 다 알 스토리다. 정훈이와 같이 있기만 해도 좋아죽는 여자애들이다. 저희네 집 일꾼이면 어떻고 머슴이면 어떤가? 말 한마디 못 걸고 멀리서 얼굴만 쳐다봐도 좋은 걸. 영주로 가는 중앙선 열차를 태워 보내며 영철은 이남이에게 딱 한 마디만 했다.

"집에 가거든 아빠 여기로 보내, 아빠가 정훈 오빠를 일꾼으로 만들려면 그 방법뿐이야."

"아유 시원해!"

"오빠도 수염 좀 깎고 살아요."

철썩. 영철도 등짝을 오지게 한 대 얻어맞았다.

"아이구야 아파라! 토닥거리다 정든다는데…."

"그때 처음 봤을 땐 오빠는 쫌 멋있었는데."

"이남이는 깜찍했고…."

"그때 아빠 만나서 무슨 얘기 했는지 아직도 궁금한데…."

"무슨 얘기는, 그냥 동네방네 소문이나 내고 가시라고 했지요. 정훈이 놈 데릴사위 삼을 거라고."

"엉?"

12

저녁이 되자 또 소백산농장엔 이남 씨의 악동들이 몰려왔다. 영철은 시달릴 걸 각오한 터라 그냥 다 받아줬다. 설아는 막내와 안동 윤정 님의 과수원에서 일하는 중이라며 곧 오겠다는 연락을 해왔다. 설아가 옆에 있었으면 좀 듣기 거북했을 거다. 설아 동네 이모들은 보통 짓궂은 게 아니었다. 술이란 술은 종류별로 짝으로 가져다 놓고 판을 벌렸다.

"다 됐네, 다 됐어, 이름만 지면."

"아쉬운 대로 부채질이라고 뭐든 시원하기만 하면 되제."

"어이 설아 아빠 한잔 더."

주거니 받거니 영철은 설아 동네 이모들 기분을 맞췄다. 일남은 아예 제방으로 도망쳐버렸다.

"끈 떨어진 갓이고 털 빠진 벙거지라요, 쓸데없는 남자 된 지 오래요."

"설아한테 아빠 노릇 할라면 꼬까옷만 사줘서 되능기 앙이다. 나무해다가 군불도 때야 제, 다리 꼬고 에헴 할라믄 진작 치워삐라 마."

"집도 절도 없는 땡땡이 뭐 몸 사리것소, 원앙이와 놀던 귀한 님, 이 갈까마귀가 성에 차것남요?"

"뭐락카나, 다 떨어진 미투리고 늙어빠진 쭈구렁 호박이다. 무슨 맛깔 멋깔 찾것나? 그냥 챙겨라 마."

모두가 거나하게 취한 밤. 친구들은 또 이남이를 들볶았다.

"덩쿨 채 굴러온 호박 아이나, 이참에 확 안아삐라."

"애들은……. 남들 이목이 있다. 그냥 설아 아빠로 됐다."

"이 가시나 내숭떠는 거 봐라, 좋으면 좋다 해라, 그만하믄 됐다. 뭐 요조숙녀로 늙어죽으믄 누가 알아주나?"

"손님이고 사돈이다. 누구 무슨 소리 듣게 할라고, 얘들이…."

"등신아! 벌써 풍기 바닥에 소문 다 났다. 권이남이 애 아빠 생겼다고."

"그래 이 지지배야, 사둔 깜이 주책도 없이 설아더러 아빠하겠다 하냐? 사위깜 데려다 키워준 형아라며 뭘."

"치아라, 내 복에 이제 와서 무슨 영화榮華를 보겠다고…."

감당이 안 돼서 곤욕을 치루는 이남 여사를 위해 영철은 취한 체로 색소폰을 불고 또 불어주고 했다. 늦어서야 도착한 설아와 막내. 이남은 친구들을 쫓아 보내고 애들을 챙겼다. 내일 오전 강의가 있어 대관령 집으로 돌아가겠다는 막내. 안 가겠다는 설아를 이남은 억지로 떠밀었다.

"엄마…."

"늦었어, 얼렁 가."

배웅하는 영철에게 설아가 또 매달린다.

"아빠…."

"그래 알았다. 막내야 차 조심하고."

"형아야, 이제 여행 끝하고 강릉에 와서 좀 쉬어."

"걱정 마라, 강릉 가면 설아 보러 날마다 대관령으로 놀러 갈 테니까."

"아빠, 나 없으면 엄마 농장일 혼자 너무 힘들어,

"걱정 마세요 우리 공주님, 아빠가 있으니까."

"치! 아빠 또 도망치면 나 집으로 돌아와 버릴 거야."

엄마 걱정에 마음을 못 놓는 착한 딸 설아. 녀석에 마음 씀씀이는 꼭 저 아빠 정훈이다. 이남 여사 딸 하나 데리고 살아온 그 세월이 하나 외롭지 않았다는 거 꾸며낸 말은 아닐 거다. 윤정 님도 설아만 곁에 있으면 마음속이 그냥 포근해진다고 했다. 영철은 애들을 보내고 마당에 어지럽게 어질러진 술병들을 치우고 있는 이남 여사를 도왔다.

"가서 쉬어요, 여행이 힘들었을 텐데."

"우리 설아가 엄마 힘든 때 열심히 도우라네요."

"누가 들으면 진짜 애 아빤 줄 알겠네…."

"나쁠 건 없지요 이남이 학생."

"꿈도 꾸지 마세요, 영철 오빠."

누가 뭐래도 그 옛날 어린 날에 기억들은 가슴 뭉클하도록 즐거운 추억이다. 둘은 들마루까지 걸레질을 하고 청소를 마쳤다.

"이남이 학생, 따뜻한 커피라도 한잔 오빠가 끓여 줄까?"

"땡큐!"

"그때 내가 열차에서 오란씨 사준 건 기억하려나."

"그럼, 내가 먹다 남긴 걸 오빠가 마저 마시는 걸 보고 깜짝 놀랐었는데, 우리 일남이 오빤 내가 먹던 거 더럽다고 안 먹어."

사방이 고요한 가을밤. 툇마루에 앉아 커피를 마시며 영철은 멀리 소백산 줄기 능선 위에 반짝이는 밤하늘에 별들을 바라봤다. 이남 여사도 오랜만에 옛날에 아이가 되어 킥킥댔다. 정훈이 오빠와 재미있었던 그날들은 얘기하며 웃음이 그치질 않았다. 영철은 정훈이와 같이 동네 말썽 다 피우던 걸 얘기해서 또 이남 여사를 웃겼다.

"딱 봐도 오빠들은 개구쟁이야, 얼굴에 항상 장난끼가 가득한 정훈이 오빠였어. 영철 오빠도 그때 풀 죽어 있는 나를 웃게 하려고 잘 하지도 못하는 마술을 보여준다며 열차에 사람들까지 웃기고 하모니카를 불고했잖아. 나는 오빠가 그렇게 마구 놀아대는 게 재미있으면서도 얼마나 창피했는데."

"왜?"

"몰라 그냥."

"하긴 여고 삼 년 애들은 연애도 할 때니까, 사람들은 우리가 사귀는 줄 알았을 거야."

"다들 우릴 이상하게 쳐다보는데 오빠는 눈치도 없이 후훗."

"난 그냥 신났거든, 정훈이를 좋아하는 여자애들이라면 난 그냥 골려주고 싶어 죽겠는 거야. 고향에 연이도 이남이도 괜히 심술을 부려서 골리고 싶었어. 정훈이 짜식 골탕 먹게."

"못 됐다 못됐어."

"그래서 내 이름이 못된 놈."

"후후후."

"하하하."

"한번은 안동으로 짜식을 골탕 먹이려고 찾아간 적이 있었어, 그때 난 정훈이가 죽고 못 사는 짝꿍 연이를 데리고 있었거든."

"한 집에?"

"그럼 꽤 오래 같이 지냈지."

"와! 못됐다."

"그러니까 내 이름이 못된 놈이지."

13

어느 사이 무더운 여름이 가고 단풍놀이에 계절이 왔다. 바빠서 서로 찾아보지 못하면 소식이라도 전할 만할 건데 정훈이는 편지 한 장 없이 무심했다. 안동에서 일꾼 살이 하고 있는지도 오래. 아들이 될지 데릴사위가 될지 모르지만 안동 부자富者집에 일꾼 살이를 하고 있는 정훈이는 이제 연이에 안부도 궁금하지 않나 보다. 영철은 연이에겐 아무 말도 하지 않고 안동으로 정훈이를 만나러 갔다.

– 우린 살아갈 준비를 할 거야. 아무리 힘들고 어려워도.

– 살아갈 준비, 어느 천 년에?

– 정훈이 오빠가 벌고 나도 벌면 고향에 내려가서 조그만 밭 한 때기 살 돈은 금방 마련 할 수 있을 거야.

– 그래서 병아리도 키우고 토끼장도 짓고?

– 마당엔 꽃밭을 만들어 채송화도 심고 봉숭아도 심고….

– 그렇게 해서 둘이 동화처럼 산다?

– 영철이 오빠가 찾아와서 훼방만 안 놓으면 돼 후훗.

– 참! 어리다 어려, 송아지 한 마리 붓들려면 남에 소 가져다 석삼 년은 멕여줘야 하고 자갈논 한 배미 사들이려면 머슴살이 골병 들게 삼 년은 살아야 돼. 꼭 그렇게 살아야 되겠니?

– 그럼 어떡해?

– 넌 부자 아들 동원이 놈한테 시집가고 정훈이는 부자 집에 데릴사위가 되는 거지.

– 아이, 울고 싶어.

– 울고 싶은 건 나야, 이 맹충이들아. 고향을 사랑하면서도 떠나는 사람 많고 많아, 사랑하면서도 헤어져 서로 다른 사람 찾아 혼인해서 잘들 살아가고.

"그만해라 오빠야, 진짜 나 죽고 싶다."

– 죽고 싶은 건 나야, 니들 하도 속 썩혀서….

안동에 간 영철은 다짜고짜 정훈이를 차에 태우고 바닷가로 갔다. 이름도 없는 한적한 포구. 정훈이는 태평스럽게 동원이 고향으로 돌아갔느냐만 묻고 있었다. 동원이도 지금 고향을 떠나 목장수업 중이다. 두 녀석들은 똑같이 고향 땅에서 자라며 똑같이 연이를 좋아했다. 다만 연이가 정훈이만 좋아해서 동원이는 일찌감치 연이를 포기하고 할아버지가 구해주는 색시깜한테 장가가겠다고 하는 놈이다.

"짜식, 일꾼 살아 돈 벌고 주인집 딸하고 연애하고 나중에 데릴사위로 부자 되고 꿩 먹고 알 먹고 신났네, 그렇다고 편지 한 장 없니?"

"니 꼴 보기 싫어서 죽겠다. 그만 찾아와라."

"인마! 내가 널 보고 싶어 찾아온 줄 아니?"

"또 일자리 얘기 할라믄 그냥 가라."

"정훈이 넌 뭐 억지로 안 살라고 해야 될 이유라도 있니?"

"너처럼 억지로 살 이유도 없다."

"우리는 고향을 떠났으니 떠난 대로 사는 거야, 고향을 떠났다고 죽는 것도 아니잖아, 이렇게 저렇게 다들 잘 살아가고 있어, 둥지에서 떨어진 제비새끼처럼 포기할 건 없어."

"그래, 부초浮草는 부초의 길이 있고 근초根草는 근초대로 살아야 하는 거야."

"나보고 동원이 놈을 찾아서 고향으로 돌려보내라고? 연이를?"

"니 친구들이 없는 곳이 없다며?"

한적한 해변 모래톱을 터벅이며 걷기를 한참. 정훈은 연이가 보고 싶을 때도 있다며 쓸쓸히 웃었다.

"연이 그만 데려가라. 너들의 그 개떡 같은 사랑 이제 실물이 난다. 이거 가지면 어디서든 조그마케 살 수 있을 거야."

"……."

영철은 가지고 온 손가방을 내밀었다. 정훈이는 말 없이 손가방을 바라보다 손을 저었다.

"그런 돈 아냐, 우연히 낭떠러지에 떨어진 차에서 사람을 하나 구했는데 우리가 잘 아는 전자회사 회장님 아들이었어. 쓸 데가 없어서 주는 돈 우리 같은 놈이 뭐 고맙다고 하며 받겠니?"

"영철이 너 아주 못된 버릇이 뭔 줄 아니? 남의 인생을 막 무시하는 거야. 난 너처럼 큰돈을 바라고 살 생각은 안 해. 아무 일자리라도 있으면 돼. 적은 돈이라도 먹고 살 수만 있으면 돼. 그런데 그 일자리도 우리에겐 없었어. 배고픔을 참다못해 차라리 죄짓고 감옥에 가서 배고픔을 면하겠다는 그 애들. 그 애들 나오면 갈대도 없을 거야. 그것 조금이라도 떼어서 줘라. 니 은혜 죽어도 안 잊을 거야."

정훈이는 제 코가 석자인데 오히려 남 걱정이다. 헤어지며 정훈은 연이에게 전해 달라며 예쁘게 접은 쪽지를 하나 내밀었다. 그러곤 다시는 찾아오지 말라고 했다. 정훈이는 안동에서도 떠날 생각이었다. 영철은 서울로 돌아와 연이를 조용히 불러냈다.

"정훈이 만나보고 왔어, 너에게 얘기 안 하고 갔다 온 거 미안."

"괜찮아, 우린 고향으로 돌아갈 준비가 되기 전엔 안 만날 거야."

"바보야! 정훈이는 연이 니가 자꾸 그러면 지가 갈 길을 못가. 정훈이는 지금 아주 부잣집에 일꾼을 살다가 주인 눈에 들었나봐. 데릴사위가 될 거란 소문이 있어. 우리 고향에서도 다 알아."

"거짓말 마, 정훈 오빠가 그럴……. 리가 없어."

"정훈이는 아마도 연이 널 위해서 널 떠나려는 걸 꺼야. 널 고생시키지 않으려고, 이건 정훈이가 너한테 주랬어. 이별통보라도 울진 말고."

"정말? 정훈이 오빠가?"

쪽지를 받아들고 좋아서 방으로 들어가는 연이. 방으로 들어간 연이는 이외에도 조용했다. 애들이 깰까봐 울고 싶어도 울지도 못할 거다. 그런 누나에 마음을 알 리가 없는 애들은 뒹굴어 자면서도 누나에 겨드랑이를 파고들 거다. 그리도 누나를 좋아하는 막내는 누나가 고향으로 내려가게 되면 따라가겠다고 할 거다. 다음 날 아침 애들을 학교 보내고 난 연이는 말없이 정훈이의 쪽지를 내밀었다.

"나 죽어버릴 거야. 씨!"

"우리 애들은 어떡하고, 왕눈이 껌투리는 이제 중학교 가야 하는데…. 어린 막내는 죽어도 누나하고 산다며 저러고…. 우리 합동가족 그러면 이제 끝인가?"

"……."

영철은 연이가 건넨 쪽지를 펴봤다. 보나마나 동원이와 고향으로 돌아가라는 얘길 거다.

– 내가 세상에서 젤 좋아하는 연이야.

– 우린 죽을 때까지 사랑할 거야.

– 연이가 고향으로 내려가 동원이와 잘 살면서 우리 엄마 아부지처럼 아이도 키우겠지.

– 그러면 그 예쁜 아이는 우리들 아이야.

– 죽을 때까지 그리워할 나의 첫사랑 연이야. 오빠는 이 아름다운 세상이 너무 좋아. 맘껏 철새처럼 날아다니고 싶어. 너희들은 고향에서 텃새로 살겠지. 가끔은 철새에 길도 생각하면서.

– 안녕. 내 첫사랑 연이.

"참 못됐다. 영철 오빠."

얘기를 다 듣고 난 이남은 잠자코 고개를 돌려 먼 하늘만 바라봤다. 헤어짐은 그냥 아프다. 집에서 같이 살든 삽살이와 헤어져도 한동안은 못 잊는다. 정훈이의 죽음을 모르는 체로 떠나버린 정훈 오빠와의 헤어짐을 그리도 슬퍼했든 이남은 오빠 일남에게 정훈 오빠를 찾으러 가겠다며 떼를 쓰기도 했었다.

"난 죽을 때 하나도 슬프지 않을 거 같아, 저세상에 있을 정훈이 놈을 찾아갈 거니까. 가서 또 골려 줄 생각을 하면 신나."

"못 됐어, 참말로 못됐어 오빠는."

"못된 놈은 그만 가서 잘랍니다. 사둔 놈인지 처남 놈인지 몰라도 가서 한 번 안고 자 볼까나…."

14

“못된 오라버님들! 그만 일어나 아침.”

이남은 아욱 넣은 된장술국을 끓여놓고 일남 오빠 방문을 쾅쾅 뚜드렸다. 오늘 아침은 오랜만에 더덕구이까지 만들었다. 좀 먹어도 좋으련만 멸치 들어간 된장찌개도 안 먹으려 하는 일남 오빠 때문에 고기국은 못 끓인다.

“인마! 내가 어떻게 소고기 국을 먹니? 도살장으로 죽으러 가는 소들이 눈을 끔뻑대며 뚝뚝 흘리는 그 눈물을 생각해 봐라. 걔들이 그동안 잘 돌보아 준 주인과 헤어지는 게 얼마나 슬프면 그렇게 눈물을 흘리겠니?”

집에서라도 좀 몸 생각해서 먹으라고 끓여주는 고기국. 일남 오빠는 결코 입에 대지 않았다.

“아이고 잘 잤다. 역시 편안한 건 집이야.”

“아욱국 맛있게 끓였어 오빠, 얼른들 나와.”

“그런데 이 친구는 어디 산책 갔니?”

“같이 자고 있는 줄 알았는데?”

“새벽에 깼을 때도 옆에 없었어.”

이남은 영철 오빠의 신발이 없다는 걸 그제야 알았다. 마당으로 나온 이남은 과수원 길을 이리저리 살펴봤지만 안보였다.

“이 친구 악기 케이스는 있니?”

“그러고 보니 없네.”

덩그러니 비어 있는 마당에 들마루. 영철 오빠가 떠난 걸 그제야 알아차린 이남은 모처럼의 들뜬 기분이 싹악 사라짐을 느꼈다. 언제나 시원시원한 성격. 똑같아도 너무 똑같은 둘이다. 모두가 똑같다. 자신이 잠들어 있는 한밤중에 달아나는 것까지.

"왜 섭섭하니?"

"가더라도 아침이나 먹고 가지…."

"붙잡아보지 그랬니?"

"오빠는…."

"이남이 넌 복도 많다. 달아나도 꼭 꽃사슴이다. 남들은 고라니도 잘 못 만나는데."

"오빠는…. 내 복이 없어서 맨 날 달아나는 걸 그러면 뭐해."

"헐…. 다시 봐도 반할 놈은 맞는데."

"어떡해요, 우리끼리 먹어야지."

아침 밥상에 마주 앉아서 남매는 못내 영철이를 아쉬워했다. 아침을 다 먹고 난 일남은 과수원을 한번 돌아보겠다며 들마루에서 장화를 꺼내다 신었다.

"이남아, 안 바쁘면 사랑계곡이나 다녀와라, 정훈이 놈한테 못 가본지도 오래됐잖니."

"그럴까봐…."

"이 친구 거기에 있을 거다. 웬만하면 붙들어 와."

"엉! 알았어, 오빠."

이남은 36번 국도를 고속도라도 되는 양 신나게 내달렸다. 정훈 오빠의 첫사랑 연이 언니는 정훈 오빠를 잃고 잘 살고 있다고 했다. 언제까지나 우리의 아이라는 생각을 하며 정훈이 오빠를 생각도 할 거다.

굽이굽이 돌아치는 불영계곡. 이남이는 나르듯이 사랑 바위에 갔다. 일남 오빠 말대로 소나무 밑둥아리에 기대어 눈을 감고 생각에 잠겨있는 시커먼 사나이.

"이 오빠야! 가더라도 설아 결혼식장에서 신부 입장은 시켜주고 가야지."

"……?"

"설아 아빠…."

"딴 데 가서 가서 알아보슈, 난 수염 못 깎아요."

영철은 아예 팔짱까지 끼고 퍼질러졌다. 노송 위로 지나가는 솔바람이 가을을 데리고 오는지 제법 씽씽 거린다. 머잖아 불영계곡에도 단풍이 물 들려나보다.

"수염은 안 깎아도 되요, 설아 아빠,

"아! 그럼 됐어요, 설아 엄마."

그제서야 부스스 일어나는 영철. 영철은 차에 오르며 마냥 거드럼을 피웠다. 영철이가 차에 타자 이남은 깔깔댔다.

"자고 있을 때 다 뽑아버리면 되지 뭐…."

"꺅! 나 내릴 거야!"

그러나 잠긴 차 문은 이미 열리지 않았다. 제아무리 날고 기는 남자도 여자한테는 붙들리나 보다.

2021년 12월